日本児童文学者協会70周年企画　児童文学 10の冒険

明日をさがして

編
=
日本児童文学者協会

偕成社

児童文学　10の冒険

明日をさがして

児童文学10の冒険　明日をさがして

もくじ

凡例

・本シリーズは各巻に三〜五点の作品を収録した。
・選集、全集などの単行本以外を底本とした場合は、出典一覧にその旨を記した。
・一部の作品は著者が部分的に加筆修正した。
・漢字には振り仮名を付した。
・表記は原則として底本どおりとし、明らかな誤記は訂正した。また、本文中の一部に現在では不適当な表現もあるが、作品発表時の時代背景などを考慮し、底本どおりとした。

Little《リトル》 Star《スター》

長崎夏海《ながさきなつみ》

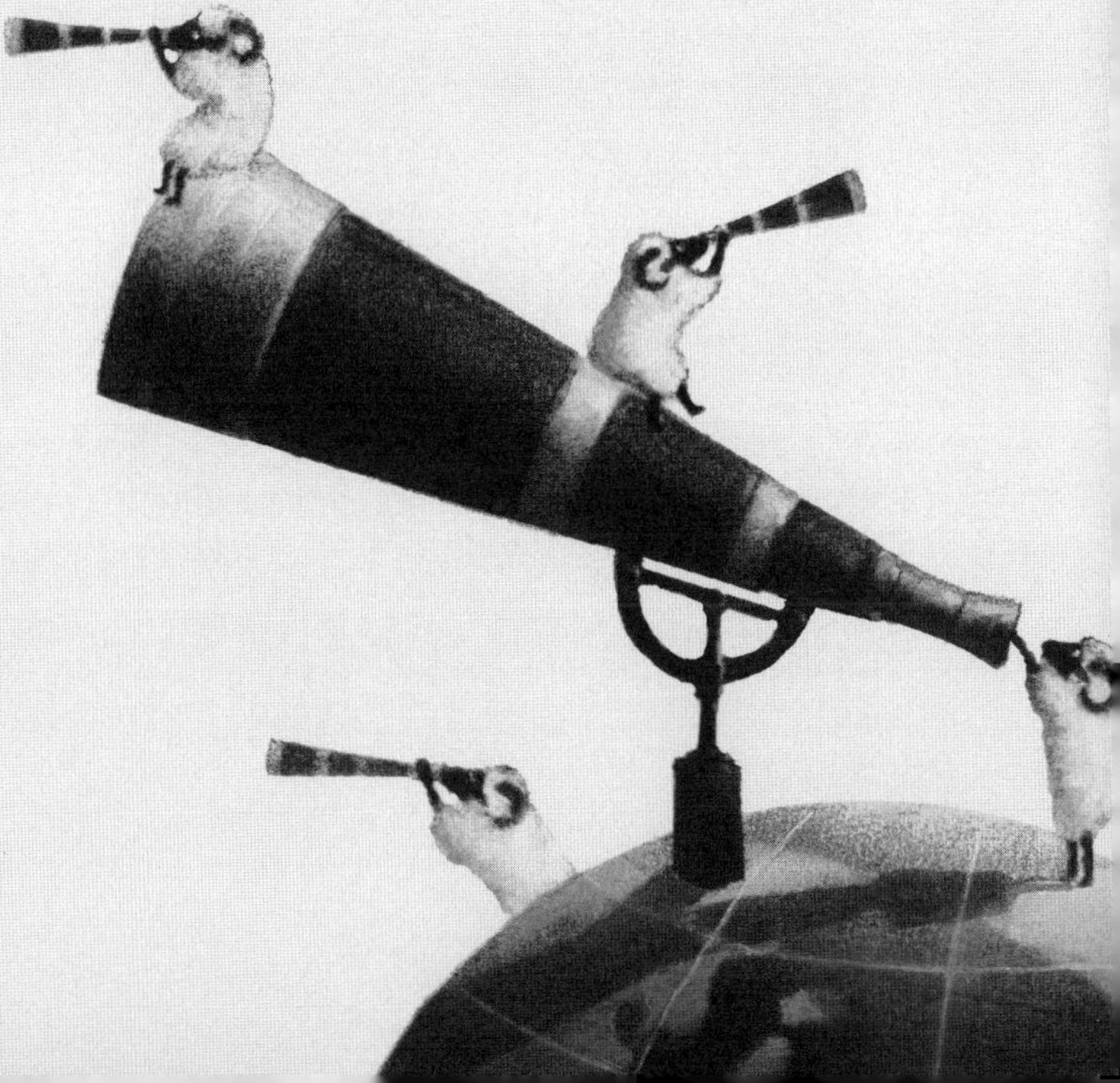

どこかから、ハーモニカの音《おと》が響《ひび》いてくる。

トゥインクル、トゥインクル、リトルスター……。そうだ、『きらきら星《ぼし》』だ。日本語《にほんご》の歌詞《かし》は、きらきらひかる、いや、夜空《よぞら》にひかるだったか……。

うっすらと目《め》をあけて、澄人《すみと》ははじめて、自分《じぶん》がうたたねをしていたことに気《き》がついた。

ハーモニカをふいているのは、となりの部屋《へや》の幼稚園児《ようちえんじ》の美月《みづき》だ。あの子《こ》は、毎日《まいにち》六時《じ》半《はん》から三十分《ぷん》ぐらいの間《あいだ》、ハーモニカをふく。そうやって、親《おや》の帰《かえ》りを待《ま》っているにちがいない。きのうまでの曲《きょく》は、『川《かわ》はながれる』だった。

美月《みづき》たちが引《ひ》っ越《こ》して来《き》たのは、十日前《とおかまえ》のことだ。

ずいぶんと静《しず》かな引《ひ》っ越《こ》しだった。業者《ぎょうしゃ》のトラックが来《き》てから行《い》ってしまうまで、一時間《じかん》もかからなかった。澄人《すみと》はその日《ひ》、寝坊《ねぼう》したついでに学校《がっこう》をサボって部屋《へや》にいたのだが、トラックのエンジン音《おんいがい》以外の物音《ものおと》がしなかった。業者《ぎょうしゃ》に指示《しじ》をしたりあいさつする声《こえ》も聞《き》こえなかった。

アパートは、ちょっと大《おお》きな音《おと》をたてればつつぬけだ。前《まえ》にいたとなりの人《ひと》はぜんそく持《も》ちで、明《あ》け方《がた》、咳《せき》こむ音《おと》でよく起《お》こされた。しかし、今度《こんど》の住人《じゅうにん》は、まるで夜逃《よに》げでもしてきたかのように、ひっそりとしている。澄人《すみと》の家《いえ》にあいさつに来《く》ることもなかったし、表札《ひょうさつ》もだしていない。かろうじて、表《おもて》においてある洗濯機《せんたくき》で、やっぱり引《ひ》っ越《こ》して来《き》たのだとわかった。

美月《みづき》の名前《なまえ》を知《し》ったのは、幼稚園《ようちえん》の送迎《そうげい》バスとでくわした時《とき》だ。

お母《かあ》さんたちがむかえにでている間《あいだ》をぬって、ずんずん歩《ある》いて行《い》く女《おんな》の子《こ》がいた。

「美月《みづき》ちゃん、いっしょに帰《かえ》りましょうよ」

お母《かあ》さんの集団《しゅうだん》のうちの一人《ひとり》が声《こえ》をかけたが、美月《みづき》は無視《むし》していた。

「ちょっと変《か》わってるのよねえ、あの子《こ》」

「しょうがないのよ、親《おや》が親《おや》だし」

「えっ、なんかあったの」

「ごみ当番《とうばん》のこと話《はな》しにいったらね……」

あとは聞《き》かなくても、澄人《すみと》には予想《よそう》がついた。美月《みづき》の家《いえ》も、ごみ集積所《しゅうせきじょ》のそうじをやらない口《くち》にちがいない。澄人《すみと》の家《いえ》もそうだった。そうじは、持《も》ち回《まわ》りでやることになっているのだが、澄人《すみと》の母親《ははおや》は清掃局《せいそうきょく》が来《く》る前《まえ》に仕事《しごと》に行《い》ってたし、夜《よる》もアルバイトをしていて、忙《いそが》しかった。母親《ははおや》は、文句《もんく》を言《い》いに来《き》た人《ひと》に、「お金《かね》をはらうからほかの暇《ひま》な人《ひと》がやってくれ」と千円札《えんさつ》をだしたため、ひんしゅくを買《か》い、それ以来《いらい》ことあるごとに嫌味《いやみ》を言《い》われることになった。近所《きんじょ》の子《こ》どもを集《あつ》めて花火大会《はなびたいかい》をする時《とき》に、澄人《すみと》だけ呼《よ》ばれなかったこともあった。

澄人《すみと》は、今《いま》となってはそんなことどうとも思《おも》っていない。しかし、美月《みづき》はまだ幼稚園生《ようちえんせい》なのだと思《おも》うと、あばら骨《ぼね》のあたりがうずいた。気《き》になって目《め》で追《お》ってたら、美月《みづき》が澄人《すみと》の家《いえ》のとなりのドアの中《なか》へ入《はい》っていった。

次《つぎ》に会《あ》ったのは、おとといの夜《よる》。コンビニでのことだ。

澄人《すみと》が雑誌《ざっし》の立《た》ち読《よ》みをしていたら、すっととなりに立《た》ってマンガを読《よ》みだした子《こ》どもが、美月《みづき》だった。話《はな》しかけてはこなかったし、澄人《すみと》も話《はな》しかけなかった。あたりを見《み》わたしたが、親《おや》はいなかった。時計《とけい》は、九時《じ》をまわっていた。幼稚園児《ようちえんじ》が一人《ひとり》でうろうろしている時間《じかん》じゃないと思《おも》ったが、関係《かんけい》ないと思《おも》い直《なお》した。

澄人《すみと》は、カップうどんとおにぎりと猫用《ねこよう》の缶《かん》づめを買《か》って店《みせ》をでた。

アパートの横《よこ》のお墓《はか》に、生《う》まれたばかりののら猫《ねこ》がいるのだ。とても冬《ふゆ》を越《こ》せそうにないほど、がりがりにやせていた。手《て》をだすとひっかかれるが、食《た》べ物《もの》をやるとウーウーうなりながら、がっつく。その食欲《しょくよく》を見《み》ると、澄人《すみと》はほっとした気持《きも》ちになれた。

ちょっと前《まえ》までは気《き》がむいた時《とき》に食《た》べ物《もの》をやっていたが、近所《きんじょ》の人《ひと》に、「こんなところで餌付《えづ》けされたら困《こま》る」と言《い》われてからは、夜《よる》こっそりとやるようにしていた。

のら猫《ねこ》が腹《はら》をすかして待《ま》っている様子《ようす》を考《かんが》えながら足早《あしばや》に歩《ある》いていると、美月《みづき》が走《はし》ってきて、澄人《すみと》を追《お》いぬいた。追《お》いぬく時《とき》、ちらっと顔《かお》を見《み》ていった。

部屋《へや》はもう暗《くら》い。

澄人《すみと》は、明《あか》りのついていない蛍光灯《けいこうとう》をながめた。さっきまで見《み》ていた夢《ゆめ》の中《なか》も、こんなふうに暗《くら》かったような気《き》がする。どんな夢《ゆめ》だったのかは、思《おも》いだせない。知《し》らない土地《とち》で迷子《まいご》になったような心細《こころぼそ》い気分《きぶん》だけが、残《のこ》っていた。

ハーモニカは、『きらきら星《ぼし》』の最初《さいしょ》のフレーズだけをくりかえしている。

ドドソラソ　ファファミミレレド

——ちゃんとふけないんだな。

そう思《おも》った時《とき》だった。

突然《とつぜん》。本当《ほんとう》に突然《とつぜん》。

なんの理由《りゆう》もなしに、涙《なみだ》がこみあげてきた。

澄人《すみと》は、はっとなって起《お》きあがった。涙《なみだ》は、すっと引《ひ》いた。

——冗談《じょうだん》じゃない。

なんだって、この俺《おれ》が、ハーモニカ聞《き》いて泣《な》かなきゃならないんだ?

そう思《おも》ったら、とたんにむかついてきた。

澄人《すみと》は、蛍光灯《けいこうとう》のひもを乱暴《らんぼう》にひいて明《あか》りをつけると、サッシに手《て》をかけた。

「うるせえっ!」と、どなってやるつもりだった。

窓《まど》を思《おも》いきりあけた瞬間《しゅんかん》、ハーモニカの音《おと》がぴたりとやんだ。となりをのぞきこむように顔《かお》をだしてみる。

いきなり美月《みづき》と目《め》があった。部屋《へや》の外《そと》につきでた窓柵《まどさく》にしゃがんで、澄人《すみと》を見《み》ている。

美月《みづき》は、何秒間《なんびょうかん》かじっと見《み》つめてから、興味《きょうみ》がなさそうに目《め》をそらし、柵《さく》から手《て》をのばした。

柵《さく》の下《した》の雑草《ざっそう》だけの裏庭《うらにわ》に、ハーモニカが落《お》ちていた。美月《みづき》は、肩《かた》まで柵《さく》の外《そと》にだしているが、手《て》はひらひら空《くう》をきるだけでとどくはずがなかった。

澄人《すみと》は、なにかを言《い》おうとして口《くち》をひらいたが、言葉《ことば》はでてこなかった。

美月《みづき》の部屋《へや》から、ガチャガチャと鍵《かぎ》をあける音《おと》がした。美月《みづき》は、頭《あたま》をピクッと動《うご》かしてからのばした手《て》をひっこめ、窓《まど》をしめた。澄人《すみと》にむかって人差《ひとさ》し指《ゆび》を口《くち》の前《まえ》に立《た》て、怒《おこ》ったような顔《かお》をする。美月《みづき》の部屋《へや》から、男《おとこ》の声《こえ》が響《ひび》く。

「美月《みづき》ちゃん、ケーキ買《か》ってきたよ。いないのお？」

美月《みづき》は、立《た》ちあがったかと思《おも》うと、澄人《すみと》の部屋《へや》の柵《さく》にのりうつり、するりと部屋《へや》にはいりこんだ。猫《ねこ》のような早《はや》わざだった。

澄人《すみと》がぼうぜんとしていると、美月《みづき》の部屋《へや》の窓《まど》があいて、男《おとこ》が顔《かお》をだした。

「あ……」

男《おとこ》と澄人《すみと》は、同時《どうじ》にまぬけな声《こえ》をだした。美月《みづき》は、澄人《すみと》の足元《あしもと》の窓《まど》の下《した》の壁《かべ》に背中《せなか》を押《お》しつけて息《いき》をころしている。

男《おとこ》は、ばつが悪《わる》そうな笑《え》みをうかべてひっこみ、窓《まど》をしめた。サラリーマンふうで、育《そだ》ちの良《よ》さそうなひょろりとした若《わか》い男《おとこ》だった。

澄人《すみと》も、窓《まど》をしめた。美月《みづき》が、肩《かた》の力《ちから》をふっとぬいて立《た》ちあがり、こたつの前《まえ》に行《い》って座《すわ》った。ちょこんと座《すわ》っている姿《すがた》は、およばれにきたお客《きゃく》さまという感《かん》じだった。

「今《いま》の、おまえの親父《おやじ》？」

「ママのカレシ」

「……いやなやつなのか？」

「親切《しんせつ》だよ」

——だったらなんで？

と聞《き》こうとして、言葉《ことば》をのみこんだ。よけいなことは、聞《き》いたり言《い》ったりするもんじゃない。

「お母《かあ》さんは、どんな仕事《しごと》をしてるの」「お父《とう》さんは？」

ずいぶん聞《き》かれてきた。澄人自身《すみとじしん》は、母親《ははおや》が昼夜《ちゅうや》働《はたら》いていることも、離婚《りこん》して母子家《ぼしか》庭《てい》であることも、別《べつ》に隠《かく》す気《き》はなかった。どっちかというと、聞《き》かれたら答《こた》えたかった。隠《かく》すと悪《わる》いことをしているような気《き》がするからだ。だが、母親《ははおや》になにも言《い》うなと口止《くちど》めされていた。

「なにを言《い》われるかわかったもんじゃない」

それで、聞《き》かれるたびに、無意味《むいみ》なへらへら笑《わら》いをうかべてごまかしてきた。

あれは、嫌《いや》な気分《きぶん》だった。

今《いま》は、誰《だれ》も聞《き》いてきたりはしない。長《なが》いこと住《す》んでいて、自然《しぜん》と事情《じじょう》が知《し》られているし、あの家《いえ》は特別《とくべつ》という雰囲気《ふんいき》ができているのかもしれない。

澄人《すみと》がだまっていると、美月《みづき》が口《くち》をひらいた。

「ママのカレシ、みんな親切《しんせつ》だよ。最初《さいしょ》は」

美月《みづき》はリモコンをとってテレビをつけ、ニュースにチャンネルをあわせた。ニュースでは、カゼの予防《よぼう》に必要《ひつよう》なビタミンがどうとか言《い》っていた。

美月《みづき》が、ぱっとふりむいて言《い》った。

「ビタミンC《シー》ってなに？」

「みかんとかりんごとか、そういうやつ」

「ケンカしたでしょ」

ギクリとした。

あれは、ケンカなんてものじゃない。一方的《いっぽうてき》に澄人《すみと》が殴《なぐ》り、相手《あいて》はやられっぱなしだった。そして、みじめだったのは、自分《じぶん》のほうだ。殴《なぐ》れば殴《なぐ》るほど、どろ沼《ぬま》にはまりこんでいくような、あの感触《かんしょく》。相手《あいて》のみょうにさめた目《め》がこびりついている。

澄人《すみと》は、意味《いみ》もなく唇《くちびる》を舌《した》でしめらせてから、ポケットをさぐり、煙草《たばこ》をだした。肺《はい》いっぱいに煙《けむり》を吸《す》いこみ、音《おと》をたててはきだす。

「見《み》てた、のか？」

「手《て》、けがしてる」

「……ああ、これ、か……」

「ケンカ、おもしろい？」

澄人《すみと》は、部屋《へや》にころがっていた空《あ》き缶《かん》を手《て》にとり、灰《はい》をおとすように指《ゆび》ではじいた。つけたばかりの煙草《たばこ》は灰《はい》がなく、火《ひ》の粉《こ》が散《ち》った。

ケンカなんて、おもしろいとかおもしろくないとか、そういうことではない。やらざるをえないから、しょうがなくやるのだ。

――しょうがなく、か。

この先《さき》、どれぐらいのしょうがないことがあるんだろう。

そう考《かんが》えると、自分《じぶん》も人生《じんせい》も世《よ》の中《なか》も、すべてがばかばかしく思《おも》えた。

だが、こんなガキにあれこれ言《い》われる筋合《すじあ》いはない。

「おまえ、さっさと帰《かえ》れば？」

「ダメ。このあとのが見《み》たいの」

「アニメか？」

美月《みづき》は、ちらと軽蔑《けいべつ》したような目《め》をなげてから、首《くび》を横《よこ》にふった。

となりの部屋《へや》のドアから、また鍵《かぎ》をあける音《おと》がした。美月《みづき》の母親《ははおや》にちがいない。

「帰《かえ》ってきたぞ」

澄人《すみと》が言《い》っても、美月《みづき》は何《なん》の反応《はんのう》も示《しめ》さず、テレビの画面《がめん》を熱心《ねっしん》に見《み》つめていた。

ニュースが終《お》わり、天気予報《てんきよほう》になっている。

「あした、はれだって」

美月《みづき》がふりむいて言《い》った。うれしそうな顔《かお》だ。

「セーコートーテーの冬型《ふゆがた》だから、寒《さむ》いって」

「あした、遠足《えんそく》か？」

「……ちがうよ」

なに言《い》ってんのと、言《い》いたそうな顔《かお》だ。

「じゃあ、なにがうれしいわけ？」

「天気予報《てんきよほう》」

「天気予報見《てんきよほうみ》るのが、か？」

「そう」

「おまえが見《み》たかったのって、天気予報《てんきよほう》だったわけ？」

「しっ」

美月《みづき》は、また口《くち》に指《ゆび》をあてて、テレビに目《め》をむけた。天気予報《てんきよほう》は、一週間《しゅうかん》の予報《よほう》に変《か》わっていた。美月《みづき》は、真剣《しんけん》な顔《かお》で見《み》ながら、うなずいたりしている。

「週末《しゅうまつ》は、天気《てんき》がくずれるでしょうって」

「……だから？」

美月《みづき》はふりかえり、澄人《すみと》の目《め》を見《み》た。

「天気予報《てんきよほう》、見《み》たほうがいいよ」

「……なんで？」

「あしたがぜったいくるって感《かん》じするでしょう」

「そんなもん見《み》なくたって、あしたもあさってもくるんだよ」

澄人《すみと》はちょっと考《かんが》えてから、

「死《し》なないかぎりは」

と、つけ加《くわ》えた。

美月《みづき》は、みけんにしわをよせた。

「生《い》きてるかぎりは、でしょ」

「どっちだって同《おな》じだろ」

「ちがう」

「ちがわねえよ」

「ちがう」

「……めんどくせえな」

「ちがう」

「いいから、帰《かえ》れよ。飯《めし》だろ、もう」

「でも、ちがうの」

美月《みづき》は、ひどく重要《じゅうよう》なことのような顔《かお》をして言《い》った。

澄人《すみと》は、煙草《たばこ》の煙《けむり》をはきだしながら、しかたなしに頭《あたま》を二、三度《ど》たてにふって見《み》せた。

美月《みづき》は、まだ同《おな》じ顔《かお》で、じっと澄人《すみと》を見《み》ている。

「わかった。生《い》きてるかぎりは、だ」

美月《みづき》は、よろしいというふうにうなずいた。

「外《そと》の猫《ねこ》、あたしもごはんあげていい？」

「勝手《かって》にやればいいだろ。俺《おれ》は別《べつ》に」

飼《か》い主《ぬし》でもなんでもないと言《い》う前《まえ》に、美月《みづき》は、顔《かお》をぱあっとほころばせて立《た》ちあがった。玄関《げんかん》までタタタッと走《はし》り、ドアの前《まえ》でふりむく。

「またくるね」

ドアがパタンとしまった。

「なんなんだよ、あのガキ」

澄人《すみと》は、鍵《かぎ》をかけながらつぶやいた。

ふっと、『きらきら星《ぼし》』のメロディが頭《あたま》の中《なか》に流《なが》れた。

ドドソソララソ　ファファミミレレド

「あ」

そうだ。あのあとは、ソソファファミミレだ。

ドドソソララソ　ファファミミレレド　ソソファファミミレ　ソソファファミミレ……

そういえば、裏庭《うらにわ》に落《お》ちたハーモニカは、いつひろいに行《い》くんだろう。

もう暗《くら》いから、ひろうのはあしたにちがいない。あしたもはれだって言《い》ってたから、雨《あめ》にぬれてサビたりなんてこともないはずだ。

でも、夜露《よつゆ》は？

いや、それぐらい平気《へいき》だろう。

澄人《すみと》は、雑草《ざっそう》の中《なか》にぽつんと落《お》ちている銀色《ぎんいろ》のハーモニカを想像《そうぞう》した。

ハーモニカに感情《かんじょう》があるわけじゃあるまいし、ひと晩《ばん》そこにあるからって、それがどうしたっていうんだ？

だいたいあんなものあったってなくたって、たいしてちがうわけじゃない。

そうだ。たいしたちがいは……。

「なんだって、俺《おれ》が……」

澄人《すみと》は、ぶつぶつ言《い》いながら懐中電灯《かいちゅうでんとう》を手《て》にとった。

フォールディングナイフ

長崎夏海《ながさきなつみ》

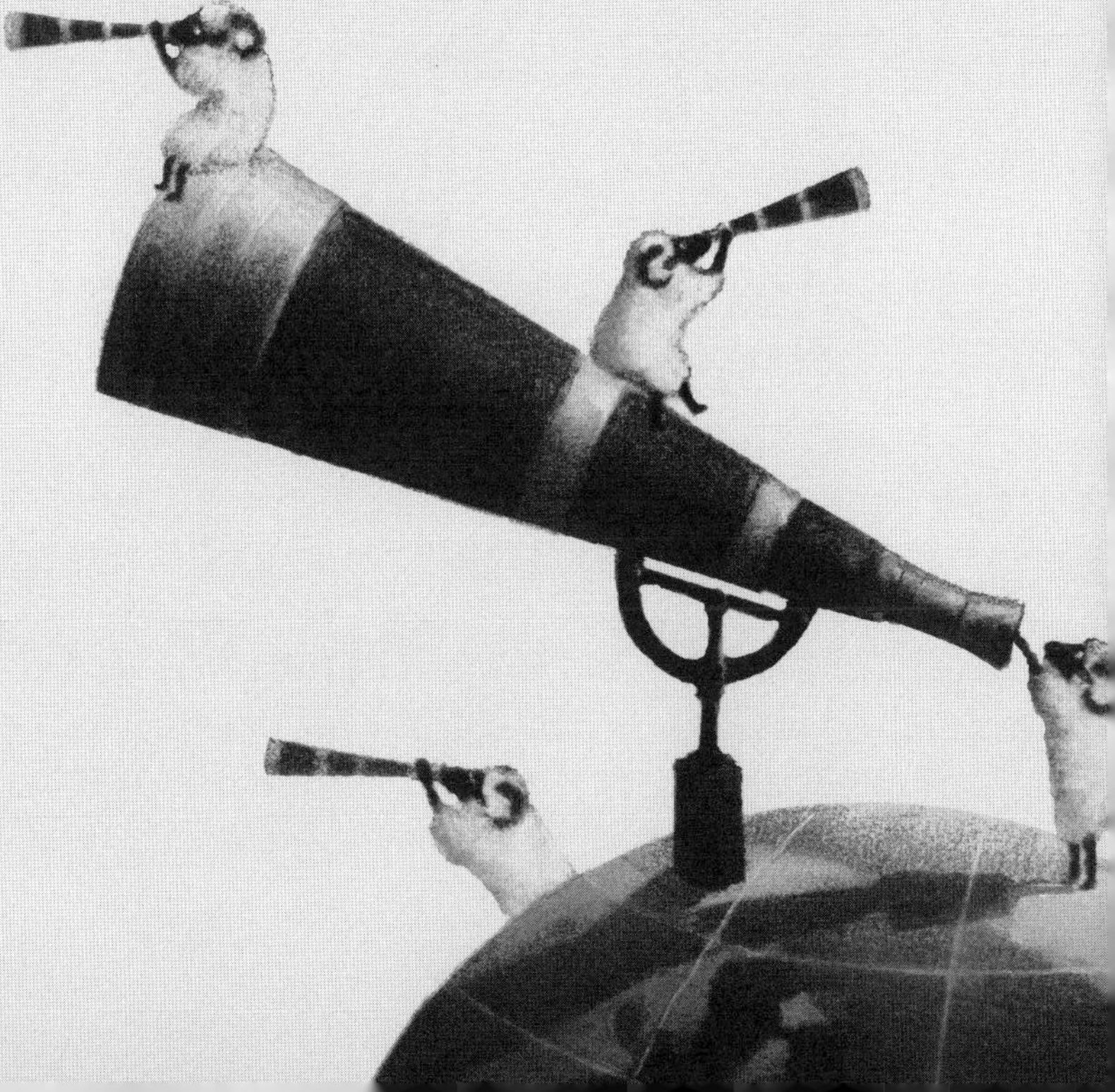

ステンレスの鍵《かぎ》のついたショウケースには、パイプ・キセル・ライター・フォールディングナイフがならんでいた。タケルは、船長《せんちょう》がくわえているようなパイプに目《め》を落《お》としてから、左右《さゆう》に目《め》をずらし、すぐに上下《じょうげ》を見《み》た。そして、首《くび》を動《うご》かしてぐるっとケース全体《ぜんたい》をながめると、今度《こんど》は端《はし》から順番《じゅんばん》に一つ一つを確認《かくにん》し、左下《ひだりした》のフォールディングナイフまで見終《みお》わると、顔《かお》をあげ、レジにいる太《ふと》った男《おとこ》を見《み》た。男《おとこ》は、退屈《たいくつ》そうにキセルを磨《みが》いていた。

「あの、すいません」

太《ふと》った男《おとこ》は、ちらっとタケルを見《み》ると、店《みせ》の入《い》り口《ぐち》のほうにむかってさけんだ。

「おいっ」

人《ひと》と棚《たな》の間《あいだ》をぬって、若《わか》い男《おとこ》がのそのそ歩《ある》いてきた。太《ふと》った男《おとこ》があごでタケルをさすと、若《わか》い男《おとこ》が無表情《むひょうじょう》のままタケルを見《み》た。頬《ほほ》と鼻《はな》の下《した》で金粉《きんぷん》がちかっと光《ひか》った。

「あの、ここにあったナイフは」

「ナイフ……」

男《おとこ》は、そうつぶやくと、知《し》らないなというように首《くび》をかしげた。

「柄《え》のとこに線《せん》がはいってる銀色《ぎんいろ》の。五千円《えん》のやつ」

「ああ、あの小振《こぶ》りの？」

「はい」

「売《う》れた」

男《おとこ》があっさりと言《い》った。

「あの、同《おな》じの、もうないんですか？」

「ない」

「ナイフ、ここにあるだけですか」

「買《か》うの？」

「はい」

男《おとこ》はタケルのすぐ横《よこ》に立《た》ち、金《きん》の細《ほそ》いひもをかけた太《ふと》い指《ゆび》で、ケースの中《なか》のナイフをさした。

「これは？」

タケルは、ゆっくり首《くび》を横《よこ》にふった。いいナイフだった。ほしかった物《もの》よりも大《おお》きく、重《おも》みがありそうで、持《も》ってみたいと思《おも》わせるには十分《じゅうぶん》な代物《しろもの》だ。柄《え》に彫《ほ》りこまれている模様《もよう》も、ちょうどいいぐらいに黒《くろ》ずんでいる。だが、一万《まん》二千円《えん》もした。

タケルがじっとナイフを見《み》つめていると、男《おとこ》は重心《じゅうしん》を右《みぎ》にかたむけて気《き》をぬいた姿勢《しせい》になった。

「そのうち、またはいると思《おも》うよ」

男《おとこ》は、右手《みぎて》をひらいて、手《て》のひらの中《なか》の物《もの》を見《み》ながら言《い》った。ツリーにつける小《ちい》さなサンタクロースだった。

「あれぐらいの値段《ねだん》で、もっといいやつが」

男《おとこ》がいってしまってから、タケルは、また、ケースに目《め》を落《お》とした。あのナイフがあった場所《ばしょ》には、パイプが置《お》かれている。

そのうちじゃだめだった。

二十五日《にち》。クリスマスの今夜《こんや》、あれが必要《ひつよう》だったのだ。

手《て》のひらに収《おさ》まる大《おお》きさの、折《お》りたたみ式《しき》のフォールディングナイフ。

まず最初《さいしょ》に、手《て》の中《なか》でずしりとした重《おも》みとひんやりとした感触《かんしょく》を確《たし》かめる。そして、柄《え》にしまいこまれた刃《は》を起《お》こす。傷《きず》ひとつないステンレスの刃《は》に自分《じぶん》の瞳《ひとみ》をうつし、ゆっくりと指《ゆび》の腹《はら》をはわせる。

想像《そうぞう》しただけで、貧弱《ひんじゃく》な背筋《せすじ》に、ピシリと緊張感《きんちょうかん》がはしり、身体《からだ》をつらぬく一本《ぽん》の強《つよ》い芯《しん》ができるような気《き》がする。

あれさえあれば。

あれさえあれば、きっとクリスマスの夜《よる》がふだんとおなじようにすごせる。

問題《もんだい》はケーキだった。

クリスマスには家族《かぞく》でケーキを食《た》べる。タケルの家《いえ》ではそう決《き》まっていた。そしてケーキを買《か》って帰《かえ》るのは父親《ちちおや》の役目《やくめ》だった。

父親《ちちおや》は、もうだいぶ前《まえ》から、家《いえ》に帰《かえ》るのは月《つき》に一度《いちど》ぐらいになっていた。別《べつ》の女《おんな》の人《ひと》と暮《く》らしているからだ。クリスマスに帰《かえ》ってくる約束《やくそく》も、おととしから守《まも》られていない。

おととしも去年《きょねん》も、二十五日《にち》は夕飯《ゆうはん》が十時《じ》すぎだった。待《ま》っていないふりをしてぼんやりとテレビを見《み》て、十時《じ》を過《す》ぎるとなにごともなかったように、冷蔵庫《れいぞうこ》から母親《ははおや》の買《か》ってきたケーキをだして食《た》べ、そのあと夕飯《ゆうはん》になる。母親《ははおや》の買《か》ってくるケーキはアップルパイだった。たぶん、父親《ちちおや》が買《か》ってくる予定《よてい》の生《なま》クリームケーキとだぶらないためだろう。夕《ゆう》飯《はん》は、スーパーで買《か》ってきたローストチキンとカニグラタンとコールスローサラダが三つずつだった。母親《ははおや》は、ふだんは小食《しょうしょく》なのに、このときは全部《ぜんぶ》たいらげる。タケルも、もくもくとつめこむ。そしてそのあとが、ケーキだった。

今夜《こんや》も、きっと同《おな》じことが繰《く》り返《かえ》される。そう考《かんが》えただけで、気《き》が滅入《めい》った。

去年《きょねん》、さりげなく、ケーキはもう買《か》わないでいいと言《い》ったのだが、母親《ははおや》は断固《だんこ》とした口《く》調《ちょう》で、「クリスマスにケーキのない家《うち》なんてどこにもない」と言《い》った。どうしてそこまでこだわるのかわからないが、なにがあってもこれだけは変《か》えられないといった様子《ようす》に、タケルはそれ以上《いじょう》言《い》えなかった。

あの一本《ぽん》のナイフがあれば。

そんなことたいしたことじゃないと、自分《じぶん》にいいきかせることができる。「クリスマスだからって、特別《とくべつ》のことしなくていい」と、きっちり言《い》うこともできるかもしれない。

そう思《おも》って、貯金箱《ちょきんばこ》の金《かね》をかき集《あつ》め、六千円《えん》を持《も》ってきたのだ。

タケルは、まだケースの中《なか》を見《み》ていた。まるで、見《み》つめていれば、あのナイフが現《あらわ》れるとでもいうようだった。

「あ」

タケルは、ケースの前《まえ》でよろめいた。背中《せなか》に堅《かた》いものがあたったのだ。

「失礼《しつれい》」

大学生《だいがくせい》ぐらいの男《おとこ》がふりむいて言《い》った。ぶつかったのは、この男《おとこ》が背負《せお》っている大《おお》きなリュックだった。男《おとこ》はタケルを見《み》て、小学生《しょうがくせい》か、という顔《かお》をして「ごめんな」と言《い》いなおし、レジにむかっていった。レジの前《まえ》には友《とも》だちらしい男《おとこ》がいて、やっぱりリュックを背負《せお》っていた。

タケルは、ふと、あたりを見《み》わたした。

一瞬《いっしゅん》まわりが遠《とお》のいていくような感《かん》じがしてから、ふいに音楽《おんがく》が耳《みみ》に流《なが》れこんできた。ジャズだった。ずっと流《なが》れていたのだろうが、ざわめきのせいか気《き》がつかなかった。この店《みせ》がふだん音楽《おんがく》を流《なが》していたかどうかも、思《おも》いだせなかった。

「……だろ？」

ケースのむこうのジッポーの棚《たな》の前《まえ》でカップルが話《はな》している。高校生《こうこうせい》ぐらいだろう。

「ふうん。あっちのくらげみたいなマークのついたほうがいいじゃん」

「くらげ？　ああ、あれか。ガキっぽいじゃん。やっぱ、こっちだよ」

「じゃあ、買《か》えばあ？」

「つめたいこと言《い》うなよお」

「なんでよ。欲《ほ》しいっていうから買《か》えばっていっただけじゃん」

「わかんないかなあ、男《おとこ》のロマンってのがさ」

女《おんな》の子《こ》が、男《おとこ》の子《こ》の目《め》の前《まえ》の空気《くうき》をつかんで、さっと口元《くちもと》にもっていった。

「食《た》べちゃった、男《おとこ》のロマン」

男《おとこ》の子《こ》が笑《わら》った。

タケルは店《みせ》をでた。


商店街《しょうてんがい》は、いつになくにぎわっていた。

古《ふる》びたアーケードは、金銀緑赤《きんぎんみどりあか》のモールが飾《かざ》られ、ローストチキンやケーキを売《う》る声《こえ》が響《ひび》いている。いつも立《た》ち読《よ》みをしているコンビニも、リースがかけられ、ガラスにはトナカイと雪《ゆき》の結晶《けっしょう》がスプレーされていた。

どこもかしこもクリスマスだ。

いつからクリスマスにケーキを食《た》べるようになったんだろう。

タケルはぼんやりと考《かんが》えたが、それが自分《じぶん》の家《いえ》のことなのか世間《せけん》のことなのか、自分《じぶん》でもわからなかった。

ジングルベルや人《ひと》の声《こえ》から逃《に》げるように、足早《あしばや》に商店街《しょうてんがい》をぬけると、今度《こんど》はのろのろとした足《あし》どりにかえた。

できるだけ家《いえ》に帰《かえ》る時間《じかん》をおくらせたかった。

だが、どこにも行《い》くあてはなかった。あったとしても、今《いま》からでは遅《おそ》くなるから無理《むり》だ。母親《ははおや》がばかみたいに心配《しんぱい》して、クラス中《じゅう》に電話《でんわ》をかけてしまう。

せいぜい途中《とちゅう》の公園《こうえん》で飲《の》み物《もの》でも飲《の》んで、ぶらぶらするぐらいが関《せき》の山《やま》だった。

自動販売機《じどうはんばいき》でミルクティーを買《か》った時《とき》、ぼつんと大粒《おおつぶ》の雨《あめ》が落《お》ちてきた。

公園《こうえん》ではなく、団地《だんち》の階段《かいだん》に変更《へんこう》したほうがよさそうだった。

「あ」

タケルの頭《あたま》に小《ちい》さい頃《ころ》によく遊《あそ》んだ『くらげ公園《こうえん》』がうかんだ。

コンクリートでできた大《おお》きなくらげ型《がた》の小山《こやま》があるだけの公園《こうえん》だ。くらげの中《なか》は、もぐりこめるようになっていて、真《ま》ん中《なか》の柱《はしら》があるあたりは小《ちい》さな子《こ》なら立《た》って遊《あそ》べたから、雨《あめ》の日《ひ》は低学年《ていがくねん》の子《こ》に人気《にんき》があった。

雨《あめ》がだんだん強《つよ》くなりだしたので、タケルは走《はし》りだした。

公園《こうえん》には誰《だれ》もいなかった。くらげの中《なか》にもぐりこみ、真《ま》ん中《なか》まで手《て》をつきながら進《すす》む。

街灯《がいとう》の光《ひかり》がほんのりと届《とど》いている。柱《はしら》のところにきた時《とき》だった。柱《はしら》のむこうでガサッと音《おと》がした。黒《くろ》い影《かげ》が、ザザッと動《うご》く。

反射的《はんしゃてき》に上半身《じょうはんしん》を起《お》こしたとたん、頭《あたま》がガーンとした。コンクリートの天井《てんじょう》に思《おも》い切《き》りぶつけてしまったのだ。

「……いってえ……」

「あれ?」

女《おんな》の子《こ》の声《こえ》が聞《き》こえた。

「……タケちゃん?」

「え?」

影《かげ》は、同《おな》じ棟《むね》に住《す》む三《み》つ上《うえ》のリカコだった。

リカコが小学生《しょうがくせい》で登校班《とうこうはん》の班長《はんちょう》のころは、毎日《まいにち》むかえにきてくれた。タケルが忘《わす》れ物《もの》をすると、他《ほか》の子《こ》を先《さき》に行《い》かせて、待《ま》っていてくれた。リカコは、学校《がっこう》に行《い》くまでの間《あいだ》、いろんな話《はなし》をしてくれた。タケルが気《き》にいっていたのは、桃太郎《ももたろう》シリーズだ。パート1が、『桃《もも》をパカーンと割《わ》ったら、中《なか》の桃太郎《ももたろう》もパカーンと割《わ》れてた』で、パート2は、『桃《もも》をパカーンと割《わ》ろうとしたら、中《なか》から物音《ものおと》がしたので、切《き》れ目《め》をいれて中《なか》をのぞいたら、桃太郎《ももたろう》が包丁《ほうちょう》をよける練習《れんしゅう》をしていた』。三《み》つめは、『桃《もも》がどんぶらこどんぶらこと流《なが》れてきたので受《う》け止《と》めようとしたら、するっとすりぬけてそのまま流《なが》れて行《い》ってしまいました』というものだった。話《はな》しかたも上手《じょうず》で、タケルは何度《なんど》も同《おな》じ話《はなし》をせがんだ。タケルがしょっちゅう忘《わす》れ物《もの》をしていたのは、半分《はんぶん》はほんとで、半分《はんぶん》はわざとだった。

中学生《ちゅうがくせい》になってからリカコは変《か》わった。カリンカリンにやせた体《からだ》、メッシュの髪《かみ》、派手《はで》なメイク。テレビにでてくるコギャルそのものというふうだった。タケルの母親《ははおや》は、リカコの悪口《わるくち》を言《い》った。しょっちゅう違《ちが》う男《おとこ》の子《こ》といちゃいちゃしていて不潔《ふけつ》だとか、病気《びょうき》みたいにやせてるとか。父親《ちちおや》しかいないのを逆手《さかて》にとって遊《あそ》び回《まわ》っているとも言《い》った。昔《むかし》はあんなにほめちぎっていたのにと思《おも》うと、タケルは母親《ははおや》にむかついた。でも確《たし》かに、変《か》わってしまったリカコは、なんとなく近寄《ちかよ》りがたくて、エレベーターホールで見《み》かけたりすると、まわり道《みち》をした。

「なんで、リカちゃん?」

「そっちこそ。痴漢《ちかん》かと思《おも》ってびびっちゃった」

「ちかん?」

「そう。事件《じけん》あったじゃん?」

「え?」

「知《し》らないの？　ここ、もうすぐ取《と》り壊《こわ》されるんだよ」

「ふうん」

「けど。ひさしぶりだね」

リカコの声《こえ》は、昔《むかし》と変《か》わらなかった。

「タケちゃん、この頃《ごろ》避《さ》けてるからな、あたしのこと」

「え、そういうわけじゃないけど」

「そ？　ならいいけど」

リカコはアヒル歩《ある》きでとなりにきて、おむすびをさしだした。コンビニの三角《さんかく》おむすびだった。

「食《た》べる？」

「ども」

おむすびを受《う》けとりながら、リカコの顔《かお》を見《み》て一瞬《いっしゅん》手《て》が止《と》まった。

——泣《な》いてた？

リカコのまぶたは、ぷっくりとはれていた。タケルは、あわてて目《め》をおむすびにもどし、包《つつ》みをはがしはじめた。

リカコは、ポケットから鏡《かがみ》をだして、自分《じぶん》の顔《かお》を見《み》た。

「あーバレバレ。実《じっ》は、泣《な》いてたんですねえ。あたし、ときどき、泣《な》きにくるんだよ。ふだん泣《な》けないからさ」

リカコがウーロン茶《ちゃ》をだしたので、タケルは首《くび》をふって自分《じぶん》のミルクティーを見《み》せた。

「泣《な》かないでがまんしてるのって、身体《からだ》に悪《わる》いんだよね。だから、わざと悲《かな》しいこと想像《そうぞう》して、まとめて泣《な》くの。映画《えいが》とかね」

「映画《えいが》……」

「フランダースの犬《いぬ》。泣《な》けるんだ、これが。でも、最近《さいきん》ちょっとなれちゃって、思《おも》いだしてもあんま泣《な》けなくなった。見《み》た？」

「見《み》てない」

「見《み》てみ。泣《な》けるから。けど、このごろ気《き》づいたのはさ、映画《えいが》よりか、現実《げんじつ》のほうが泣《な》けるってこと。今日《きょう》考《かんが》えてたのはさ、吊《つ》り橋《ばし》をわたってるとこ。下《した》は深《ふか》い谷《たに》なわけ。あたしは真《ま》ん中《なか》にいるの。で、むこう側《がわ》にはわたり終《お》えたやつらが、お前《まえ》になんかできるもんかって顔《かお》して見《み》てんのよ。で、後《うし》ろにいる連中《れんちゅう》は、わざと橋《はし》をゆらすの。で、びびって橋《はし》にしがみついてるあたしを、みんなが見《み》て笑《わら》ってるの」

「……」

「これ、何回想像《なんかいそうぞう》しても泣《な》ける。もうむちゃくちゃ胸痛《むねいた》いの。あ、ちょっと暗《くら》い?」

タケルは、首《くび》を横《よこ》にふった。わざわざ泣《な》こうとする気持《きも》ちはわからなかったが、ぼんやりと、ナイフを思《おも》いうかべていた。

「そういうの、あるよ」

「でもさあ、こうやって人《ひと》に言《い》うと、アブナイって感《かん》じするな、我《われ》ながら」

「あ、俺《おれ》、だれにも言《い》わない」

リカコは、くすっと笑《わら》った。タケルは、急《きゅう》に恥《は》ずかしくなって、早口《はやくち》で言《い》った。

「泣《な》かないのって、身体《からだ》に悪《わる》いかな」

「悪《わる》いよ。がまんするじゃん。そうするとさ、そのうち、なんにも感《かん》じなくなっちゃうんだよ。人《ひと》も自分《じぶん》も、どうでも良《よ》くなって。そんなの、まっぴらじゃん」

リカコは、自分《じぶん》の分《ぶん》のおむすびの包《つつ》みをはがした。

「泣《な》くと、おなかへるんだよん」

タケルはなにを言《い》ったらいいかわからず、おむすびをほおばった。リカコは、のりをまいたおむすびをながめて言《い》った。

「悲《かな》しい時《とき》には飯《めし》を食《く》え」

「？」

「家訓《かくん》でしょ、タケちゃんちの」

「え？」

「タケちゃんのお母《かあ》さんが、言《い》ってたもん。前《まえ》、会《あ》った時《とき》」

タケルは、そんな家訓《かくん》は聞《き》いたことがなかった。

「前《まえ》って、いつ？」

「一カ月《げつ》くらい前《まえ》、かな」

リカコもおむすびにかぶりつく。のりがパリパリッと良《よ》い音《おと》をたてた。

「エレベーターのとこで会《あ》ったんだけど。おばさん、すごい恐《こわ》い顔《かお》してダッダッて歩《ある》いてきてさ、いきなり言《い》ったのよ。楽《たの》しくて食《た》べ忘《わす》れるのはいいけど、悲《かな》しい時《とき》には、ご飯《はん》食《た》べなきゃだめだって。そん時《とき》はべつに悲《かな》しいことはなかったんだけど。なんかすごい迫《はく》力《りょく》でさ。うなずいたら、コロッケの包《つつ》みくれた。あったかいやつ」

リカコは、その時《とき》のことを思《おも》いだしたのか、コロコロッと笑《わら》った。

「で、泣《な》いたあとは食《た》べるようにしてんの」

「それって、やけ食《ぐ》いってこと？」

「ちっがうよ。やけ食《ぐ》いってのはさあ、食《た》べることでごまかすってことでしょ。そうじゃなくて、がんがん泣《な》いて、飯《めし》を食《く》う。これよ。めちゃ元気《げんき》でるもん。いい家訓《かくん》じゃん」

「……かな」

タケルは、ふっと口元《くちもと》をゆるませた。すごい迫力《はくりょく》の母親《ははおや》と、きょとんとしたリカコを想像《そうぞう》したら、なんだかおかしかった。

コンクリートにぺったりと座《すわ》っているせいで、しんしんと冷《ひ》えてきたが、動《うご》きたくなかった。

タケルは、リカコが、ふだんがまんしてる泣《な》きたいことを知《し》りたかったが、聞《き》かなかった。タケルだって、ナイフやケーキのことを言《い》いたくなかった。リカコも、もう何《なに》もしゃべらなかった。

タイヤが路面《ろめん》をこする音《おと》が、響《ひび》いていた。

「あ、雨《あめ》やんだみたいだね」

「そうかも」

「いこっか。もう遅《おそ》いもんね」

リカコに言《い》われて、タケルは素直《すなお》に従《したが》った。

くらげの外《そと》は、雨上《あめあ》がりの土《つち》の匂《にお》いがした。

タケルはリカコから少《すこ》し離《はな》れて、拾《ひろ》った枝《えだ》で灌木《かんぼく》についたしずくをはらいながら歩《ある》いた。


リカコは道《みち》ばたに置《お》いてあるオートバイに目《め》をとめて言《い》った。

「あたし、免許《めんきょ》、とりたいんだ、二輪《りん》の。バイクで風《かぜ》きると、身体《からだ》の輪郭《りんかく》がわかるんだって」

「あ、自転車《じてんしゃ》も、そういうとき、ある」

「そう？」

「そう。たぶん」

そういえば、最近《さいきん》マウンテンバイクの手《て》いれをしていなかった。

あしたにでも、磨《みが》いてぴかぴかにしてやろう。

タケルは、マウンテンバイクで風《かぜ》をきっている自分《じぶん》の姿《すがた》を思《おも》い描《えが》いた。なかなかよかった。

「あ。タケちゃん。メリークリスマス」

「うん」

「ね、ふつうに走《はし》っても、感《かん》じるかな」

「なにを？」

「だから、身体《からだ》の輪郭《りんかく》」

「感《かん》じるかも」

「走《はし》るか」

「え」

リカコは、ゴミのはいったコンビニの袋《ふくろ》をタケルに押《お》しつけた。

「競走《きょうそう》。スタート」

リカコは、タケルの身体《からだ》を軽《かる》く押《お》して先《さき》に走《はし》りだした。

「あっ、ずる」

タケルも、はじかれたように、リカコをおいかけ始《はじ》めた。

走《はし》りぬけて、風《かぜ》

伊《い》沢《ざわ》由《ゆ》美《み》子《こ》

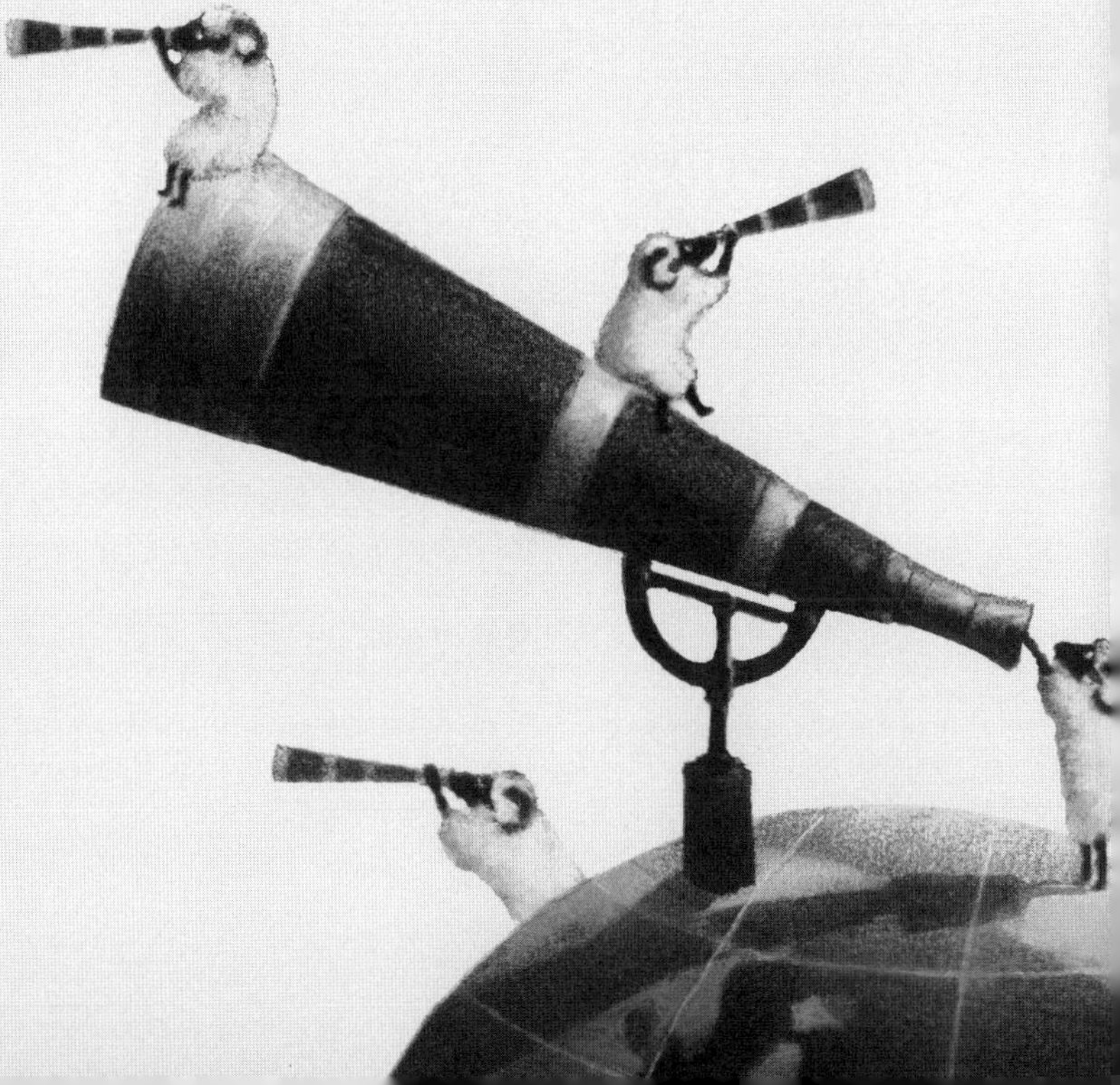

プロローグ

自転車屋《じてんしゃや》の裏手《うらて》へまわると、車《くるま》がやっと二台《だい》おけるくらいの屋根《やね》つきの駐車場《ちゅうしゃじょう》のようなところがある。そこに、新車《しんしゃ》のかわりに下取《したど》りにだされた自転車《じてんしゃ》が十台《だい》ほどならんでいる。

ユウは、乗《の》っていた自転車《じてんしゃ》のペダルから足《あし》をおろした。

すてるしかないぼろいのもあれば、まだまだ使《つか》えそうなもの、なかには、下取《したど》りにだされた理由《りゆう》がわからないほど新《あたら》しいものもある。

ユウは、フレームの黄色《きいろ》い二十六インチのサイクリング車《しゃ》を見《み》つけた。三日前《みっかまえ》にきたときにはなかったものだ。手入《てい》れされて、だいじに使《つか》いこまれたらしいことはひと目《め》でわかる。こういう自転車《じてんしゃ》には、車体《しゃたい》は国産《こくさん》でも、部品《ぶひん》に外国製《がいこくせい》のものがとりつけてあったりすることがよくある。

ユウは近《ちか》づいてみた。

「やっぱりな。」

ペダルがイタリア製《せい》のものだった。はげしく横転《おうてん》したらしく、右《みぎ》のペダルにすりけずったような傷《きず》がついていたが、性能《せいのう》にかかわるほどのものとは思《おも》えない。

ユウは、表《おもて》にまわって、自転車屋《じてんしゃや》の店《みせ》の中《なか》をのぞいた。

ランニングシャツすがたのおじさんが、指《ゆび》を黒《くろ》くして自転車《じてんしゃ》の修理《しゅうり》をしている。

十畳《じょう》ほどの店《みせ》に、三輪車《りんしゃ》が二台《だい》、子《こ》ども用《よう》の自転車《じてんしゃ》が五台《だい》、普通車《ふつうしゃ》が五台《だい》、ツーリング用《よう》の国産《こくさん》のサイクリング車《しゃ》が五台《だい》ならんでいる。店《みせ》のおくに大《おお》きな木《き》の本《ほん》だながあり、自転車《じてんしゃ》の本《ほん》や雑誌《ざっし》がびっしりとならんでいて、本《ほん》だなの横《よこ》のかべには、色《いろ》のすっかりとんでしまった写真《しゃしん》が一まいかけてある。写真《しゃしん》には、自転車《じてんしゃ》に乗《の》って気持《きも》ちよさそうにわらっている三人《にん》の男《おとこ》たちがうつっていた。

そして、写真《しゃしん》の下《した》に、フランスLe《ル》 Vent《バン》社《しゃ》の、いまはもう製造《せいぞう》されていない型《かた》のサイクリング車《しゃ》が一台《だい》かざられていた。それは、かざられているというよりは、自転車屋《じてんしゃや》のおじさんといっしょに店《みせ》にいるといった感《かん》じで、ずっとそこにあった。

「おじさん、ちょっと、すみません。」

ユウは、自転車《じてんしゃ》をおりて、ていねいに声《こえ》をかけた。

おじさんは、ちらりと顔《かお》をこちらにむけただけで、手《て》をとめるようすはない。年《とし》は、六十をすこしすぎたくらいだが、髪《かみ》も黒《くろ》いし、体《からだ》もがっしりといかつい。

ユウはすこし待《ま》つことにした。仕事《しごと》にきりがつけば、指先《ゆびさき》を手《て》ぬぐいでふきながら、おじさんはでてくるだろう。いつものことだった。

ユウは、六年生《ねんせい》になるいままで、自転車《じてんしゃ》といえば、この店《みせ》でしか買《か》ってもらったことがない。もっとも、はじめて買《か》ってもらった三輪車《さんりんしゃ》をのぞいて、あとは、おじさん特製《とくせい》の中古品《ちゅうこひん》ばかりだったが。

「なにかな。」

おじさんは、修理《しゅうり》のおわった自転車《じてんしゃ》のブレーキをたしかめると、ユウのほうをふりむいた。

「裏《うら》にあるフレームの黄色《きいろ》いサイクリング車《しゃ》、中古《ちゅうこ》で売《う》るんですか。もしそうなら、いくらくらいかなっと思《おも》って。」

「あれは売《う》らんよ。」

「えっ、どうして？」

おじさんは、ユウの自転車《じてんしゃ》をじろりと見《み》た。

まずい。ここんとこそうじをしていない。

「車《くるま》と接触《せっしょく》してけが人《にん》をだしたやつだからだ。ちょっと見《み》たんじゃわからんが、だいぶいたんでる。ペダルもだめだ。」

ユウは、いおうとしていたことにくぎをさされ、そのうえ、

「ひまなら手入《てい》れをしていけ。」

と、油《あぶら》のしみこんだぼろきれをもたされた。

やっぱりな。こうなると思《おも》った。

ユウは、ここで去年《きょねん》の四月《がっ》に買《か》った中古《ちゅうこ》の五段変速《ごだんへんそく》のサイクリング車《しゃ》を店《みせ》ののき下《した》に入《い》れると、なれた手《て》つきでそうじをはじめた。

おじさんは、自転車《じてんしゃ》を売《う》ったり修理《しゅうり》するだけでなく、客《きゃく》、とくに子《こ》どもには、手入《てい》れや修理《しゅうり》のしかたまで教《おし》える。

ユウは、ヨシさんと店《みせ》をのぞきにきているうちに、三年生《ねんせい》のころには、もう、はずれたチェーンのつけ方《かた》はもちろん、タイヤのパンクも自分《じぶん》でなおせるようになっていた。

「おじさん、福引《ふくび》きの一等《とう》のサイクリング車《しゃ》、まだこない？」

「ああ、今年《ことし》はすこしおくれるかもしれんよ。」

「ふうん。」

ユウは、後車輪《こうしゃりん》のスポークを一本《ぽん》ずつていねいにふきながら、自分《じぶん》の顔《かお》がしぜんにゆるみだしてしまうのがわかっておかしかった。

1

アパートまであと三十メートルというところで、風《かぜ》にのった大《おお》つぶの雨《あめ》が、豆《まめ》でもまきちらすような音《おと》をたててふってきた。

電柱《でんちゅう》や店《みせ》ののき下《した》にかざりつけられた中元大売《ちゅうげんおおう》り出《だ》しの紅白《こうはく》の玉《たま》かざりが、風《かぜ》と雨《あめ》にあおられてザワザワと音《おと》をたてる。

ユウは、勢《いきお》いよくアパートの入《い》り口《ぐち》にかけこんだ。

「よう、ユウ。」

ちょうど階段《かいだん》をおりてきたヨシさんが、おっさんみたいな声《こえ》をかけてきた。

なんできゅうにあんな声《こえ》になったんだろう。

わざときたなく、まだらに染《そ》めたような黒《くろ》のT《ティー》シャツを着《き》て、だぶついたジーンズのポケットに両手《りょうて》をつっこんでいる。ズックのかかとをふみつぶして、ペタンペタンとおりてくる。

ヨシさんが、つい一年半前《ねんはんまえ》には、まだ小学生《しょうがくせい》だったなんて、ユウには信《しん》じられないときがある。

「あっ、あっ、ヨシさん、ちょうどいいところで会《あ》ったね。」

ユウは、雨《あま》よけに頭《あたま》の上《うえ》にのせてきたランドセルを、いそいで背中《せなか》にしょいなおして、にこっとわらってみせた。今日《きょう》こそは、だった。

「ユウ、ひとをあてにすんな。」

ヨシさんは立《た》ちどまってそういうと、ユウの肩《かた》を両手《りょうて》でバシリとたたいた。そして、ひらりとユウのわきを通《とお》りぬけてしまった。ヘアトニックのにおいが、ヨシさんのあとをふわふわと追《お》いかけていく。

「だめか。」

ユウは、ハーッとため息《いき》をついて、今年《ことし》になってから十センチは背《せ》がのびているにちがいないヨシさんのうしろすがたを見《み》おくった。

階段《かいだん》をあがりはじめると、つーんと酢《す》のにおいがしてきた。

「うちだな。」

ユウは、昨日《きのう》、玄関《げんかん》のわきにおいてあった、土《つち》のついたままのらっきょうの大《おお》ぶくろを思《おも》い出《だ》した。

柳通《やなぎどお》りに面《めん》したアパートの、二階《かい》の二〇三号《ごう》が、ユウの家《いえ》だ。

ドアをあけると、案《あん》の定《じょう》、家《いえ》じゅう、生《なま》らっきょうのにおいでいっぱいになっていて、ユウは、ウッと息《いき》をとめた。このにおいは苦手《にがて》だ。

細《ほそ》い水音《みずおと》がして、母《はは》が流《なが》しの前《まえ》においた丸《まる》いすにでんとすわり、あらいながららっきょうの皮《かわ》をむいている。

「わっ、おどろいた。ただいまくらいいってから入《はい》ってきてよ。」

鼻《はな》をつまんだまま立《た》っているユウに気《き》づいて、母《はは》はほんとうにおどろいたようだった。

六月《がつ》の末《すえ》になると、ユウの家《いえ》の台所《だいどころ》には、大《おお》きな広口《ひろくち》びんやかめがならぶ。らっきょうの甘酢《あまず》漬《づ》けに梅干《うめぼ》し、梅酒《うめしゅ》。夏休《なつやす》み中《ちゅう》、ユウと妹《いもうと》のミチがジュースがわりに飲《の》まされる梅《うめ》エキス。しその葉《は》とレモンの酒《さけ》。あんずの酒《さけ》。

母《はは》が、梅《うめ》やらっきょうを買《か》いあさりだすと、夏《なつ》が近《ちか》いとユウは思《おも》う。

「さっき、ヨシさんのところからびわをもらったから、三つ食《た》べていいよ。」

母《はは》が、らっきょうの湯通《ゆどお》しをはじめた。ますますらっきょうは、はなやかににおいだし、ユウは、鼻《はな》をつまんだまま、呼吸《こきゅう》までとめてしまいたくなる。

どこへいくかははっきりしていなくても、もうすぐひっこすことだけはたしかなのだから、なにも荷物《にもつ》をふやすことはないと思《おも》うのだが、

「こういうものは、つくりはじめたら毎年《まいとし》つくらないといけないっていうから。」

と、つくらないとわるいことがおきそうだとでもいいたげに、母《はは》は広口《ひろくち》びんをならべる。

「ヨシさんち、いつひっこすって？」

ユウは、机《つくえ》の引《ひ》き出《だ》しのおくにしまってあるノートをだした。ノートの表紙《ひょうし》には、はでな本《ほん》の題名《だいめい》のように、「とびだせ!! 金《きん》の玉《たま》」とサインペンで書《か》いてあり、金《きん》の玉《たま》の「金《きん》」の文字《もじ》には、ごていねいに金色《きんいろ》の絵《え》の具《ぐ》までぬってあった。

「こんどの日曜日《にちようび》だって。期末《きまつ》テストがおわれば、いつでもいいんだって。いよいよ立《た》ちのき。」

母《はは》が、大《おお》なべの湯《ゆ》につかっていたらっきょうを、ザザーッとざるにあげた。

ヨシさんは、おなじアパートの四階《かい》に住《す》んでいる、ユウより二つ年上《としうえ》の中学《ちゅうがく》二年生《ねんせい》。

ユウも、四年生《ねんせい》の妹《いもうと》のミチも、おなじクラスのトモヤも、このアパートに住《す》んでいた子《こ》どもは、ここで生《う》まれて、ずっとここに住《す》んできた。

一階《かい》を貸《か》し事務所《じむしょ》にしたこの五階建《かいだ》ての新井《あらい》ビルは、一つの階《かい》に四けんが住《す》み、十六家《か》

族《ぞく》が入《はい》っていたが、いまは八けんしかのこっていない。

建《た》ってから二十五年《ねん》がすぎて、アパートは古《ふる》くなっていた。かべはペンキをぬっても、半年《はんとし》もするとぺらりと皮《かわ》がむけたようにはがれだし、雨《あめ》が二日《ふつか》つづけばかびくさくなってくる。

ユウが幼稚園《ようちえん》のころには、まだたくさんの家族《かぞく》が住《す》んでいて、雨《あめ》の日《ひ》は、ろうかや階段《かいだん》は子《こ》どもたちの遊《あそ》び場《ば》になっていた。だが、五年《ねん》くらい前《まえ》から、二間《ふたま》と小《ちい》さな台所《だいどころ》だけでは手《て》ぜまになったからと、ぽつりぽつりとひっこす家《いえ》がでてきた。たまにひっこしてくる人《ひと》がいても、二年《ねん》か三年《ねん》ででていってしまう。いつのまにか、あいた部屋《へや》に入《はい》ってくる人《ひと》はいなくなっていた。

去年《きょねん》のはじめに、アパートの持《も》ち主《ぬし》の新井《あらい》さんが、ビルの建《た》てかえの話《はなし》をもってきた。のばしにのばした立《た》ちのきの期限《きげん》が、今年《ことし》、夏休《なつやす》みのはじまる七月《がつ》ということになっていた。

新《あたら》しく建《た》つビルは、一階《かい》にコンビニエンスストア、二階《かい》に美容室《びようしつ》と喫茶店《きっさてん》、三階《かい》が学《がく》習塾《しゅうじゅく》、四階《かい》、五階《かい》がマンションに、と生《う》まれかわる。

ユウは、もう何百回《なんびゃっかい》とひらいてはとじ、すっかり古《ふる》くなったノートをまたひらいた。

毎年《まいとし》七月一日《がっついたち》から二十日《はつか》までの柳通《やなぎどお》り商店街中元大売《しょうてんがいちゅうげんおおう》り出《だ》しの福引《ふくび》きで、一等《とう》の十段《だん》変速《へんそく》ツーリング用《よう》サイクリング車《しゃ》をあてるためのノートだった。ユウが小学校《しょうがっこう》一年生《ねんせい》のときから五年間《ねんかん》しらべてきた福引《ふくび》きのデータが、ここに記録《きろく》されている。

といっても一年《ねん》のときのメモは、ヨシさんにくっついて福引《ふくび》き所《じょ》にいき、ヨシさんのまねをしてなにか書《か》いたといったもので、いまとなっては、本人《ほんにん》のユウにも、さっぱり意味《いみ》のつかめないものだった。いっしょうけんめい書《か》かれたらしい数字《すうじ》は、どこからどこまでがひと区切《くぎ》りなのかも読《よ》みとれず、ただうねうねとつづいていておかしかった。

二年生《ねんせい》のときのデータは、一等《とう》のでた日《ひ》にちと、あとは、これも意味不明《いみふめい》の数字《すうじ》の行《ぎょう》列《れつ》だった。

しかし、三年《ねん》からはちがっていた。七月一日《がっついたち》から二十日《はつか》までの天気《てんき》と、毎日《まいにち》でた玉《たま》の数《かず》までがしらべられていた。そして、四年《ねん》のときのメモには、町会長《ちょうかいちょう》の酒屋《さかや》の吉田《よしだ》のおじさんが、ひとりで木箱《きばこ》から抽選機《ちゅうせんき》に玉《たま》を入《い》れること。玉《たま》の箱《はこ》は七つあって、一つに千個《こ》ずつの玉《たま》が入《はい》っていること。どの箱《はこ》に何等《なんとう》の何色《なにいろ》の玉《たま》が入《はい》っているかは、どうやら吉田《よしだ》のおじさんだけが知《し》っているらしいことまでが書《か》きこまれている。

五年生《ねんせい》だった去年《きょねん》は、それぞれの箱《はこ》に入《はい》っている玉《たま》の種類《しゅるい》をしらべることができた。

福引《ふくび》きの期間中《きかんちゅう》に玉《たま》のでる数《かず》は、ユウのデータでは約《やく》六千二百から六千五百。毎年《まいとし》かならず一等《とう》がでているので、最後《さいご》の七個《こ》めの箱《はこ》に一等《とう》の金《きん》の玉《たま》が入《はい》っている可能性《かのうせい》はまずないと考《かんが》えてよさそうだった。

もし、最後《さいご》の箱《はこ》に入《はい》っていて、一等《とう》がでないうちに七月二十日《がつはつか》の六時《じ》になってしまったら、かっこがつかないだろう。それとおなじように、最初《さいしょ》の箱《はこ》に金《きん》の玉《たま》が入《はい》っている確率《かくりつ》も少《すく》ないと思《おも》えた。初日《しょにち》に一等《とう》がでてしまった福引《ふくび》きなんて、おもしろくもおかしくもないだろうから。すると、残《のこ》りは五箱《はこ》。その中《なか》のどれに、一等《とう》の金《きん》の玉《たま》が入《はい》っているかが問題《もんだい》だ。

一昨年《おととし》は二番《ばん》めの箱《はこ》で、五日《いつか》めにでている。去年《きょねん》は三番《ばん》め、七月八日《がつようか》にでた。

ユウは、フーッとため息《いき》をついて天井《てんじょう》をにらんだ。とにかく、それぞれの箱《はこ》の特徴《とくちょう》を、もっと知《し》らなくてはいけなかった。だのに、ユウのデータには、決定的《けっていてき》な欠陥《けっかん》があった。

去年《きょねん》も一昨年《おととし》も、抽選期間中《ちゅうせんきかんちゅう》に、ユウは夏《なつ》かぜをひいた。ちょっとのかぜならよかったが、扁桃腺《へんとうせん》もちのユウは、熱《ねつ》をだした。それで二年《ねん》とも、データには、空白《くうはく》の二日間《ふつかかん》があった。

その空白《くうはく》をうめるためにも、ヨシさんのノートを見《み》せてもらいたかったのだが、いくらたのんでもだめだとすれば……。

「やはり、たよりはこのノートだけか。」

ユウは、そうつぶやいて、またノートを見《み》る。

一等《とう》から五等《とう》までが、一つ一つべつべつの箱《はこ》に入《い》れられていることはたしかだった。それぞれの賞品《しょうひん》が、一日《にち》か二日《ふつか》の間《あいだ》に集中《しゅうちゅう》してでたことはほとんどない。

一等《とう》　サイクリング自転車《じてんしゃ》　金《きん》の玉《たま》
二等《とう》　ビデオデッキ　銀《ぎん》の玉《たま》
三等《とう》　CD《シーディー》ラジカセ　緑《みどり》の玉《たま》
四等《とう》　ボストンバッグ　黄《き》の玉《たま》
五等《とう》　英国製《えいこくせい》のティーカップセット　紫《むらさき》の玉《たま》

景気《けいき》がいいとはとても思《おも》えないこの商店街《しょうてんがい》にしては、かなりふんぱつした景品《けいひん》だとユウは思《おも》っている。

二等《とう》から五等《とう》までの景品《けいひん》は、毎年《まいとし》すこしずつ変《か》わっているが、一等《とう》のサイクリング車《しゃ》だけは変《か》わらない。

十年《ねん》ほど前《まえ》、商店街《しょうてんがい》の中《なか》から、一等《とう》が毎年《まいとし》自転車《じてんしゃ》ではつまらないという意見《いけん》がでて、三年間《ねんかん》ほどは大型《おおがた》カラーテレビになっていたらしい。でも、吉田《よしだ》のおじさんが、強引《ごういん》に自《じ》転車《てんしゃ》にもどしてしまったときいた。

店屋《みせや》のなかったこの道《みち》ぞいに、いちばん先《さき》に店《みせ》をひらいたのは自転車屋《じてんしゃや》だった。自転車《じてんしゃ》屋《や》がなかったら、花屋《はなや》も酒屋《さかや》も、つぎにここに店《みせ》をだす気《き》にはならなかっただろう。つまり、商店街《しょうてんがい》はできなかった、というのが吉田《よしだ》のおじさんの少々強引《しょうしょうごういん》な意見《いけん》で、自転車《じてんしゃ》は、この商店街《しょうてんがい》発祥《はっしょう》のシンボルだといいたいらしい。

ユウも、そんなことを酒屋《さかや》の店先《みせさき》で、客相手《きゃくあいて》に力説《りきせつ》している吉田《よしだ》のおじさんを、何度《なんど》か見《み》かけたことがある。

一等《とう》から五等《とう》までの賞品《しょうひん》のほかに、白《しろ》い玉《たま》の図書券《としょけん》、茶色《ちゃいろ》い玉《たま》の五まいひと組《くみ》のビール券《けん》、それに、商店賞《しょうてんしょう》といって、各商店《かくしょうてん》が賞品《しょうひん》をだしあうものがある。たとえば、文房《ぶんぼう》具店《ぐてん》からはそろばん、くつ屋《や》からはスポーツシューズ、電機屋《でんきや》からはヘアドライヤー、写《しゃ》真屋《しんや》からはアルバム、のり屋《や》からはのりとお茶《ちゃ》、といったように。そば屋《や》やパン屋《や》など、食《た》べ物《もの》をつくる店《みせ》からは、食券《しょっけん》や引《ひ》きかえ券《けん》がだされている。商店賞《しょうてんしょう》は青《あお》い玉《たま》で、それぞれの店《みせ》をあらわす番号《ばんごう》が、白《しろ》く書《か》かれている。

どの玉《たま》も七つの箱《はこ》にうまくわけられているらしく、初日《しょにち》から最後《さいご》の日《ひ》まで、ぽつんぽつんとわかれてでる。ほかに、商店街《しょうてんがい》のどこでも使《つか》える五千円《えん》の商品券《しょうひんけん》が二本《ほん》。これは、かならずといっていいほど初日《しょにち》か二日《ふつか》めにでているところをみると、一つは、最初《さいしょ》の箱《はこ》に入《い》れられているらしかった。たぶん、抽選会《ちゅうせんかい》の景気《けいき》づけの意味《いみ》があるのだろう。しかし、ユウが知《し》りたいのは、たった一つ、ツーリング用《よう》サイクリング車《しゃ》があたる一等《とう》の金《きん》の玉《たま》の入《はい》っている箱《はこ》のことだった。

まったく手《て》がかりがないわけではない。たとえば、去年《きょねん》も一昨年《おととし》も、一等《とう》のでた日《ひ》の前《ぜん》後《ご》に、それまでぽつぽつとでていたビール券《けん》がでていないこと。もしかしたら、一等《とう》の入《はい》っている箱《はこ》には、ビール券《けん》の玉《たま》は入《はい》っていないのかもしれない。

そして、花券《はなけん》。これは、たった一つで、小《ちい》さく菊《きく》の小花《しょうか》がかかれたピンクの玉《たま》だった。柳通《やなぎどお》り商店街《しょうてんがい》ではなく、駅前《えきまえ》の花屋《はなや》が特別《とくべつ》にだしている、一万円分《まんえんぶん》の花《はな》の引《ひ》きかえ券《けん》で、花券《はなけん》は、一等《とう》のサイクリング車《しゃ》よりも人気《にんき》があるくらいだった。

この花券《はなけん》が、去年《きょねん》は、一等《とう》のでた前日《ぜんじつ》おそくにでていた。一昨年《おととし》は、ちょうど、一等《とう》のでた日《ひ》と翌日《よくじつ》にかぜをひいて、ユウには花券《はなけん》のデータがない。

かぎは、やはり花券《はなけん》かもしれないとユウは思《おも》う。もちろん、花券《はなけん》が金《きん》の玉《たま》といっしょの箱《はこ》に入《はい》っていることがわかったとしても、たいした役《やく》にはたたないだろう。金《きん》の玉《たま》のでるまえに花券《はなけん》がでればいいが、そうとはかぎらないからだった。

ただ、一等《とう》に近《ちか》づくための有力《ゆうりょく》な手《て》がかりとして、金《きん》の玉《たま》は、もしかしたら、ビール券《けん》とではなく、花券《はなけん》といっしょに入《はい》っているかもしれないということだった。

「ちょっと、何回《なんかい》よんだら返事《へんじ》をするのよ。」

母《はは》がベランダでどなっている。

「シーツがぬれちゃってるじゃない。」

ユウは、くじ玉《だま》でいっぱいになった頭《あたま》をあげた。ジャラジャランと、玉《たま》の動《うご》く音《おと》がした。

「なに？」

「雨《あめ》よ。」

どうやら、母《はは》がらっきょうにむちゅうになっているあいだに、シーツがぐしょぬれになってしまったらしい。

ヨシさんは、日曜日《にちようび》の夕方《ゆうがた》、ひっこしていった。

くちゃくちゃとガムをかみながら、

「じゃあな。」

それで終《お》わりだった。

まんが本《ぼん》のたばをトモヤに、ユウには茶色《ちゃいろ》い封筒《ふうとう》をくれていった。

「わるいなあ。」

ユウは、中《なか》にお金《かね》が入《はい》っていると思《おも》って礼《れい》をいった。

ヨシさん一家《いっか》の乗《の》ったトラックが、夕暮《ゆうぐ》れでこみだした車《くるま》の列《れつ》の中《なか》にきえてしまうと、ユウは、四階《かい》のヨシさんの部屋《へや》にいってみた。

トモヤをさそおうと思《おも》ったが、トモヤはもう階段《かいだん》にすわって、ヨシさんからもらったまんがを読《よ》みはじめていた。ユウは、ひょろりと細《ほそ》いトモヤの背中《せなか》に声《こえ》をかけそびれて、ひとりで階段《かいだん》をのぼった。

ヨシさんの住《す》んでいた部屋《へや》は、ドアも窓《まど》もあけたままだった。

ユウは、よくここで遊《あそ》んだ。上《うえ》に兄姉《きょうだい》のいないユウは、いつもヨシさんにくっついて歩《ある》いていた。

ヨシさんは、サッカーや野球《やきゅう》や、外《そと》で遊《あそ》ぶものはなんでも得意《とくい》だったけど、家《いえ》の中《なか》の遊《あそ》びもじょうずだった。ユウもトモヤも、ファミコンはもちろん、トランプやしょうぎやオセロは、ヨシさんに教《おそ》わってできるようになった。雨《あめ》の日《ひ》は、ヨシさんの家《いえ》の前《まえ》のろうかにビニールシートをひいて、みんなでトランプなんかもやったっけ。

畳《たたみ》の上《うえ》に一つころがっていたオセロのこまをひろいながら、ユウは、自分《じぶん》のこまがつぎつぎと裏返《うらがえ》されていくときのあせりを思《おも》い出《だ》した。自分《じぶん》のうかつさをいやというほど思《おも》い知《し》らされるいっしゅんだった。

楽《たの》しいことがたくさん、この部屋《へや》にはヨシさんといっしょに住《す》んでいたけれど、もうでていってしまった。

ユウは、ヨシさんの机《つくえ》がおいてあったところに立《た》ってみた。あけはなたれた南側《みなみがわ》の窓《まど》から、いつもと変《か》わらない景色《けしき》が見《み》えた。その中《なか》を、まだ小学生《しょうがくせい》だったころのヨシさんが、自転車《じてんしゃ》に乗《の》って走《はし》ってくる。

自転車屋《じてんしゃや》に新車《しんしゃ》がならぶと、かならずヨシさんは、ユウやトモヤに教《おし》えてくれた。そして、くりっと目《め》を動《うご》かして、

「見《み》にいくか?」

ときいた。

学校《がっこう》にあがったばかりのユウとトモヤは、たいていはふたりともこっくりとうなずいて、ヨシさんのあとについていった。そのうち、ユウだけがついていくようになった。トモヤは、ユウほどヨシさんとは親《した》しくならなかった。

ヨシさんは、新《あたら》しく店《みせ》に入《はい》った自転車《じてんしゃ》を、自分《じぶん》のもののようにじまんげに、

「これだ。」

といって、教《おし》えた。

ユウがひとしきり新車《しんしゃ》を見《み》て顔《かお》をあげると、ヨシさんは、本《ほん》だなの横《よこ》にかけてある写真《しゃしん》をじっとながめている。ユウも、ヨシさんのとなりに立《た》ってみる。そうしていると、自転車屋《じてんしゃや》の店先《みせさき》から、ふっと、遠《とお》い写真《しゃしん》のむこうの道《みち》へと入《はい》ってしまう。

いつのまにか、写真《しゃしん》の三人《にん》の顔《かお》は、ヨシさんとユウとトモヤに変《か》わる。どの顔《かお》も、じつに気持《きも》ちよさそうにわらっている。

ユウは、ヨシさんがくれた封筒《ふうとう》をあけてみた。便箋《びんせん》が一まいと、メモが入《はい》っていた。お金《かね》が入《はい》っているなんてどうして考《かんが》えたのか、ユウは自分《じぶん》のばかさかげんにあきれた。

メモには、ひとこと、

「最後《さいご》は、ユウのカンだ。幸運《こううん》をいのる。」

と、たて長《なが》の文字《もじ》で書《か》いてある。

ユウは、便箋《びんせん》をいそいでひろげた。

一等《とう》の金《きん》の玉《たま》の入《はい》っている箱《はこ》についての、ここ三年分《ねんぶん》のデータが書《か》かれていた。

ユウは部屋《へや》をとびだし、階段《かいだん》をかけおりた。とちゅうで、

「おにいちゃん、ごはん。」

とよびにきた、ミチとすれちがった。

自分《じぶん》の部屋《へや》にとびこむと、ユウはデータノートをひらいた。

一昨年《おととし》、かぜをひいて福引《ふくび》き所《じょ》にいけなかった日《ひ》。一等《とう》のでた日《ひ》と翌日《よくじつ》。

「でてる。」

ユウは、ヨシさんのデータを見《み》つめた。

一等《とう》のでた翌日《よくじつ》の三時《じ》ごろ、花券《はなけん》がでたと書《か》かれていた。そして、この日《ひ》、ビール券《けん》はでていない。ビール券《けん》がではじめるのは、金《きん》の玉《たま》がでた二日後《ふつかご》からだった。

「よし。」

ユウは腹《はら》に力《ちから》を入《い》れた。

金《きん》の玉《たま》の箱《はこ》には、ビール券《けん》の玉《たま》は入《はい》ってない。そして、小菊《こぎく》のかかれた花券《はなけん》のピンクの玉《たま》が入《い》れられている。

そのことがはっきりしただけで、どんなに自転車《じてんしゃ》に近《ちか》づくことができたか。

「ヨシさん、やるぜ。」

ユウは、ヨシさんの書《か》いていってくれたメモにむかってつぶやいた。

2

都心《としん》から電車《でんしゃ》で約《やく》二十分《ぷん》。私鉄沿線《してつえんせん》のこの町《まち》は、駅《えき》をはさんで、お薬師《やくし》さんをかかえた古《ふる》くからの南口商店街《みなみぐちしょうてんがい》と、駅北口《えききたぐち》から野木川《のぎがわ》にむかうゆったりとした下《くだ》り坂《ざか》にそって、四十数《すう》けんの店《みせ》がならぶ柳通《やなぎどお》り商店街《しょうてんがい》にわかれる。

南口商店街《みなみぐちしょうてんがい》は、何年《なんねん》かごとに店内《てんない》の改装《かいそう》をする店《みせ》が多《おお》く、いつもこざっぱりしていた。こぢんまりした喫茶店《きっさてん》やブティックもあり、店々《みせみせ》の前《まえ》には、せまいながらも石畳《いしだたみ》をしいた歩道《ほどう》がつづいている。ユウの母《はは》にいわせると、歩《ある》いているだけでけっこう楽《たの》しめる商《しょう》店街《てんがい》、といえそうだ。もちろん、どの店《みせ》にも冷暖房《れいだんぼう》が入《はい》っている。

柳通《やなぎどお》りには、喫茶店《きっさてん》が一けんもない。レストランとよべるものもなく、夕方《ゆうがた》になると店《みせ》をあける焼《や》き鳥屋《とりや》が一けんと、紺《こん》のれんのさがった食堂《しょくどう》が一けん。食事《しょくじ》どきになると、焼《や》き魚《ざかな》とみそしるのにおいが流《なが》れてくる。冷暖房《れいだんぼう》のあるのは、時計屋《とけいや》と電機屋《でんきや》だけで、あとは、夏《なつ》は戸《と》をあけはなって店《みせ》の中《なか》で扇風機《せんぷうき》をまわし、冬《ふゆ》には、石油《せきゆ》ストーブを店《みせ》の真《ま》

ん中《なか》にひっぱりだしてきて、一日《いちにち》じゅうつけている。小《ちい》さい子《こ》どもが買《か》い物《もの》についていくと、どの店《みせ》でも、

「ストーブがあるから気《き》をつけてよ。」

と、かならずいわれる。

肉《にく》のモモ屋《や》は、昼《ひる》と夕方《ゆうがた》の二回《かい》、コロッケやカツをあげる。夕方《ゆうがた》あげるコロッケは、予《よ》約《やく》をしておかないと、すぐに売《う》り切《き》れてしまうほどうまい。

もうずいぶんまえから、看板《かんばん》の電気《でんき》が切《き》れたままの電機屋《でんきや》は、通《とお》りに面《めん》したウインドーに、そうじ機《き》とアイロンとドライヤーをだしているだけ。店《みせ》の中《なか》に、電池《でんち》や電球《でんきゅう》、ビデオやカセットのテープはあるが、すこし大《おお》きなものだとカタログ注文《ちゅうもん》になる。

店先《みせさき》に、入《い》り口《ぐち》もわからないほど、バケツやじょうろや竹《たけ》ぼうきをつるした雑貨屋《ざっかや》には、ほこりをかぶった茶《ちゃ》わんが、いつもくずれそうに重《かさ》ねられていた。

こんな、気《き》のきいたところのすこしもない店《みせ》のならびではあったけれど、毎日《まいにち》の生活《せいかつ》に必要《ひつよう》なこまかなものは、みんなそろっているようだった。

三十五年《ねん》ほど前《まえ》に、ぽつりぽつりとならびはじめたという店々《みせみせ》は、ほとんどがそのころのままで、一階《かい》を店《みせ》にして、おくや二階《かい》には、たいてい店《みせ》の人《ひと》の一家《いっか》がくらしていた。

この柳通《やなぎどお》り商店街《しょうてんがい》にむかしから加盟《かめい》している三十六店《てん》で、中元大売《ちゅうげんおおう》り出《だ》しの期間中《きかんちゅう》に買《か》い物《もの》をすると、二百円《えん》につき一まいずつ抽選券《ちゅうせんけん》がもらえる。これを二十まい集《あつ》めると、福引《ふくび》き所《じょ》で抽選機《ちゅうせんき》を一回《かい》まわすことができるのだ。

中元大売《ちゅうげんおおう》り出《だ》しの期間《きかん》は、毎年《まいとし》、七月一日《がっついたち》から二十日《はつか》までときまっていた。

柳通《やなぎどお》り商店街《しょうてんがい》の会長《かいちょう》をしている吉田《よしだ》さんの家《いえ》は、柳通《やなぎどお》りももう終《お》わりに近《ちか》い、坂《さか》をおりきったところにある酒屋《さかや》で、いまは息子夫婦《むすこふうふ》が店《みせ》をとりしきっている。

そろそろ六十になろうという吉田《よしだ》のおじさんは、朝《あさ》と晩《ばん》に店《みせ》の前《まえ》をはいたり、店《みせ》のたなにならんだ洋酒《ようしゅ》のびんを、かわいたふきんでふいたりしている。ときどき息子《むすこ》の仕事《しごと》にけちをつけてどなりつけているのも見《み》かける。

それが、ここ二、三日《にち》、すがたを見《み》せない。あと三日《みっか》で福引《ふくび》き所《じょ》がひらくというのに、病気《びょうき》でもしているのだろうか。

吉田《よしだ》のおじさんがくじ玉《だま》の係《かかり》をやるかやらないかは、ユウにとっては大問題《だいもんだい》だった。ユウのもっているデータは、すべて、吉田《よしだ》のおじさんがくじ玉《だま》の係《かかり》をした場合《ばあい》のものだった。べつの人《ひと》が、ぜんぜんちがう方法《ほうほう》でくじ玉《だま》をあつかうとすれば、いままでのデー夕が山《やま》ほどあったとしても役《やく》にはたたない。

ユウが、あけはなしの店《みせ》の前《まえ》を、自転車《じてんしゃ》に乗《の》ったまま通《とお》りすぎてみたり、のぞいたりしていたら、

「なにか買《か》い物《もの》?」

と、若《わか》いおくさんがレジのところから声《こえ》をかけてきた。

「あっ、酢《す》、酢《す》をください。」

いってしまってから、しまった、ジュースにすればよかったと思《おも》った。

「小《ちい》さいほうでいいのかしら。」

「はい、いちばん小《ちい》さいの。」

おくさんは、レジの横《よこ》のたなから酢《す》のびんを一本《ぽん》とって、さっとふきんでふくと、小《ちい》さなビニールのふくろに入《い》れてくれた。

「おじさんは? 病気《びょうき》?」

「おじさん? おじいちゃんのこと? おじいちゃんと友《とも》だちだった?」

おくさんは、意外《いがい》そうにユウの顔《かお》を見《み》ると、クッとわらって、

「おじいちゃんは病気《びょうき》なんかしないのよ。体《からだ》もここも、たっしゃなんだから。」

と、口《くち》を指《ゆび》さした。

「いまね、おきよめにいってるの。」

「おきよめ？」

「そう、一日《ついたち》からの福引《ふくび》き係《がかり》の大役《たいやく》がぶじにできるようにってね。温泉《おんせん》よ。毎年《まいとし》なの。でも、今夜《こんや》にはもどるのよ。なにか用《よう》があった？」

「ううん、べつに。酢《す》、いくらですか。」

「百九十円《えん》です。」

ユウは、ポケットの底《そこ》から百円玉《えんだま》を二つひっぱりだしてわたした。

どうして、毎年《まいとし》、福引《ふくび》き所《じょ》にかよいつづけるのかと人《ひと》にきかれても、ユウは自分《じぶん》でもうまく答《こた》えられないだろう。

七月《がつ》、八百屋《やおや》の店先《みせさき》にすいかがつみあげられ、食堂《しょくどう》に「氷《こおり》」の旗《はた》がひらめき、本屋《ほんや》の店先《みせさき》にひと月早《つきはや》い八月号《がつごう》の雑誌《ざっし》がならんだだけで、大《おお》きな窓《まど》がさあっとひらいたような明《あか》るい光《ひかり》が体《からだ》の中《なか》にひろがってくる。

夏《なつ》がくる、福引《ふくび》きがはじまる、福引《ふくび》き所《じょ》に自転車《じてんしゃ》がくる、と思《おも》うだけで、体《からだ》の中《なか》でなにかがかってにさわぎはじめる。

毎年《まいとし》、特注《とくちゅう》でつくられてくる一等《とう》のツーリング用《よう》のサイクリング車《しゃ》は、自転車屋《じてんしゃや》にあるLe《ル》 Vent《バン》に似《に》て、無口《むくち》にただじっと立《た》っていた。

二十六インチの銀色《ぎんいろ》の車輪《しゃりん》は、いったんまわりはじめれば、あっというまにユウを豆《まめ》つぶのように小《ちい》さくのこして走《はし》り去《さ》ってしまうだろう。それは、きっと、あの写真《しゃしん》のむこうの道《みち》へさえも、時間《じかん》をすりぬけて走《はし》りつづけることができるにちがいない。

その晩《ばん》ユウは、妹《いもうと》のミチに貯金箱《ちょきんばこ》からだした五百円玉《えんだま》をわたし、仕事《しごと》をたのんだ。

福引《ふくび》き所《じょ》は一日《ついたち》の三時《じ》にはひらく。ユウが学校《がっこう》からもどるのは、はやくて四時前《じまえ》。クラブや委員会活動《いいんかいかつどう》のある日《ひ》は五時近《じちか》くになることだってある。短縮授業《たんしゅくじゅぎょう》がはじまる五日《いつか》まては、ユウがもどるまでのあいだ、だれかにあたりくじをメモしておいてもらわなくてはいけない。なにがどんな順《じゅん》にでたかをメモしてもらうためには、どうしてもミチの助《たす》けが必要《ひつよう》だった。

「いいか、赤《あか》い玉《たま》以外《いがい》のあたりくじは、みんなメモしろよ。」

「うん。」

ミチはこういうことではじゅうぶんに信頼《しんらい》できる。なにしろ、きちょうめんすぎて口《くち》うるさいくらいなのだから。

「おれがいくまでぜったい動《うご》くな。便所《べんじょ》にもいくな。友《とも》だちがよんでもいくな。いいか。」

「いいけど、どうしたの？　こんなにたくさんくれちゃって。」

てのひらの五百円玉《えんだま》とユウを見《み》くらべながら、ミチは、ふしぎそうにまばたきをした。

「うるさくきくな。つきが落《お》ちる。」

ユウがミチと話《はなし》をしていると、ふすまがあいて、母《はは》が酢《す》のびんをもって入《はい》ってきた。

「だれか、酢《す》を買《か》ってきた？」

ユウとミチは、同時《どうじ》に、ううんと首《くび》を横《よこ》にふった。

「らっきょうをつけたときに買《か》いすぎているというのに、また酢《す》がでてきた。ふしぎだ。」

母《はは》はそういうと、じろりとユウの顔《かお》を見《み》て、部屋《へや》をでていった。

福引《ふくび》きがはじまる前々日《ぜんぜんじつ》、ユウは、学校《がっこう》から帰《かえ》ると、さっそく福引《ふくび》き所《じょ》になる場所《ばしょ》へいってみた。

むかし貸《か》し本屋《ほんや》だったという店《みせ》は、いまは貸《か》し店舗《てんぽ》で、一週間《しゅうかん》ごとに、いろいろな商売《しょうばい》に店《みせ》を貸《か》す。東南《とうなん》アジアの民芸品《みんげいひん》の店《みせ》がきたり、おもちゃ屋《や》がきたり、ジーパンの安売《やすう》りの店《みせ》が入《はい》ったり、なんでも百円《えん》の店《みせ》が入《はい》ったり、一週間《しゅうかん》だけゲームセンターになったこともある。

ゆか板《いた》がなく、土《つち》がむき出《だ》しででている六畳《じょう》くらいの広《ひろ》さのところに、紅白《こうはく》の幕《まく》がぐるりとはられ、通《とお》りに面《めん》したところには、横長《よこなが》の机《つくえ》がおかれていた。

まだ、抽選機《ちゅうせんき》ははこびこまれていなかった。

おきよめにいって、すこし色《いろ》が白《しろ》くなったような吉田《よしだ》のおじさんが、ゆかをはいていた。おくの、やはり六畳《じょう》ほどの畳《たたみ》の部屋《へや》のあがりかまちに、木箱《きばこ》が七つ、つみ重《かさ》ねられている。

ユウは、入《い》り口《ぐち》におかれた机《つくえ》にひじをついて、じっと箱《はこ》を見《み》た。金《きん》の玉《たま》の入《はい》っている箱《はこ》には、なにか目印《めじるし》があるのかもしれない。

しかし、箱《はこ》はどれもおなじようで、ふたには白《しろ》い紙《かみ》で封《ふう》がしてあった。去年《きょねん》、福引《ふくび》きがおわったときにつけられたものにちがいない。

「なんだ、なにか用《よう》か。」

きゅうに、吉田《よしだ》のおじさんがふりかえった。

ごま塩頭《しおあたま》を五分《ぶ》がりの丸《まる》ぼうずにして、二重《ふたえ》の大《おお》きな目玉《めだま》をぐりんと動《うご》かすおじさんは、いたずらぼうずがタイムスリップして、年《とし》をとったような感《かん》じだった。

「おじさん、どの箱《はこ》に金《きん》の玉《たま》が入《はい》ってるのか教《おし》えてよ。」

ユウは、すらりときいてみた。

「秘密《ひみつ》だ。」

「教《おし》えて。」

「だめだ。」

「おれ、自転車《じてんしゃ》、あてるよ。」

そういって、ユウはにやりとわらった。

「今年《ことし》はいよいよおまえの番《ばん》か。去年《きょねん》まではのっぽがそういってたが、あたらなかった。欲《よく》をだすものにはあたらんのだ。無欲《むよく》が勝《か》つ。高校野球《こうこうやきゅう》の監督《かんとく》も、よくそういっとるだろう。」

おじさんはそういって、通《とお》りにぱっぱっと水《みず》をまきはじめた。

「冷《つめ》てえ。」

ユウはうしろにとびのいた。

「はい、どいてどいて。」

商店街《しょうてんがい》の役員《やくいん》の人《ひと》たちが、荷物《にもつ》をはこびこんできた。いすや灰皿《はいざら》や、すずりや筆《ふで》。紙《かみ》くず入《い》れ、茶《ちゃ》わんやきゅうす。

そして、魚松《うおまつ》のおじさんがだいじそうにもってきたのは、抽選機《ちゅうせんき》だった。

「いよいよきたか。」

ユウは、抽選機《ちゅうせんき》と、玉《たま》をかぞえるときに使《つか》う数《かぞ》え箱《ばこ》が、おくの部屋《へや》にはこばれるのを見《み》とどけると、でてきた魚松《うおまつ》のおじさんに声《こえ》をかけた。

「おじさん。」

「なんだい。」

「あの抽選機《ちゅうせんき》、いつもの年《とし》とおなじやつでしょ?」

「ああ、一回《かい》めからずっと使《つか》ってるやつだよ。もう、ほとんど骨董品《こっとうひん》だな。」

入《い》り口《ぐち》の両側《りょうがわ》にさげられたちょうちんに、灯《ひ》がついた。いよいよ明後日《あさって》からか。

ユウは、福引《ふくび》き所《じょ》にむかって、神社《じんじゃ》でするように、パンパンと柏手《かしわで》を打《う》って頭《あたま》をさげた。

顔《かお》をあげると、吉田《よしだ》のおじさんが、ユウのいるほうに、また、水《みず》をまこうとしていた。

「おじさん、福引《ふくび》きのあいだ、病気《びょうき》するなよな。」

おじさんは、フン、と鼻《はな》で一つわらうと、ひしゃくでパーッと水《みず》をまいてよこした。

が、水《みず》が下《した》に落《お》ちたときには、もう、ユウのすがたはきえていた。

ユウの家《いえ》の夕食後《ゆうしょくご》の話題《わだい》は、ここひと月《つき》ほどおなじだ。

なにしろ、このビルの住人《じゅうにん》で、でていく先《さき》がはっきりしないのは、ユウの家《いえ》だけなのだから。

立《た》ちのきの期限《きげん》だけはきまっていて、ひっこす先《さき》がなくて、よく平気《へいき》でいられるとユウは思《おも》うのだけれど、父《ちち》も母《はは》もたいして気《き》にしているようすもない。

「まあ、もうちょっとまて。」

と、父《ちち》がいうのは、ここからまた電車《でんしゃ》で二十分《ぷん》ほどおくに入《はい》ったところにある、父《ちち》の会社《かいしゃ》の社宅《しゃたく》のあきをあたっているからだ。

父《ちち》の会社《かいしゃ》には、この三月《がっ》に停年《ていねん》になった人《ひと》で、社宅住《しゃたくず》まいの人《ひと》がふたりいるらしいのだが、その人《ひと》たちも、つぎの住宅《じゅうたく》がなかなかきまらず、まだでられないでいるという。その中《なか》のひとりが、ようやく七月《がっ》の初《はじ》めにひっこせることになって、そのあとへ入《はい》れそうだというのだ。でも、ほかにも入《はい》りたい人《ひと》がいるとかで、それも確《たし》かではない。それに、前《まえ》の人《ひと》がでていったあと、社宅《しゃたく》の内装工事《ないそうこうじ》に二週間《しゅうかん》くらいはかかるらしい。そうなると、もしそこにうまくひっこせるとしても、ひっこしは、夏休《なつやす》みに入《はい》ってしばらくしてからになりそうだった。

だいたい、六年生《ねんせい》の二学期《がっき》になって、父親《ちちおや》の転勤《てんきん》でもないのに転校《てんこう》するなんてまのわるいやつは、めったにいない、とユウは思《おも》う。それも、こんなたよりないひっこし。

二階《かい》のトモヤのところは、柳通り商店街《やなぎどおりしょうてんがい》をぬけて、柳橋《やなぎばし》をわたったグラウンドの横《よこ》のマンションにおちつくことがきまっている。学区内《がっくない》だから転校《てんこう》はない。

五年《ねん》になっておなじクラスになった三階《がい》のナオコの家《いえ》は、学校《がっこう》の近《ちか》くで、このアパートよりもっとせまくて古《ふる》いアパートに、明日《あした》、ひっこすことになっている。

ナオコは、四年《ねん》のときに北海道《ほっかいどう》からこしてきた。

母《はは》たちの話《はなし》では、ナオコの父《ちち》は、新《あたら》しい商売《しょうばい》をはじめてまもなく、病気《びょうき》でなくなったらしい。大《おお》きな借金《しゃっきん》で家《いえ》もなにもなくして、ナオコの母《はは》の兄《あに》にあたる新井《あらい》さんをたよってここにきたという。

ユウもよく知《し》っているけれど、ナオコたちがこんど住《す》むアパートは、おせじにもいい感《かん》じとはいえない。ひとり暮《ぐ》らしでいつもぶらぶらしているおじさんとか、学生風《がくせいふう》の男《おとこ》の人《ひと》たちが住《す》んでいて、ぶらんとねじれた手《て》ぬぐいやくつ下《した》が、窓《まど》の外《そと》にほしてあったりする。

アパートの入り口《いぐち》には、肥満体《ひまんたい》の三毛猫《みけねこ》が、いつも足《あし》をのばして、腹《はら》に日《ひ》をあててねそべっている。

「ナオコちゃんちもたいへんだけど、トモヤくんのところも、これからがたいへん。」

ひときれのこっていたきゅうりのおしんこを口《くち》に入《い》れながら、母《はは》がつぶやいた。

「いくら中古《ちゅうこ》だからって、買《か》うとなれば高《たか》いもの。」

母《はは》は、なにか心配《しんぱい》ごとでもはらいのけるように、ふうっと大《おお》きなため息《いき》をついた。

「そうよね。また、おばさんがお酒《さけ》を飲《の》みはじめたら、どうするんだろう。」

まんがから顔《かお》をあげてミチがいった。

女の子《おんなのこ》って、ときどき、いやなことを平気《へいき》でいうんだ。と、ユウは思《おも》う。

ごろりと横《よこ》になって、ヤクルト—中日戦《ちゅうにちせん》を見《み》ている父《ちち》のとなりに、おなじかっこうでねころびながら、ユウは、一昨年《おととし》の冬《ふゆ》のことを思《おも》い出《だ》していた。

毎晩《まいばん》のように、トモヤの家《いえ》からは、おじさんのどなり声《ごえ》がきこえた。

夜《よる》おそく、おじさんが仕事《しごと》から帰《かえ》ってみると、おばさんは、目《め》もあかないほど酔《よ》っぱらっている。台所《だいどころ》のテーブルの下《した》に、ぺたんとすわりこんでいることもあれば、服《ふく》のまま、トモヤのしいたふとんの上《うえ》で、くだくだと訳《わけ》のわからないことをしゃべっていることもある。

おじさんのどなり声《ごえ》とトモヤの泣《な》き声《ごえ》と、びんのたおれる音《おと》と。

ユウは、ふとんの中《なか》にもぐりこみながら、はやくさわぎがおさまってくれと願《ねが》っていた。どうして、あのおとなしそうなおばさんは、動《うご》けなくなるほど毎日酒《まいにちさけ》を飲《の》むのか、ユウにはわからなかった。

トモヤが三年《ねん》になったころから、おばさんの酒《さけ》の量《りょう》はふえはじめていた。昼間《ひるま》から酒《さけ》くさくなった。はじめのうちは、ユウが遊《あそ》びにいくと、いそいで酒《さか》びんをかくしていたのに、そのうち、ユウがいっても平気《へいき》で飲《の》むようになった。

ユウは、よく、トモヤと窓《まど》ぎわによりかかってすわりながら、おばさんのさきいかを食《た》べた。

トモヤの家《いえ》はすこしずつちらかっていった。ときどきユウも、トモヤが酒《さか》びんをはこびだすのをてつだったりした。ビールびんを何度《なんど》も酒屋《さかや》まではこんで、酒屋《さかや》からもらったお金《かね》で、カップラーメンを買《か》って食《た》べた。

トモヤは、だんだん友《とも》だちと遊《あそ》ばなくなった。成績《せいせき》もよくて、なんにでもけっこう積極《せっきょく》的《てき》だったトモヤは、四年《ねん》のころから、口数《くちかず》の少《すく》ない、めだとうとしない子《こ》になっていった。

雨《あめ》の日《ひ》に、たいくつしたユウが、まんがをかかえて遊《あそ》びにいくと、トモヤもかべによりかかって、やっぱりまんがを読《よ》んでいた。

雨《あめ》の音《おと》と、雨《あめ》の中《なか》を走《はし》りぬける車《くるま》の音《おと》と、こたつにすわったおばさんがコップにつぐ酒《さけ》の音《おと》の中《なか》で、トモヤはだまってまんがを読《よ》んでいた。

そして、夜《よる》になるときまって、おじさんのどなり声《ごえ》と、トモヤの泣《な》き声《ごえ》がきこえてきた。

クリスマスの前《まえ》の日《ひ》に、おばさんは病院《びょういん》に入《はい》ってしまって、四月《がつ》までもどってこなかった。


「だいじょうぶだよね、とうさん。おばさん、病院《びょういん》でちゃんとなおしたんだもんね。」

ユウは、父《ちち》の背中《せなか》に小声《こごえ》でいってみた。

「おばさんだって、ばかじゃないよ。」

そうさ、とユウは思《おも》う。このごろのおばさんは、さっぱりとした顔《かお》で、パートの勤《つと》めにでている。

「マンションを買《か》うんだもの、しっかりかせがなくっちゃ。」

なんてわらいながら、でかけていく。トモヤだって、去年《きょねん》も今年《ことし》も、学級委員《がっきゅういいん》をやってがんばっているんだもの、もう、あんなことは二度《にど》とおこらないにきまっている。

「ユウ、夏休《なつやす》みになったら、いつでもひっこせるようにしとけよ。」

父《ちち》がきゅうにそういって立《た》ちあがった。ヤクルトは、三日続《みっかつづ》きのさよなら負《ま》けをした。

「かあさん、おれ、今年《ことし》の夏《なつ》は、学校《がっこう》のプールどうなるんだろう。転校《てんこう》しますってあいさつしておいて、まだプールにいってたら、ちょっとかっこつかないよなあ。」

「べつにいいんじゃないの。どうせただなんだから。」

母《はは》が、洗剤《せんざい》のあわだらけの手《て》をとめもしないでいった。

3

日曜日《にちようび》は、ナオコの家《いえ》のひっこしだ。

トモヤのとうさんが会社《かいしゃ》から借《か》りてきた小型《こがた》トラックで、大《おお》きな荷物《にもつ》ははこぶことになっていた。ユウの父《ちち》もてつだって、二往復《おうふく》もすればおわるだろうということだった。

茶《ちゃ》わんやなべは、いちいち荷造《にづく》りをするとかえってめんどうなので、ユウの母《はは》やトモヤんちのおばさんが、ひまなときにすこしずつはこんであった。

ユウとトモヤは、使《つか》いかけの油《あぶら》やしょうゆをはこぶようにいわれた。

「見《み》て。」

ユウが、ナオコの弟《おとうと》で一年生《ねんせい》のシンの声《こえ》にふりかえると、ナオコもシンも、教科書《きょうかしょ》やノートの入《はい》ったランドセルをしょい、手《て》に長《なが》ぐつやかさや水着《みずぎ》の入《はい》ったビニールぶくろをもって立《た》っていた。日曜日《にちようび》にこのかっこうはすこし気《き》の毒《どく》な気《き》がしたが、ナオコはシンの手《て》をひいて、けっこう楽《たの》しげに新《あたら》しいアパートにでかけていった。

「荷物《にもつ》は少《すく》ないし、なんだかさみしいひっこしだわ。」

ナオコのかあさんが、自分《じぶん》でもおかしいというような笑顔《えがお》をつくった。

「最高《さいこう》じゃないの。うちなんか、がらくたばかりで、ひっこしのとき、廃品回収《はいひんかいしゅう》の車《くるま》とまちがえられるかも。」

ユウの母《はは》が、かべにかけてあったカレンダーをはずして、くるくるとまるめながらわらった。

「そうよ、そうよ。」

トモヤのかあさんは、そういって、扇風機《せんぷうき》を車《くるま》にはこんでいった。

小型《こがた》トラックは、ふとんとたんすとナオコの勉強机《べんきょうづくえ》、小《ちい》さなテーブルといす、テレビなどをつんで、いったんでた。あとは、食器《しょっき》だなと洗濯機《せんたくき》と冷蔵庫《れいぞうこ》と、段《だん》ボールが五、六個《こ》。

荷物《にもつ》がないといっても、やはり、ひっこしは昼《ひる》すぎまでかかった。

大家《おおや》の新井《あらい》さんの家《いえ》からとどけられたお弁当《べんとう》を、ひっこし先《さき》のアパートでみんなで食《た》べた。こんどのアパートには、六畳《じょう》と三畳《じょう》がひと間《ま》ずつに、小《ちい》さな台所《だいどころ》があるだけで、みんながすわったらいっぱいになってしまった。

「大《おお》きな家《いえ》に住《す》んでいるんだから、いっしょに住《す》まわせてくれればいいのにねえ。妹《いもうと》なんだから。」

ユウの母《はは》が、新井《あらい》さんのことでもんくらしいことをいった。

「でも、それは、かえって気《き》がねで、子《こ》どもたちにもよくないし。それに、いつかまた三人《にん》で、北海道《ほっかいどう》へもどるつもりでいるから。」

そういいながら、ナオコのかあさんがお茶《ちゃ》をいれてくれた。

とうさんたちは、さっそくセットしたテレビで、野球《やきゅう》のデーゲームを見《み》ている。

「遊《あそ》びにきてもいい？」

ごはんをほおばりながら、ミチがナオコにきいている。

「うん。」

うなずきながらいつものようにわらうナオコを、ユウはちらりと見《み》た。

ナオコは、きちんとすわって、細《ほそ》く長《なが》い指先《ゆびさき》ではしをにぎり、弁当《べんとう》のごはんをていねいに口《くち》にはこんでいく。

ナオコは、クラスの女《おんな》の子《こ》の中《なか》で、ひとりだけ、どこかちがっているとユウは思《おも》う。

ナオコは、いつも新井《あらい》ビルの屋上《おくじょう》で、本《ほん》を読《よ》んだり、宿題《しゅくだい》をしたりしている。小《ちい》さな折《お》りたたみのいすにすわって、雨《あめ》のふらない日《ひ》はほとんど毎日《まいにち》、ひざに本《ほん》や教科書《きょうかしょ》をひろげていた。それなのに、ナオコは、クラスでは勉強《べんきょう》のできない子《こ》だった。それはもう、いらいらするくらい、授業中《じゅぎょうちゅう》でもだめなことがあった。さされても答《こた》えられないことが多《おお》かったし、ぼんやりしているといって注意《ちゅうい》されることもあった。絵《え》と家庭科《かていか》のほかは、からっきしといった感《かん》じだった。

ただ、ナオコは食事《しょくじ》をするときだけは、ほかの子《こ》はだれもかなわないくらい、きれいな食《た》べ方《かた》をした。ゆったりとおちついて、まるで静《しず》かなレストランで食事《しょくじ》でもしているように見《み》えた。

弁当《べんとう》に入《はい》っていたカツを口《くち》にはこびながら、ユウは、目《め》の横《よこ》にうつるナオコが、みょうに気《き》になってしかたなかった。

新《あたら》しいアパートには、かあさんたちだけがのこって、荷物《にもつ》のかたづけをてつだうことになった。

ユウとトモヤが帰《かえ》ろうとすると、ナオコが空《から》の段《だん》ボールをもってついてきた。

「なにか、まだある？」

ぼそっと、トモヤがきいた。

「植木《うえき》ばち。」

ナオコがそう答《こた》えたとたん、ユウの口《くち》の中《なか》に、いちごのみずみずしいあまさがひろがった。

アパートの階段《かいだん》をあがりながら、

「ひとりではこべる？」

いちおう、ユウはきいてみた。

「おれ、ちょっと用《よう》があるから帰《かえ》るな。」

トモヤはそういうと、部屋《へや》のほうへいってしまった。

「じゃあな、トモ。」

ユウは片手《かたて》をあげたが、トモヤはふりかえらずに、ドアの中《なか》に入《はい》ってしまった。トモヤがしめた部屋《へや》のドアを見《み》つめながら、ユウは、ふっと短《みじか》いため息《いき》をついた。

屋上《おくじょう》には、ほとんどの家《いえ》が思《おも》い思《おも》いの場所《ばしょ》に植木《うえき》ばちをおいている。

「たくさんあるのか？」

「うん。」

ユウは、しかたがないといったかっこうで、階段《かいだん》をのぼった。

「車《くるま》ではこんじゃえばよかったのに。」

「おいていっちゃうつもりだったんだけど、やっぱりかわいそうだから。」

ナオコは、もってきた段《だん》ボールに一つずつはちを入《い》れはじめた。ユウには、どう見《み》ても草《くさ》みたいなものばかりだった。わかるのは、細長《ほそなが》いプランターに植《う》えられたいちごぐらいだった。

「これ、もってくれる？」

ナオコにもたされたのは、その、いちごのプランターだった。

「これ、なんの草《くさ》？」

ユウは、とぼけてきいてみた。

「おいしい、いちご。」

ナオコはそういうと、ふふっとわらった。

ユウは、屋上《おくじょう》で遊《あそ》んでいてのどがかわくと、ナオコの家《いえ》のいちごをつまんで食《た》べていた。大《おお》つぶのもあれば、小指《こゆび》の先《さき》くらいのもあったけれど、どれもあまかった。いちごは、四月《がつ》から六月《がつ》まで、つぎからつぎへとなった。気《き》づかれないように気《き》をつかって食《た》べていたつもりだったが、ナオコは知《し》っていたのか。

「あのさあ。」

ユウは、ちょっと考《かんが》えてからたずねた。

「勉強《べんきょう》がすきなのか？　いやさあ、いつもやってただろう、おれの百倍《ばい》くらい。」

「うん、すきなの。」

ナオコは、とてもすてきなことをきいてくれたとでもいいたげにわらった。

「できないけどすき。だって、教室《きょうしつ》ではわからなくって情《なさ》けないなと思《おも》っても、家《いえ》に帰《かえ》ってゆっくり考《かんが》えたりすると、すこしずつわかってくるから。わからなかったところがわかったときって、とってもうれしい。」

ナオコは、首《くび》をすくめて、またわらった。

「でも、わたしがわかったころには、先生《せんせい》はまたちがうことを教《おし》えていて、わたしは、またわからなくなっているの。もう、たいへん。」

はちは、なんとか段《だん》ボールにおさまった。

ユウは、重《おも》そうな段《だん》ボールのほうを、荷台《にだい》のついている父《ちち》の自転車《じてんしゃ》のうしろにのせてはこぶことにして、いちごのプランターをナオコにかえした。

「ユウくんはいいね。授業中《じゅぎょうちゅう》、あんまりきいてないみたいなのに、けっこうできるもん。」

ナオコは、たいしてうらやましそうなようすもなく、そういった。

「そのうち、負《ま》けるよ。」

ユウは、

「まじめさが、人生《じんせい》を支配《しはい》するのです。」

と、とてもまじめそうな男《おとこ》の人《ひと》が、テレビで話《はな》していたのを思《おも》い出《だ》していた。

この日《ひ》の夕方《ゆうがた》までに、ナオコの家《いえ》のほかに、四けんがひっこしていった。

アパートの入《い》り口《ぐち》の、まるで送別会《そうべつかい》のようなにぎやかさが去《さ》ると、いままで見《み》たこともない静《しず》けさが、新井《あらい》ビルの中《なか》にひろがっていった。

ついにアパートには、トモヤの家《いえ》とユウの家《いえ》の二けんがのこるだけになった。

4

七月一日《がっついたち》、月曜日《げつようび》。

さあ、いよいよ福引《ふくび》きがはじまる。

ユウは、学校《がっこう》へいく前《まえ》に、もう一度《いちど》ミチに念《ねん》をおした。ミチは月曜日《げつようび》に習字《しゅうじ》を、水曜日《すいようび》に空手《からて》をならっている。

水曜日《すいようび》には、ユウも早《はや》めに帰《かえ》れるからいいが、今日《きょう》はいそいで帰《かえ》ってきて交代《こうたい》してやらなくては、ミチが習字《しゅうじ》におくれる。

「いいか、トイレはすましてからいけよ。あたりくじは一つものこらず書《か》け。」

「だれがあてたかも書《か》くの？」

「ばか、そんなのはいいんだっていってるだろう。何等《なんとう》のなにがでたかだけ書《か》け。でた順番《じゅんばん》に書《か》いておけ。じゃまだっていわれてもはなれるな。おれがいくまで、ぜったいに福引《ふくび》き所《じょ》からはなれるなよ。いいな。」

「はあい、わかりました。」

ミチは、たいくつするといやだから、まんがをもっていくといっていた。

ユウはその日《ひ》、そうじ当番《とうばん》をサボって走《はし》って帰《かえ》ると、ドアの中《なか》にランドセルをほうりこみ、自転車《じてんしゃ》にとび乗《の》った。

ミチは習字《しゅうじ》の道具《どうぐ》をもって、ひまそうに福引《ふくび》き所《じょ》の横《よこ》にしゃがんでいた。

「よし、もういいぞ。」

ユウは、ミチからメモを受《う》けとった。

「すごいのよ、すし屋《や》のヤッくんがね、ビール券《けん》とお米《こめ》あてちゃったんだから。」

お米《こめ》というのは、米屋《こめや》でだした商店賞《しょうてんしょう》のことらしい。

「あいつ、自分《じぶん》ちの店《みせ》で使《つか》えるもんばっかしあてやがったのか。」

ユウはおかしかった。

「もういいぞ。習字《しゅうじ》だろ。」

ユウは、ミチの書《か》いたメモを見《み》た。さすがにきちんと書《か》きこまれている。

ビール券《けん》と図書券《としょけん》がでているところを見《み》ると、ここ二、三日《にち》は、一等《とう》がでることはまずないと思《おも》えた。

「妹《いもうと》まで使《つか》って、ご苦労《くろう》だな。」

吉田《よしだ》のおじさんが、くわえたばこででてきた。

「今年《ことし》はな、景品《けいひん》が多《おお》くて楽《たの》しみだ。」

そういうと、にたりとわらった。

「景品《けいひん》が多《おお》いって、なんだ。」

ユウは、いやな予感《よかん》がした。福引《ふくび》き所《じょ》の中《なか》を見《み》ても、一等《とう》から五等《とう》までの景品名《けいひんめい》が書《か》かれていて、最後《さいご》に、「その他《た》、あたりくじ多数《たすう》」と書《か》いてあるだけだった。

「今年《ことし》で最後《さいご》かもしれんからな、この福引《ふくび》きも。それで、とび入《い》りで景品《けいひん》をだしてくれる店《みせ》があるってことだ。来年《らいねん》のいまごろは、もうこのあたりは変《か》わっているさ。」

おじさんは、けむたそうに目《め》を細《ほそ》めながら、口《くち》からたばこをはなした。

「なんで？」

「うん？　知《し》らんのか。スーパーが二つも入《はい》ってくる。土地《とち》はもう手《て》に入《い》れたらしい。二つもきたんじゃあ、やっていけない店《みせ》も多《おお》いだろう。」

そんなことがあるのか。ユウには見《み》えなかった商店街《しょうてんがい》の事情《じじょう》だった。新井《あらい》ビルの建《た》てかえも、その変《か》わりようの一つなのかもしれないと、ふと、ユウは思《おも》った。

「おじさんのところは？」

「ん、やれるところまで、やればいい。」

吉田《よしだ》のおじさんは、たばこをゴムぞうりの先《さき》でぎゅっとふみつけると、おくへひっこんでしまった。

六時《じ》までのあいだに福引《ふくび》き所《じょ》にきたのは五十八人《にん》、百五十三個《こ》の玉《たま》がでた。ビール券《けん》一本《ぼん》、図書券《としょけん》一本《ぼん》、商店賞《しょうてんしょう》一本《ぼん》で一日《にち》めはおわった。

つぎの二日《ふつか》と三日《みっか》は雨《あめ》だった。梅雨明《つゆあ》けが天気予報《てんきよほう》で話題《わだい》になりはじめてはいたが、雨《あめ》は空《そら》にいくらでもあるようで、アスファルトやビルを黒《くろ》くぬりつぶしながらふりつづいていた。商店街《しょうてんがい》は人通《ひとどお》りも少《すく》なく、福引《ふくび》き所《じょ》もひっそりとしていた。

ユウは、福引《ふくび》き所《じょ》がしまるまえに、はりだされているあたりくじを見《み》にでかけた。ビール券《けん》と図書券《としょけん》は、でた数《かず》を初日《しょにち》から、選挙開票《せんきょかいひょう》のように、「正《せい》」の字《じ》を使《つか》って一画《かく》ずつ書《か》きくわえていく。

あいかわらずビール券《けん》はでていたので、ユウはすっかり安心《あんしん》して、抽選機《ちゅうせんき》からでたくじ玉《だま》を入《い》れる数《かぞ》え箱《ばこ》の玉《たま》をたしかめずにもどっていた。

四日《よっか》め、雨《あめ》があがった。

ミチは、朝《あさ》、三十七度《ど》五分《ぶ》の熱《ねつ》があったが、それでも学校《がっこう》へでかけるしたくをしていた。

ユウは、今日《きょう》、もし人出《ひとで》が多《おお》くても、二つめの箱《はこ》は使《つか》われないだろうと思《おも》っていた。

この二日間《ふつかかん》、雨《あめ》で買《か》い物《もの》にでた人《ひと》が少《すく》なければ、福引《ふくび》き券《けん》もあまりでていないはずだった。だとすれば、福引《ふくび》き所《じょ》へいく人《ひと》も少《すく》ないと考《かんが》えていい。

「ミチ、今日《きょう》は福引《ふくび》き所《じょ》へいかなくてもいいぞ。」

「なんで？」

「たぶん、だいじょうぶだから。それに、おれも、今日《きょう》はそんなにおそくならないから。」

「ふうん。」

ミチは、チーンと鼻《はな》をかむと、ランドセルをしょってでかけていった。

学校《がっこう》の帰《かえ》りに福引《ふくび》き所《じょ》によってみると、抽選機《ちゅうせんき》の前《まえ》に、めずらしく五、六人《にん》の列《れつ》ができていた。そして、入《い》り口《ぐち》の横《よこ》にミチが立《た》っていた。

赤《あか》い顔《かお》をしたミチは、ユウに、ひらひらと封筒《ふうとう》をふってみせながらわらった。

「あてちゃった。ラッキー賞《しょう》、一万円《まんえん》。」

ラッキー賞《しょう》。ユウの顔《かお》から、さっと血《ち》の気《け》がひいた。

「なんだ、それは。」

ひったくるようにミチの手《て》から封筒《ふうとう》をとると、中《なか》をのぞいた。千円《えん》の柳通《やなぎどお》り商店街《しょうてんがい》商品券《しょうひんけん》が十まい入《はい》っていた。こんなのは、いままでに見《み》たこともきいたこともなかった。どうやら五千円《えん》の商品券《しょうひんけん》を一万円《まんえん》にして、ラッキー賞《しょう》という名《な》をつけたらしい。

「ビール券《けん》が三本《ぼん》もでた。」

ミチがメモをさしだしながらいった。

「三本《ぼん》も?」

ユウは、はりだされたビール券《けん》の数《かず》をたしかめた。これで七本《ほん》。一つの箱《はこ》で六本《ぼん》以上《いじょう》のビール券《けん》がでたことはこれまでない。二つめの箱《はこ》の玉《たま》が入《い》れられたということか。ユウは、自分《じぶん》の見《み》こみちがいに、ひやあせがふきだす思《おも》いだった。いまからこれでは、先《さき》が思《おも》いやられる。やはり、毎日《まいにち》でたくじ玉《だま》の数《かず》は、正確《せいかく》に知《し》っていないとまずい。

「妹《いもうと》のほうがくじ運《うん》が強《つよ》そうだな。」

吉田《よしだ》のおじさんが、湯《ゆ》のみの茶《ちゃ》をすすりながら、わざわざでてきた。

ユウは、あわててズボンのポケットに両手《りょうて》をつっこむと、肩《かた》ごしにふりかえって、

「おれは運《うん》とは関係《かんけい》なくあてるさ。」

自分《じぶん》でもおかしくなるくらいきざなせりふをはいていた。ほんとうは、

「おじさん、ラッキー賞《しょう》って、あといくつぐらいあるの。ひょっとして、一等《とう》の入《はい》ってる箱《はこ》にも入《はい》ってるのかなあ。」

って、きいてみたかった。が、そんなことをきいたって、教《おし》えてくれる相手《あいて》ではない。

ミチが大《おお》きなくしゃみをした。

「まだいたのか、はやく帰《かえ》れ。」

ミチは、その晩《ばん》、三十八度《ど》七分《ぶ》も熱《ねつ》をだしていながら、福引《ふくび》きであてた一万円《まんえん》の商品《しょうひん》券《けん》を、母《はは》に七千円《えん》で売《う》りつけてしまった。

「かあさん、たのみがある。」

ユウは、ミチがねむってから、台所《だいどころ》でパリパリとおいしそうにらっきょうのつかり具《ぐ》合《あい》をたしかめている母《はは》に声《こえ》をかけた。

「これからは、福引《ふくび》き券《けん》は、ぜったいに使《つか》わないでとっておいてほしいんだ。ミチにもやらないでほしいんだ。もう、ミチはあてたんだし。ねっ、たのむよ。みんなおれにちょうだい。」

「べつにいいけど。自転車《じてんしゃ》もけっこうだけど、ユウもしっかりいいのをあててね。パン焼《や》き機《き》なんていいな。」

「そんなのあるの？」

「三光電気《さんこうでんき》が、売《う》れのこりのパン焼《や》き機《き》をだしたって。あれ、もうはやらないけどね。」

「へーえ。いいよ。それあててやるからさ。福引《ふくび》き券《けん》、たのむよ。」

「わかった、わかった。」

そういいながら、また母《はは》は、長《なが》いはしでびんの底《そこ》のほうから、らっきょうをひきあげて口《くち》に入《い》れた。

あいかわらずユウの家《いえ》は、ひっこしのめどがたたないでいたが、母《はは》は、ぼつぼつと荷物《にもつ》の整理《せいり》をはじめたらしかった。部屋《へや》のすみに、毎日《まいにち》、一つ、二つと、段《だん》ボール箱《ばこ》がつみ重《かさ》ねられていた。


五日《いつか》。

ナオコのかあさんが、三日《みっか》もつとめを休《やす》んでいることをききつけてきたのは、ミチだった。

ミチは、熱《ねつ》のあと、すこし耳《みみ》がいたくなり、いつもの中耳炎《ちゅうじえん》がまたでてはたいへんと、ナオコのかあさんが窓口《まどぐち》で働《はたら》いている耳鼻科《じびか》にいった。

「ナオコちゃんは学校《がっこう》にきてる?」

学校《がっこう》からもどったユウに、母《はは》がきいた。

「うん。」

「なんかいってた?」

「いってねえよ。」

ナオコは、学校《がっこう》で自分《じぶん》から話《はな》しかけてくることなんてない。ユウは、いつもとすこしも変《か》わらないようすのナオコを思《おも》い出《だ》していた。

「ここにいるときならすぐにわかって、買《か》い物《もの》だの夕飯《ゆうはん》のしたくだの、てつだってあげられたのにね、おたがいさまで。でもまあ、ナオコちゃんがしっかりしてるから。」

母《はは》はそうつぶやきながら買《か》い物《もの》にでかけていった。ナオコのアパートによってくる気《き》なのだろう。

ユウは福引《ふくび》き所《じょ》にいそいだ。三時《じ》をだいぶまわっている。歩《ある》いても五分《ふん》とかからないところだけれど、ユウは自転車《じてんしゃ》をとばした。だいじょうぶだと思《おも》っても、福引《ふくび》き所《じょ》が近《ちか》くなるにつれて、胸《むね》がドキドキとなった。

ペダルから片足《かたあし》をおろして福引《ふくび》き所《じょ》をのぞきこんだユウの心臓《しんぞう》は、たしかにいっしゅん、とまったかもしれない。

花券《はなけん》がでていた。かべに、墨《すみ》で「花券《はなけん》」と書《か》かれた半紙《はんし》がはられていた。

こんなにはやく。ユウは、とっさに、いま家《いえ》にある福引《ふくび》き券《けん》の数《かず》を思《おも》いうかべた。三十六まい。二十まいで一回《かい》だから、二回《かい》もひけやしない。

ユウは、自転車《じてんしゃ》のハンドルに頭《あたま》をうずめた。

「どうした。顔色《かおいろ》がわるいじゃないか、にいさん。いつもの元気《げんき》はどこへいった。」

吉田《よしだ》のおじさんが外《そと》に水《みず》まきにでてきた。

「ずいぶんはやく、一等《とう》の箱《はこ》をだしたんだね。」

ユウは、自分《じぶん》でもいやになるくらい、ぐちっぽくいってしまった。とにかく、はやく家《いえ》に帰《かえ》って、なんでもいいから買《か》い物《もの》をして、せめて二回分《かいぶん》の福引《ふくび》き券《けん》をもってもどってこよう。

「さあ、それはどうかな。」

吉田《よしだ》のおじさんはそういうと、いせいよく水《みず》をまきちらした。

「ん？」

ユウは、吉田《よしだ》のおじさんのことばに、もう一度《いちど》、「花券《はなけん》」と墨《すみ》で書《か》かれた半紙《はんし》を見《み》た。

花券《はなけん》の文字《もじ》の下《した》に、小《ちい》さく、五千円券《えんけん》と書《か》いてある。へんだ。いつもの花券《はなけん》は一万円《まんえん》だ。

ユウは、勢《いきお》いよくペダルをふむと、駅前《えきまえ》の花屋《はなや》へ走《はし》った。

自動《じどう》ドアの中《なか》は、ひんやりとして静《しず》かだった。

「いらっしゃい。」

やせた女《おんな》の人《ひと》が、ペパーミントグリーンのエプロンで手《て》をふきながらでてきた。

「あの、すみません。福引《ふくび》き所《じょ》に花券《はなけん》だしましたか？　五千円《えん》の。」

女《おんな》の人《ひと》は、すこし首《くび》をかしげてから、

「花券《はなけん》、あなたがあてたの？」

といって、きゅうににっこりとした。

「いや、ちがうんです。五千円《えん》の花券《はなけん》だしたの、この店《みせ》ですか？」

「あら。」

女《おんな》の人《ひと》はそういうと、店《みせ》のおくに入《はい》っていった。ユウには、女《おんな》の人《ひと》がまたでてくるまでの時間《じかん》が、やけに長《なが》く感《かん》じられた。

「ちがうって。うちからだしているのは、一万円《まんえん》一本《ぽん》ですって。」

「そうですか。どうも、どうもすみません。」

ユウは、いそいで店《みせ》からでようとして、まだひらききらない自動《じどう》ドアに頭《あたま》をぶつけた。

ユウは、柳通《やなぎどお》り商店街《しょうてんがい》のいちばんはずれの、もう柳橋《やなぎばし》に近《ちか》いあたりにある小《ちい》さな花屋《はなや》にいそいだ。花《はな》といっしょに、植木《うえき》ばちや土《つち》や肥料《ひりょう》を売《う》っている店《みせ》が、もう一けんあったはずだ。

「りんどう屋《や》」と書《か》かれた古《ふる》い看板《かんばん》のかかった店先《みせさき》で、おばあさんがひとり、さかきの入《はい》ったバケツの水《みず》をかえていた。

「おばさん、ちょっとすみません。」

「はい、はい、お花《はな》？」

「いえ。五千円《えん》の花券《はなけん》を福引《ふくび》きの景品《けいひん》にだしたの、この店《みせ》ですか。」

「あら、ぼうやがあてたの？」

「ううん。ちがうんだけど、この店《みせ》？」

「そうなのよ。」

おばあさんはそういうと、ちょっと照《て》れたように、フッフーとわらった。

「はじめてで、さいご。

去年死《きょねんし》んだおじいさんがしまりやでね。福引《ふくび》きに景品《けいひん》をだすなんてこと、したことなかったの。でもね、この店《みせ》ももうすぐ終《お》わりだし、最後《さいご》にだしちゃったの。だけどね、一万円《まんえん》にすると、死《し》んだおじいさんにおこられそうだから、半分《はんぶん》にしたのよ。ぼうやがあててくれたの？」

「ちがうんです。おれじゃないんです。でもおれ、花《はな》、一本《ぽん》、買《か》おうかな。」

ユウはそういうと、ジュースでも買《か》うときのために、ポケットの中《なか》に入《い》れてあった百円《えん》玉《だま》をひっぱりだした。

「さあて、なんのお花《はな》にしましょうか。りんどうじゃ、ぼうやには地味《じみ》かしら。」

「いいです、それで。」

「そう、じゃあ、切《き》りたてのりんどう、一本《ぽん》つつみましょう。」

おばあさんは、バケツいっぱいの紫色《むらさきいろ》のりんどうから一本《ぽん》ひきぬいて、白《しろ》い紙《かみ》にくるくるとまきこんでくれた。

「はい、ありがとうございます。」

おばあさんは頭《あたま》をさげて、ユウの百円玉《えんだま》を受《う》けとった。

「すみません、この花《はな》、なんて名前《なまえ》だったっけ。」

「りんどうです。」

おばあさんが、自分《じぶん》の名前《なまえ》でも名《な》のるようにそういった。

「どうも。」

ユウは、片手《かたて》に花《はな》をもって、自転車《じてんしゃ》を福引《ふくび》き所《じょ》にもどした。

「おじさん。」

ユウは、福引《ふくび》き所《じょ》のおくで、うちわをふっている吉田《よしだ》のおじさんに声《こえ》をかけた。

吉田《よしだ》のおじさんは、ユウのもっている花《はな》をちらりと見《み》ると、いちだんとせわしくうちわを動《うご》かしはじめた。

「これ。」

ユウは、花《はな》をさしだした。

「やるよ。この花《はな》、りんどうっていうんだぜ。」

ユウは、抽選機《ちゅうせんき》ののっている机《つくえ》の上《うえ》にりんどうをおいた。

「ほう、そうかい。」

おじさんは、にこりとわらって、あがりかまちから立《た》ってきた。

ガラガラと抽選機《ちゅうせんき》がまわって、買《か》い物帰《ものがえ》りのおばさんがビール券《けん》をあてた。

ユウは、ふうっとため息《いき》をついた。ユウのデータでは、一等《とう》の入《はい》っている箱《はこ》にはビール券《けん》が入《はい》っていないはずだ。

「よし。」

ユウは、ひざに力《ちから》をいれて自転車《じてんしゃ》を走《はし》らせる。今日《きょう》はもういい。六時《じ》に、くじ玉《だま》の入《はい》った数《かぞ》え箱《ばこ》を見《み》にくればいい。

ユウは、遠《とお》まわりだが、ナオコのアパートの横《よこ》を通《とお》って帰《かえ》ることにした。

ナオコが、のき下《した》の洗濯物《せんたくもの》をとりこんでいた。ユウの母《はは》がまだいるらしく、ナオコになにか話《はな》しかける声《こえ》がきこえてくる。カレーのにおいがするところをみると、どうやら母《はは》は、カレーでもつくって帰《かえ》ってくるつもりだ。ばかだな。カレーならナオコだってつくれるのに。なんか、もっとうまいものをつくればいいのに。

5

六日《むいか》。

トモヤのかあさんが、ユウの家《いえ》の前《まえ》のろうかにくつ箱《ばこ》をおいていった。

「新《あたら》しいマンションには小《ちい》さすぎるでしょ。」

「まだ使《つか》えるんじゃないの。」

というユウの母《はは》のことばに、

「いいの、いいのよ。新《あたら》しいのを買《か》うから。」

と、おいていってしまった。

ユウの家《いえ》でも近々《ちかぢか》ひっこすわけで、できるだけ余分《よぶん》なものはもちたくなかった。

「しかたがない。ろうかにおいて、物入《ものい》れにでもしておこう。」

母《はは》がそういったので、さっそくユウは、玄関《げんかん》のすみにおきっぱなしにしていた野球《やきゅう》のボールや、ローラースケートやスケボーを、中《なか》に入《い》れた。ついでに自転車《じてんしゃ》の油《あぶら》と工具《こうぐ》もしまった。

夕方《ゆうがた》になっておばさんは、ずるずるとろうかに食器《しょっき》だなもはこびだしてきた。古《ふる》いようにも見《み》えなかったけれど、

「すっかり古《ふる》くなって、こんなものとてももっていけないわ。」

といって、おいていった。食器《しょっき》もすこしおいていった。

しかたがないので、これもろうかにおいておくことにした。ビルには、もうユウの家《いえ》とトモヤの家《いえ》しかのこっていないから、荷物《にもつ》をろうかにおいても、じゃまだともんくもいわれない。

ユウとミチは、この食器《しょっき》だなに、本《ほん》だなに入《はい》りきれないでいたまんが本《ぼん》をはこんできて入《い》れた。

そのつぎには、鏡台《きょうだい》とオーブントースターがならんだ。そして、夕食《ゆうしょく》がおわったころになって、トモヤの机《つくえ》までがはこばれてきた。

夜《よる》、十一時《じ》をすぎて、仕事《しごと》からもどったトモヤのとうさんが、ユウの家《いえ》にたずねてきた。むし暑《あつ》い夜《よる》だった。ふとんに入《はい》っていたユウには、大人《おとな》たちの話《はなし》はきこえなかった。

「おにいちゃん。」

ねむったとばかり思《おも》っていたミチが、声《こえ》をかけてきた。

「なんだ。」

「今日《きょう》ね、酒屋《さかや》さんがね、ビールとウイスキーもって入《はい》っていったよ、トモヤくんち。」

ユウは、ズーンと頭《あたま》がひっぱられるような気《き》がした。またなのか。

ユウは、タオルケットをひっぱりあげた。また、一昨年《おととし》の冬《ふゆ》のような日《ひ》がはじまるのだろうか。

おばさん、たのむよ。せっかくマンション買《か》ったっていうのに、しっかりしてくれなくっちゃまずいよ。ユウは頭《あたま》の中《なか》でおばさんにむかってつぶやいていた。


七日《なのか》。日曜日《にちようび》。

午後《ごご》から、トモヤの家《いえ》のひっこしがはじまった。

「おてつだいします。」

といって、ナオコもやってきた。

トモヤのおばさんは、きれいに化粧《けしょう》をして、ブルーのよそいきのワンピースを着《き》ていた。白《しろ》いエプロンには、カーテンのすそのようなレースのひらひらがついていて、とてもひっこしをする日《ひ》のかっこうだとは思《おも》えなかった。

「おばさん、すてき。」

そういって見《み》とれているのはミチだけだ。

おばさんが、昨日《きのう》信《しん》じられないようなばか力《ぢから》で、いろいろうかにはこびだしたせいもあって、部屋《へや》の中《なか》にはたんすが二つのこっているくらいだった。

テレビやビデオデッキやステレオは、もう、おじさんがきちんと荷造《にづく》りをしていた。家《か》族《ぞく》も三人《にん》だし、こまかなものの入《はい》った段《だん》ボールの数《かず》も、たいして多《おお》くはなかった。

おばさんはとても楽《たの》しそうに、ひらりひらりと、みんなのあいだをすりぬけて、軽《かる》いものを車《くるま》まではこんでいる。

トモヤとユウは、紙《かみ》ぶくろに入《はい》った荷物《にもつ》をいくつかはこんだ。

「自分《じぶん》んちのひっこしのときには、もうバテてて、動《うご》けねえよ、おれ。」

ユウは、本《ほん》のたばをはこびながら、階段《かいだん》ですれちがったナオコにいった。

「ほんと。ごめんね。」

じょうだんでいったのに、ナオコにまじめにあやまられて、ユウはまいってしまった。

「べつに、おまえんとこのひっこしでつかれたわけじゃないよ。」

ユウは、おこったようにそういった。

「ユウくんのうちのひっこしも、わたし、てつだいにくる。」

ナオコはそういって、階段《かいだん》をあがっていってしまった。

おじさんが、郵便受《ゆうびんう》けの名札《なふだ》をはずし、満杯《まんぱい》になったライトバンで、最後《さいご》の荷物《にもつ》をはこんでいった。

おばさんは、いつのまに買《か》ってきたのか、赤《あか》いばらの花《はな》たばを両腕《りょううで》にだいて、ひとりだけ場《ば》ちがいな笑《わら》いをうかべ、

「ユウくん、元気《げんき》でね。」

なんていって、涙《なみだ》ぐんだりしている。

「おばさん、みんな、まだ働《はたら》いてるよ。」

ユウは、荷物《にもつ》のなくなった部屋《へや》でかたづけにいそがしいナオコやミチを指《ゆび》さしながら、いった。

ナオコが、部屋《へや》のすすけたカーテンをはずして、はこびだそうとしている。

「あっ、あっ、そんなぼろ、いらないのよ。どうぞすててくださいな。」

「でも……。」

ナオコは、どうしたものかと、こまったようすだ。

「いいよ、おれがすててくるよ。」

下《した》からあがってきたトモヤが、すこし乱暴《らんぼう》にカーテンを受《う》けとると、また、下《した》におりていった。

「おわったよう。」

ミチが、元気《げんき》にとびだしてくると、おばさんは、おもむろにミチのそばによって、ばらの花《はな》を一本《ぽん》ぬきとり、手《て》わたした。

「ありがとう、みなさん。」

そして、ナオコにも一本《ぽん》。

「お元気《げんき》でね。」

そして、ユウにも、

「遊《あそ》びにいらしてね、ぜひ。」

だんだんことばづかいまで変《か》わってしまうおばさんを、三人《にん》は、ばらをもったまま見《み》おくった。

ヨシさんのときもあっけなかったけど、トモヤのときもさっぱりしたものだった。手《て》をふっているおばさんを助手席《じょしゅせき》に乗《の》せて、荷物《にもつ》をはこびおわったライトバンは、走《はし》っていってしまった。

トモヤは、ユウといっしょに買《か》った中古《ちゅうこ》の自転車《じてんしゃ》にまたがって、買《か》い物《もの》にでもいくみたいだった。あの自転車《じてんしゃ》を買《か》ったとき、ユウとトモヤは約束《やくそく》をした。

「いつか、ぜったい、これで、どっかいこうな。いっしょに。」

ユウは、トモヤが、むこうのマンションにいってててつだってくれといえば、そうするつもりだった。でも、トモヤはなにもいわなかった。

「じゃあな。」

ユウは、ヨシさんのまねをして、そういってみた。トモヤはちらりとふりかえってわらったようだったが、やはりなにもいわずにいった。

「すぐ近《ちか》くだもんな。こんなもんだよな。」

ユウは、気《き》がぬけたようにつぶやいてみた。

マンションにてつだいにいっていた母《はは》が、夕方《ゆうがた》、ばらを一本《ぽん》もって帰《かえ》ってきた。

「ねえねえ、中《なか》はどんなだった？　すてきだった？」

ミチがしつこくたずねると、母《はは》は、

「ここよりはずっとね。」

といって、台所《だいどころ》のテーブルの前《まえ》にこしかけてしまった。

「静《しず》かすぎて、こわいみたいなマンションだった。ひっこしのあいだ、ひとりもろうかを通《とお》らなかったのにはおどろいちゃった。」

ミチが、ばらの花《はな》をさすようにとくんできたコップの水《みず》を、母《はは》はいっきに飲《の》んでしまった。

「だれも見《み》てないんだったら、ぼろの食器《しょっき》だなだって机《つくえ》だって、はこんじゃえばよかったね。」

ミチが水《みず》をくみなおしてばらをさした。

「おばさん、どうしてた？」

ユウは、テレビ欄《らん》を見《み》るふりをして、母《はは》の前《まえ》にすわった。

「うん。はじめは、ばらの花《はな》たばをもって、ろうかをいったりきたりしてたけど、そのうち、だれも通《とお》らないんで、あきらめて家《いえ》の中《なか》のかたづけをてつだってた。」

「トモヤは？」

「トモちゃんはしっかりしてる。おじさんといっしょに、荷物《にもつ》をほとんどかたづけてしまった。」

母《はは》は、フーッと、ため息《いき》をついた。

「ねえ、かあさん。おばさんさあ、あれかなあ。あのさ、また……。」

ユウが、いいだしづらそうにおばさんのことを口《くち》にすると、母《はは》は、こくんとうなずいて、

「じつは心配《しんぱい》してるの。」

とつぶやくようにいった。

「昨日《きのう》から、ようすがおかしいし。おばさん、いつもとちがうことがおこりそうになると、どうもたよりなくなってね。」

「ちょっと近《ちか》くにひっこすだけだよ。」

「それでもね、心配《しんぱい》なのね、きっと。こんどのところで、うまくやっていけるか、とか考《かんが》えちゃって。こんなものもってひっこして、わらわれないか、とかね。」

「気《き》にしすぎだよ。」

「そうなんだけど、いろいろあったから。」

母《はは》は、テーブルの上《うえ》のばらを見《み》ながら、思《おも》い出《だ》すような目《め》になった。

「トモちゃんのまえに、ひとり、赤《あか》ちゃんを肺炎《はいえん》でなくしたり、トモちゃんが生《う》まれてす

ぐに、おじさんが仕事《しごと》の現場《げんば》でけがをして、半年《はんとし》も入院《にゅういん》したり。

トモちゃんがかぜでせきがひどかったとき、せきをきいていると、まえの子《こ》のように死《し》んでしまいそうでこわいといって、夜中《よなか》に泣《な》きながらとびこんできたこともあった。

ふつうの人《ひと》なら、がんばっちゃえるところも、おばさんにとっては、かなりきついことで。そういうことって、あるでしょ。」

「でも、酒《さけ》はまずいよ。トモヤだって……。」

といいかけて、ユウはだまった。

「お酒《さけ》。あれね、おじさんが遠《とお》くの工事現場《こうじげんば》へいって、土《ど》、日《にち》しか帰《かえ》ってこれないことがずいぶんつづいて、どうもあのころからすこしずつ飲《の》みはじめてたらしいのね。あっというまに量《りょう》がふえて。とにかく、心配《しんぱい》ごとが重《かさ》なると、おばさん、パンクしちゃう。」

母《はは》は、うかない顔《かお》のユウの肩《かた》を、パンとたたいた。

「だいじょうぶよ。それより、とうとう、うちだけがのこってしまったってわけ。」

母《はは》はそういうと、窓《まど》にむかって、大《おお》きくあくびをした。

夕方《ゆうがた》、ユウは、福引《ふくび》き所《じょ》に自転車《じてんしゃ》を走《はし》らせた。けっこうこんでいて、もうすぐ六時《じ》だというのに抽選機《ちゅうせんき》の前《まえ》には列《れつ》ができていた。

三等《とう》のＣＤ《シーディー》ラジカセとビール券《けん》が、二本《ほん》でていた。

その夜《よる》、ユウは、消《け》しゴムを買《か》いに外《そと》にでた。真《ま》っ暗《くら》になったビルに、ユウの家《いえ》の窓《まど》だけが明《あか》るくて、まるで、このビルのたよりない心臓《しんぞう》のようだった。

ヨシさんやナオコやトモヤや、みんなが暮《く》らしていた部屋《へや》の窓《まど》は、つややかな黒《くろ》い鏡《かがみ》のように、夜《よる》の空《そら》をうつしていた。

たくさんの足音《あしおと》や、笑《わら》い声《ごえ》や、子《こ》どもの泣《な》き声《ごえ》や、みんなのおしゃべりをつつみこみながら古《ふる》くなってきたこのビルが、もうすぐ、こわされていく。

八日《ようか》。

三つめの箱《はこ》が使《つか》われはじめたらしい。

ここ三日《みっか》ほどでていなかった図書券《としょけん》が、またではじめている。あいかわらずぽつんぽつんとビール券《けん》がでているところを見《み》ると、三つめの箱《はこ》の中《なか》にも金《きん》の玉《たま》はなさそうだ。

それより、今日《きょう》はじめて、一等《とう》のサイクリング自転車《じてんしゃ》が福引《ふくび》き所《じょ》にはこびこまれていた。

Le Vent《ルバン》。

ユウは、いっしゅん、頭《あたま》がくらりとして、つぎに、足《あし》もとがふわりとうきあがるような気《き》がした。

目《め》をこすり、息《いき》をのんで、ユウは自転車《じてんしゃ》を見《み》つめた。

むだのない車体《しゃたい》のダウンチューブに、フランス語《ご》の「Le Vent《ルバン》」、「風《かぜ》」という意味《いみ》のことばが書《か》かれていた。

「Le Vent《ルバン》だ。」

ユウの頭《あたま》に、ヨシさんからきいたことのある自転車屋《じてんしゃや》のあの古《ふる》い写真《しゃしん》と、Le Vent《ルバン》の話《はなし》がうかんできた。

写真《しゃしん》にうつっている三人《にん》は、若《わか》いが、よく見《み》ればたしかに、自転車屋《じてんしゃや》のおじさんと、吉田《よしだ》のおじさんと、もうなくなったりんどう屋《や》のおじいさんだった。

三十年《ねん》ほど前《まえ》、三人《にん》は、たった一度《いちど》だけ海外旅行《かいがいりょこう》をした。いった先《さき》はフランスの南部《なんぶ》。三人《にん》は、自分《じぶん》たちで組《く》み立《た》てた自転車《じてんしゃ》に乗《の》って、十日間《とおかかん》、いなか道《みち》を走《はし》った。そして、自転車屋《じてんしゃや》のおじさんは、なけなしの金《かね》をはたいて、「Le Vent《ルバン》」を一台《だい》買《か》って帰《かえ》った。それが、いまも自転車屋《じてんしゃや》のおくにおかれているあの自転車《じてんしゃ》だった。

ユウは、福引《ふくび》き所《じょ》の「Le Vent《ルバン》」から目《め》がはなれなくなっていた。

「どうした、にいさん。うっとりして。」

吉田《よしだ》のおじさんが、うしろからドンと背《せ》なかをついた。

「Le Vent《ルバン》だって、おれ、知《し》らなかった。」

ユウは、自転車《じてんしゃ》を見《み》たままつぶやいた。

「ああ、やっときたな。」

一等《とう》のサイクリング車《しゃ》は、いつも国産《こくさん》のものだった。もし、ヨシさんが知《し》ったら、とんでもどってくるにちがいない。

「自転車屋《じてんしゃや》も、今年《ことし》で最後《さいご》の福引《ふくび》きだと思《おも》ったんだろう。」

吉田《よしだ》のおじさんが、めずらしくしんみりした声《こえ》をだしたので、ユウは、おもわずおじさんの横顔《よこがお》を見《み》た。

「Le Vent《ルバン》か。」

おじさんは、そうつぶやいてユウをふりかえり、

「どうだ、ほしいだろう。」

と、いたずらっぽくわらった。

「もう、おれのものさ。」

ユウは、そういうと、ペダルをふんだ。

おれは、いつか、あの自転車《じてんしゃ》に乗《の》って、どこか遠《とお》くへいく。

そのことを考《かんが》えると、ユウは、自分《じぶん》の体《からだ》が透明《とうめい》になってしまいそうな気《き》がする。

6

九日《ここのか》。

ビール券《けん》一本《ぽん》、二等《とう》、ビデオデッキがでた。

暑《あつ》くるしくて、なかなかねつかれない。

ユウが、やっとうとうとしかけたとき、救急車《きゅうきゅうしゃ》の音《おと》が、ねむりからユウをひきもどした。赤《あか》いライトが窓《まど》ガラスにうつり、それは、ユウの家《いえ》の前《まえ》を商店街《しょうてんがい》のはずれにむかって走《はし》りすぎ、そう遠《とお》くないところでとまった。

「近《ちか》いわねえ。」

まだ起《お》きていた母《はは》が窓《まど》をあけた。父《ちち》はまだもどっていないらしい。

「酒屋《さかや》さんか花屋《はなや》さんか、あのへんだわ。」

母《はは》のことばに、ユウはとびおきた。ひょっとして、吉田《よしだ》のおじさんかと、昨日《きのう》の、みょうにしんみりした声《こえ》を思《おも》い出《だ》した。

「おれ、ちょっと見《み》てくる。」

ユウは、そういうがはやいか、パジャマのままとびだした。

暑《あつ》くるしいと思《おも》った夜《よる》も、外《そと》では風《かぜ》が動《うご》いていた。あせばんでいた首《くび》すじが、へんにすずしく感《かん》じられるのは、風《かぜ》のせいだけだろうか。

ユウは、ビーチサンダルをパタパタ鳴《な》らしながら走《はし》った。

近所《きんじょ》の人《ひと》たちが集《あつ》まっている。みな、ねていたままのかっこうで、でてきている。

ユウを追《お》いこして、パトカーが一台通《だいとお》りすぎた。

ユウは、点滅《てんめつ》する救急車《きゅうきゅうしゃ》のライトをめざして走《はし》った。

酒屋《さかや》ではなく、りんどう屋《や》の前《まえ》に救急車《きゅうきゅうしゃ》はとまっていた。

ユウがやっとたどりついたとき、店《みせ》の中《なか》から、担架《たんか》にのせられて、白《しろ》いシーツをかけられたりんどう屋《や》のおばあさんが、救急車《きゅうきゅうしゃ》の中《なか》にはこばれていった。シーツの下《した》から、紺《こん》地《じ》のゆかたのそでがのぞいていた。

すぐにでると思《おも》った救急車《きゅうきゅうしゃ》は、走《はし》りだすようすはなかった。

パトカーの警官《けいかん》が、女《おんな》の人《ひと》から話《はなし》をきいている。

ユウは、体《からだ》じゅうに寒気《さむけ》を感《かん》じた。

店《みせ》の前《まえ》に、吉田《よしだ》のおじさんと自転車屋《じてんしゃや》のおじさんが、すててこすがたのまま、青《あお》い顔《かお》で立《た》っていた。ふしぎにふたりは、いつもよりずっと若《わか》く見《み》えた。なんでそんなふうに感《かん》じたのかユウにはわからない。

「めずらしくおそくまで店《みせ》がひらいてるんで、となりのおくさんがのぞいたら、おばあさんがたおれてたって。心臓《しんぞう》が弱《よわ》かったからねえ。もうすぐ息子《むすこ》さんのところで楽隠居《らくいんきょ》できるってときに、気《き》の毒《どく》にねえ。」

頭《あたま》にカーラーをまいたおばさんたちが、低《ひく》い声《こえ》で話《はなし》をしている。泣《な》いているおばあさんもいた。電気《でんき》に照《て》らされた店《みせ》の中《なか》に、りんどうの花《はな》の紫《むらさき》が、みょうにあざやかにあふれていた。

「ユウ。」

よばれてふりかえると、トモヤがいた。

「きてたのか？」

「うん、酒屋《さかや》にきてたんだ。」

トモヤもパジャマだった。手《て》に缶《かん》ビールを二本《ほん》もっていた。ユウが見《み》ているのに気《き》づくと、

「とうさんが飲《の》むんだ、暑《あつ》いから。」

といった。

「うん。」

ユウは、もう一度《いちど》、りんどう屋《や》のほうに目《め》をうつした。

いつのまに着《き》かえてきたのか、吉田《よしだ》のおじさんは白《しろ》いワイシャツすがたになっていた。

「花屋《はなや》のおばあさんが死《し》んだんだな。」

トモヤがつぶやいた。

「うん。」

ひっこしてから、学校以外《がっこういがい》でトモヤに会《あ》うのは、これがはじめてだった。トモヤのマンションは、商店街《しょうてんがい》をはずれて、川《かわ》をわたったグラウンドのとなりだった。

「なんでこんなとこまでビール買《か》いにきてんだ?」

マンションの近《ちか》くにも、たしか酒屋《さかや》はあったはずだった。

「なんか、こっちにきちゃうんだな。」

トモヤは、そういってわらった。

「福引《ふくび》き、どうした?」

「うん、あとは、金《きん》の玉《たま》をだせばいいだけだ。」

ユウがそういうと、トモヤは、ユウの背中《せなか》をこづいてまたわらった。トモヤと顔《かお》を見《み》あわせてわらうなんて、あのことがあってからはじめてかもしれない、とユウは思《おも》った。

吉田《よしだ》のおじさんと自転車屋《じてんしゃや》のおじさんが、葬儀屋《そうぎや》のおじさんと話《はなし》をしている。葬儀屋《そうぎや》のおじさんもきちんとワイシャツを着《き》ていた。

たったひとりで、この店《みせ》で、花《はな》を売《う》って静《しず》かに暮《く》らしていたおばあさんが死《し》んだ。ユウは、おじさんたちの白《しろ》い背中《せなか》を見《み》ながら、そう思《おも》った。

十日《とおか》。

七月《がつ》に入《はい》って、毎日《まいにち》のようにテストがあった。

ユウのクラスの三分《ぶん》の一以上《いじょう》が私立中学《しりつちゅうがく》を希望《きぼう》していることもあって、七、八人《にん》をのぞいて、ほとんどが塾《じゅく》へかよっている。

五年生《ねんせい》ぐらいから、それまではけっこうできるほうだったユウも、成績表《せいせきひょう》をもらうたびに、ずるりずるりとさがりはじめていた。

「当然《とうぜん》の結果《けっか》です。」

と、母《はは》はいう。

「ユウは、天気《てんき》がよければ自転車《じてんしゃ》で気持《きも》ちよさそうにでかけて、雨《あめ》がふれば、ごろごろして、読《よ》むものといえばまんがか自転車《じてんしゃ》の雑誌《ざっし》。とりえといえば、自転車《じてんしゃ》のパンク修理《しゅうり》のあざやかなことくらい。これで成績《せいせき》があがったら、お金《かね》をだして塾《じゅく》で勉強《べんきょう》しているみなさまに申《もう》しわけがない。」

という。

ユウもトモヤも、勉強《べんきょう》といえば宿題《しゅくだい》ぐらいしかやらない。それでもトモヤはよくできた。

「トモちゃんは、小《ちい》さいころからいろいろ苦労《くろう》してるから、そのぶん、神《かみ》さまが脳《のう》みそを余分《よぶん》にくれてんのよ。ユウみたいに生《う》まれついての遊《あそ》び人《にん》とはちがうもんね。」

母《はは》はそういって、ユウをかってに遊《あそ》び人《にん》にしてしまう。

「ところで、トモちゃんとなんかあった？」

気《き》にしてるな、と、ユウは思《おも》うが、そうきかれるたびに、

「ねえよ。」

と答《こた》えて立《た》ってしまう。

あんなに毎日《まいにち》いっしょだったふたりが、五月《がつ》ごろからあまり口《くち》もきかなくなったわけだ

から、気《き》づかれないはずはないとユウは思《おも》う。

けんかしたわけではなかった。もしわけがあるとすれば、それはたしかに一つ、あのことだ。

六年《ねん》になって、委員会《いいんかい》の選挙《せんきょ》があった。トモヤは、代表委員長《だいひょういいんちょう》に立候補《りっこうほ》した。六年《ねん》の各《かく》クラスから、クラス委員《いいん》とはべつに一名《めい》、立候補《りっこうほ》か推薦《すいせん》で選《えら》ばれ、正《せい》、副委員長選挙《ふくいいんちょうせんきょ》にのぞむ。

六年《ねん》一組《くみ》からは土井《どい》、二組《くみ》からは金井《かない》さん、三組《くみ》からトモヤがでてきた。五年《ねん》から書記《しょき》に立候補《りっこうほ》する三人《にん》とあわせて、六人《にん》で選挙運動《せんきょうんどう》がすすめられた。期間《きかん》は二週間《しゅうかん》。ユウも、トモヤを推薦《すいせん》するポスターを一まいかいた。

各候補者《かくこうほしゃ》の写真《しゃしん》や似顔絵《にがおえ》や方針《ほうしん》を書《か》いたポスターが、指定《してい》の掲示板《けいじばん》にはりだされて三日《みっか》ほどした朝《あさ》のことだった。

正面玄関《しょうめんげんかん》にはりだされていた一まいのポスターに、マジックインキで一行《ぎょう》、落書《らくが》きがされていた。

「ぼくの母《はは》は、アル中《ちゅう》です。」

トモヤの似顔絵《にがおえ》の目《め》から、大《おお》つぶの涙《なみだ》まで流《なが》れていた。

そして、落書《らくが》きの文字《もじ》は、ユウが自分《じぶん》でもおどろくほど、ユウの字《じ》とよく似《に》ていた。というよりは、まるでユウの字《じ》だった。それに気《き》づいたのは、たぶん、ユウとトモヤだけだったかもしれない。

ポスターは、すぐにはりかえられた。

ユウは、そのことでなにも弁解《べんかい》しなかった。なにもいうことはなかった。トモヤもなにもいわなかった。

ユウは、それからしばらくのあいだ、各班《かくはん》ごとにまわし書《が》きされる班日記《はんにっき》をかたっぱしからしらべた。ユウとおなじ字《じ》を書《か》くやつがいるはずだった。

友《とも》だちをさがすふりをして、ちょろちょろと一組《くみ》や二組《くみ》にもいってみた。新《あたら》しい掲示物《けいじぶつ》がはりだされると、わざわざでかけて見《み》にいった。しかし、見《み》まちがえるほどユウと似《に》た文字《もじ》の主《ぬし》は見《み》つからなかった。

けっきょく、委員長《いいんちょう》には、二組《くみ》の金井《かない》さんが、副《ふく》には土井《どい》が選《えら》ばれた。

そんなことがあってからも、しばらくはふたりとも、それまでどおりけっこういっしょに遊《あそ》んだりした。けれど、目《め》をあわせてわらうことが少《すく》なくなって、そのうち、いっしょにいることも少《すく》なくなってしまった。

あれから三か月《げつ》たったが、ユウはまだあきらめていない。落書《らくが》きしたやつをかならず見《み》つけだしてやる。おれがひっこしてしまうまえに、かならず見《み》つけて、トモヤのところにそいつをひっぱっていってやる。ユウはそう決心《けっしん》していた。

母《はは》にたのまれた買《か》い物《もの》が、思《おも》いのほかてまどって、福引《ふくび》き所《じょ》についたのは四時近《じちか》かった。

梅雨明《つゆあ》け宣言《せんげん》がだされていたが、そんなこととは関係《かんけい》なく、空《そら》には、雨《あめ》をたっぷりとすいこんだ雲《くも》が、ひんやりした風《かぜ》にのって、集《あつ》まってきていた。

酒屋《さかや》の若《わか》いおくさんと、写真屋《しゃしんや》のおばさんが、抽選機《ちゅうせんき》のおいてある机《つくえ》の前《まえ》にすわっていた。

福引《ふくび》き所《じょ》の仕事《しごと》には、各商店《かくしょうてん》から交代《こうたい》で人《ひと》がでていた。

ユウが、ビール券《けん》がでているかどうかたしかめていると、

「雨《あめ》がくるなら、いまのうちにふってくれればいいのに。」

という、酒屋《さかや》のおくさんの声《こえ》がきこえた。

「ほんとねえ、お通夜《つや》の前《まえ》のいい打《う》ち水《みず》になるわねえ。」

写真屋《しゃしんや》のおくさんも、しんみりとそういって空《そら》を見《み》あげた。

「うちのおじいちゃん、なんだかゆうべっからがっくりしちゃって。今日《きょう》、明日《あした》はいろいろいそがしいから気《き》がはるでしょうけど。」

「吉田《よしだ》さんのとこと、りんどう屋《や》さんと、自転車屋《じてんしゃや》さんは、この商店街《しょうてんがい》にはじめて店《みせ》をもったときのなかまだっていうから。」

ユウはふたりの話《はなし》をききながら、数《かぞ》え箱《ばこ》をたしかめた。抽選機《ちゅうせんき》からでた玉《たま》は、みんなこの数《かぞ》え箱《ばこ》に百ずつ入《い》れられ、その日《ひ》にでた玉《たま》の数《かず》が計算《けいさん》される。

今日《きょう》はまだ、きた人《ひと》が少《すく》ないらしく、数《かぞ》え箱《ばこ》には、赤《あか》い玉《たま》ばかりが二列《れつ》にならんでいた。たぶんだいじょうぶだろうと思《おも》っても、やはりビール券《けん》の顔《かお》を見《み》るまでは、安心《あんしん》できない。ユウは、福引《ふくび》き所《じょ》の表《おもて》にすわりこんだ。

雲《くも》が北《きた》のほうへどんどん流《なが》れていく。道《みち》にちらばった紙《かみ》ぶくろやビニールぶくろやこまかなごみが、アスファルトの上《うえ》を、がさついた音《おと》をたてながら商店街《しょうてんがい》のはずれへとんでいく。

くつ屋《や》のおばさんが、スリッパをのせていたワゴンをいそいで店《みせ》の中《なか》に入《い》れている。

「あっ、ふってきたんじゃない?」

という酒屋《さかや》のおくさんの声《こえ》といっしょに、ユウのひざの上《うえ》に、ぽちりと雨《あめ》が落《お》ちた。

「きた。」

ユウは立《た》ちあがった。この空《そら》の色《いろ》からすると、かなりの雨《あめ》がきそうに思《おも》えた。

ぴかっと雲《くも》をさいて光《ひかり》が走《はし》った。

ユウはいそいで自転車《じてんしゃ》に乗《の》り、アパートの入《い》り口《ぐち》をめざして走《はし》った。雨《あめ》は、そこいらじゅうをいっきに水《みず》びたしにするような勢《いきお》いでふってきた。頭《あたま》もシャツも、あっというまにずぶぬれになった。


雨《あめ》は一時間《じかん》もふっただろうか。

母《はは》が、勢《いきお》いよく窓《まど》をあけた。

雨《あめ》はあがっていた。雲《くも》は雨《あめ》をはきだして、はればれと流《なが》れていった。

夕焼《ゆうや》けがひろがって、そのあとに、ふしぎな色《いろ》の青《あお》い空《そら》がにじみあがってくる。

「りんどう色《いろ》だ。」

と、母《はは》がつぶやいた。

六時《じ》から、りんどう屋《や》のおばあさんの通夜《つや》がはじまった。

商店街《しょうてんがい》のあちこちから、地味《じみ》な服装《ふくそう》の人《ひと》たちがでてきて、商店街《しょうてんがい》のはずれにむかって歩《ある》いていく。

ユウは、自転車《じてんしゃ》をおいて、りんどう屋《や》の見《み》えるところまでいってみた。

ちょうちんのかざられた店《みせ》の入《い》り口《ぐち》の両側《りょうがわ》に、木《き》おけいっぱいのりんどうがさしてあった。通夜《つや》にきた人《ひと》は、そこから、二、三本《ぼん》のりんどうをもらって帰《かえ》っていく。

さっきの雨《あめ》のせいで、夕暮《ゆうぐ》れの空気《くうき》は冷《つめ》たくすみ、風《かぜ》は、空《そら》からふきおりてきていた。

入《い》り口《ぐち》の受付《うけつけ》には、自転車屋《じてんしゃや》のおじさんが黒《くろ》い背広《せびろ》すがたですわっていた。

吉田《よしだ》のおじさんは、裏口《うらぐち》にまわってなにやら指図《さしず》をしている。おじさんの息子《むすこ》が酒《さけ》やビールを裏口《うらぐち》へとはこんでいる。

男《おとこ》の人《ひと》の泣《な》き声《ごえ》がきこえるような気《き》がして、ユウは、そろそろと店《みせ》の中《なか》が見《み》えるところまで歩《ある》いた。

おばあさんの息子《むすこ》らしい人《ひと》が、きちんとすわったままで泣《な》いていた。ユウも見《み》たことのある人《ひと》だった。男《おとこ》の人《ひと》の子《こ》どもなのか、小《ちい》さな女《おんな》の子《こ》が、体《からだ》をふるわせて泣《な》く父親《ちちおや》の背《せ》中《なか》に、ぴったりと自分《じぶん》の背中《せなか》をくっつけてすわっていた。

ユウは、大人《おとな》の男《おとこ》が泣《な》くのをはじめて見《み》た。

「ユウ。」

肩《かた》をたたかれてふりかえると、母《はは》がりんどうを二本《ほん》もって立《た》っていた。

「母《かあ》さん、きてたの。」

「うん、りんどう屋《や》さんで、よくお花《はな》を買《か》ってたから。」

ユウは、母《はは》といっしょに歩《ある》きだした。

「花《はな》がすきで、毎日《まいにち》、花《はな》を仕入《しい》れて、一本一本《ぽんぽん》ていねいにほどいて、水《みず》をあげて、とりかえて、毎日毎日《まいにちまいにち》花《はな》を売《う》って、暮《く》らしをたてて、子《こ》どもを育《そだ》てて……。」

母《はは》は、そういうと、手《て》にもっていたりんどうを胸《むね》にかかえなおした。

この日《ひ》、ビール券《けん》はでなかった。とつぜんの雨《あめ》で、ひきにきた人《ひと》が少《すく》なかったこともあるかもしれない。が、ユウは体《からだ》じゅうがピリリとふるえるような気《き》がした。これだけビール券《けん》がでないとなると、金《きん》の玉《たま》が入《はい》っている可能性《かのうせい》はじゅうぶんにあった。

十一日《にち》。

ユウは、学校《がっこう》の表門《おもてもん》までまわるのもまどろっこしく、さくをのりこえて道《みち》へでると、いっきに福引《ふくび》き所《じょ》まで走《はし》った。今日《きょう》は、飼育委員会《しいくいいんかい》の夏休《なつやす》みの当番《とうばん》決《ぎ》めや、うさぎ小屋《ごや》のそうじで、すっかりおそくなった。

ミチが福引《ふくび》き所《じょ》にでている。

「ビール券《けん》はでたか?」

ユウは、メモをひったくるようにして受《う》けとった。

でていない。

福引《ふくび》き所《じょ》には、三人《にん》の人《ひと》がならんでいた。

「ミチ、いいか、もうちょっとここにいろ。いいな。」

ユウはそういうと、家《いえ》まで走《はし》った。ドアの中《なか》にとびこむと、母《はは》が福引《ふくび》き券《けん》をためている引《ひ》き出《だ》しをあけ、あるだけの福引《ふくび》き券《けん》をもって、また家《いえ》をとびだした。

「ユウ。」

窓《まど》があいて、自転車《じてんしゃ》にとび乗《の》ったユウの背中《せなか》に母《はは》がさけんでいる。

「あんた、ランドセルしょって、どこいくの。」

そうか、ランドセルをおろすのをわすれてるのか。しかし、そんなことは、このさいどうでもいい。ユウは、そのまま、フルスピードで福引《ふくび》き所《じょ》へもどった。

ユウは、抽選所《ちゅうせんじょ》へつくと、福引《ふくび》き券《けん》を数《かぞ》えた。

九十三まい。五回《かい》もひけない。

「おにいちゃん、もう帰《かえ》っていいのお？」

ミチが、あくびまじりのまのぬけた声《こえ》をだした。

抽選機《ちゅうせんき》の前《まえ》の列《れつ》は、さっきよりふえていた。こうしているあいだにも、金《きん》の玉《たま》はころがりでるかもしれない。

おちつけ。ユウは自分《じぶん》にいいきかせた。あとはカンだ。カンだ。いつならぶか、自分《じぶん》できめるんだ。今日《きょう》、ここででるか、それとも明日《あした》か。

ユウは、心臓《しんぞう》のドクドクと鳴《な》る音《おと》といっしょに、冷《つめ》たいあせがふきあげてくるのを感《かん》じながら、自分《じぶん》をおちつかせようとした。

「おにいちゃんてばあ。わたし、帰《かえ》るわよ。」

ミチがまだいた。

ユウは、腰《こし》のまがったおばあさんが、一回分《かいぶん》の券《けん》をもって列《れつ》のうしろにならんだのを見《み》ると、自分《じぶん》も、そのうしろにならんでみようという気《き》になった。

女《おんな》の子《こ》が、おかあさんにだきあげられて、抽選機《ちゅうせんき》をまわしている。

でるな。でるなよ。まだでるな。

玉《たま》がころがりでるたびに、ユウはおもわず目《め》をとじていた。

一等《とう》がでれば、大《おお》きな鐘《かね》がジャランジャランとふられるはずだった。

ユウの前《まえ》にいたおばあさんが、抽選機《ちゅうせんき》をまわす番《ばん》になった。

「おばあちゃん、一回《かい》ね、一回《かい》。」

福引《ふくび》き所《じょ》のおばさんが、耳《みみ》の遠《とお》そうなおばあさんに、大声《おおごえ》でくりかえした。

「一回《かい》？」

おばあさんは、関節《かんせつ》のふくれあがった指《ゆび》を一本立《ぽんた》ててみせた。

「よ、い、しょっ。」

背《せ》のびをするようにして、おばあさんは抽選機《ちゅうせんき》を一回転《かいてん》させた。ポトリと玉《たま》がころがりでた。

その玉《たま》を見《み》て、ユウはおもわず、「わっ。」とさけんでしまった。玉《たま》は茶色《ちゃいろ》のビール券《けん》の玉《たま》だったのだ。

「おばあさん、ビール券《けん》がでたのよ。おめでとう。これね、酒屋《さかや》さんにもっていくと、ビールでもジュースでも、とりかえてもらえるからね。落《お》とさないでね。ここに入《い》れておきますよ。」

福引《ふくび》き所《じょ》のおばさんが、おばあさんの手《て》さげの中《なか》にビール券《けん》を入《い》れた。

「おや、そうですか、まあ、まあ。」

おばあさんは頭《あたま》をさげて帰《かえ》っていった。

「はいつぎ、ぼく、どうぞ。」

おばさんが、ユウのもっていた福引《ふくび》き券《けん》をとろうとした。

「あっ、おれ、いいです。またこんどきますから。」

ユウは、いそいで列《れつ》をはなれた。

ビール券《けん》がでた。ユウは、はりつめていたものが、ふるふるとゆるんでいくのを感《かん》じた。

「おい、ランドセルをしょったままで、なんのさわぎだ。」

吉田《よしだ》のおじさんが、いたずらっぽくわらって立《た》っていた。

「ちょっとね。」

ユウはわらってごまかした。

吉田《よしだ》のおじさんの服《ふく》から、かすかに線香《せんこう》の香《かお》りがした。

「すんだの?」

ユウがそうたずねると、おじさんは、すっと静《しず》かな顔《かお》になって、

「ああ、すんだ。」

と、短《みじか》い返事《へんじ》をのこし、福引《ふくび》き所《じょ》のおくにきえてしまった。

りんどう屋《や》の入《い》り口《ぐち》には、すだれがかけられ、半紙《はんし》に書《か》かれた黒《くろ》い文字《もじ》が風《かぜ》にゆれていた。

小《ちい》さいけれど、この場所《ばしょ》を花《はな》でうめていた人《ひと》がなくなってしまいました。黒《くろ》い文字《もじ》は、そうつげているようだった。

けっきょくこの日《ひ》、ビール券《けん》は、夕方《ゆうがた》までにたてつづけに三本《ぼん》でた。

ユウの家《いえ》のひっこし先《さき》がきまった。父《ちち》の会社《かいしゃ》の社宅《しゃたく》への入居許可《にゅうきょきょか》がおりたのだ。ひっこしは七月二十日《がつはつか》。終業式《しゅうぎょうしき》の日《ひ》と父《ちち》がきめた。

「ユウとミチが学校《がっこう》からもどったら、すぐでるからな。自分《じぶん》の荷物《にもつ》は前《まえ》の日《ひ》までにきちんとまとめておけ。なにがなくなっても、とうさんとかあさんは知《し》らんぞ。」

それから、父《ちち》と母《はは》は、ひっこしまでの段取《だんど》りを相談《そうだん》しはじめた。

「学校《がっこう》には明日《あした》いって、先生《せんせい》につたえてきます。」

「むこうの学校《がっこう》へは、おれが仕事《しごと》のとちゅうでよって、夏休《なつやす》みの予定《よてい》をきいてくるか。夏《なつ》休《やす》みにキャンプでもあったらどうするかなあ。」

自分《じぶん》たちの学校《がっこう》の話《はなし》をしているのに、ユウは、なんとなくふたりの話《はなし》の中《なか》に入《はい》っていけないで、ごろりと横《よこ》になってテレビを見《み》ていた。ミチは、だまって、部屋《へや》に入《はい》ってしまった。

7

十二日《にち》。

いつものように、ユウがぼけっと校庭《こうてい》をながめていたら、もしかしたら、気《き》づかずにおわってしまったことかもしれない。

クラス書記《しょき》のマサキは、すばやい動作《どうさ》で自分《じぶん》が書《か》いた黒板《こくばん》の字《じ》をけしていた。

それは、「夏休《なつやす》みの班活動《はんかつどう》」という一行《ぎょう》だった。

けしてしまってから、マサキは、

「あっ、やっぱ、これでよかったんだ。」

といって、おなじことを書《か》きなおした。しかしその字《じ》は、さっきのとはまったくちがっていた。

ユウは、校庭《こうてい》のほうを見《み》、フワーッとあくびを一つしてから、マサキのほうを見《み》た。マサキもちらりとユウを見《み》た。ユウは、クッとわらった。マサキは、あくびを見《み》られたことをごまかして、ユウがわらったと思《おも》うだろう。

ユウは、ちらりとトモヤをふりかえった。トモヤは下《した》をむいたまま、机《つくえ》の上《うえ》にひろげたノートの切《き》れはしになにか書《か》いていた。トモヤは気《き》づかなかったようだ。

ユウは、学校《がっこう》がおわると、駅《えき》の南口《みなみぐち》の進学塾《しんがくじゅく》へ自転車《じてんしゃ》を走《はし》らせた。クラスの中《なか》の七、八人《にん》が、この能力別《のうりょくべつ》クラス編成《へんせい》の塾《じゅく》へいっていた。マサキもその中《なか》のひとりだった。

三年《ねん》のころまでは、マサキとはけっこういっしょに遊《あそ》んだりした。ユウたちのアパートにもよくきた。

それが、四年《ねん》になったとたんに、いそがしい子《こ》の見本《みほん》みたいになった。週《しゅう》三回《かい》かよっていたそろばん塾《じゅく》のほかに、週三日《しゅうみっか》の塾《じゅく》へもいきはじめ、土曜日《どようび》の英語教室《えいごきょうしつ》にまでいくようになってからは、もう、一日《にち》もひまな日《ひ》はなさそうだった。

日曜日《にちようび》だって、外《そと》で見《み》かけたことはめったにない。

しかし、マサキが、なんであんなことを書《か》くんだ。

ユウには、だれもいない校舎《こうしゃ》で、マサキがポスターに、ユウそっくりの字《じ》を書《か》きこんでいるすがたは、想像《そうぞう》できなかった。それに、このごろ遊《あそ》ばないといっても、マサキは、やはり友《とも》だちだった。

塾《じゅく》の事務室《じむしつ》には、女《おんな》の人《ひと》がひとりすわっていた。

「すみません。入学案内《にゅうがくあんない》、ありますか？」

ユウがそういうと、

「はい、これね。」

といって、ときどき新聞《しんぶん》に折《お》りこまれているのとおなじチラシのようなものをくれた。

「ちょっと教室《きょうしつ》の中《なか》を見《み》ていいですか？」

「いいけど、授業《じゅぎょう》は四時半《じはん》からだから、まだなにもやってないわよ。」

「それでもいいです。」

「そう、じゃあ、その階段《かいだん》をあがっていってみて。ちょっと見《み》るだけにしてね。だいじなものがいっぱいあるから。」

「はい、あの、六年生《ねんせい》の林《はやし》マサキくんは、どの教室《きょうしつ》？」

「林《はやし》マサキくん？」

女《おんな》の人《ひと》は、名簿《めいぼ》を指《ゆび》でたどっていく。

「ああ、林《はやし》くんは、私立入学《しりつにゅうがく》コースのA《エー》だから、階段《かいだん》をあがってすぐの教室《きょうしつ》でいつもやってるはずよ。」

ユウは階段《かいだん》をあがった。階段《かいだん》のおどり場《ば》に、「きみはきみ自身《じしん》を追《お》いこして進《すす》むことができるか。」というポスターがはってあった。男《おとこ》の子《こ》が、自分《じぶん》そっくりの男《おとこ》の子《こ》の背中《せなか》を見《み》つめている、なんだか暗《くら》いポスターだった。ろうかには、私立中学《しりつちゅうがく》の名前《なまえ》と偏差値《へんさち》らしい数字《すうじ》の書《か》きこまれたポスターや、テストの点数《てんすう》を知《し》らせる紙《かみ》がはってあった。

ユウは、マサキの名前《なまえ》をさがした。

「算数《さんすう》九十六点《てん》、国語《こくご》九十三点《てん》。へえ、やるじゃないの。」

ユウは、学校《がっこう》ではめったに手《て》もあげないマサキの横顔《よこがお》を思《おも》い出《だ》した。クラスで書記《しょき》に選《えら》ばれたときも、めいわくに思《おも》っているのがだれにもはっきりとわかった。

教室《きょうしつ》に入《はい》ると、うしろに、国語《こくご》のテストが何《なん》まいかはりだされていた。読解力《どっかいりょく》テストを添削《てんさく》したものだった。ユウは、その中《なか》に、マサキのテスト用紙《ようし》を見《み》つけた。それは、ちょっと見《み》ただけではわからなかった。学校《がっこう》で見《み》なれたマサキの字《じ》は、まんが文字《もじ》のように、まるくころりとして読《よ》みやすいものだったが、このテストの文字《もじ》はちがっていた。右上《みぎあ》がりで、はねるところはやたらに大《おお》げさにはね、ひっぱるところはのばしすぎの、それは、読《よ》みづらいユウの字《じ》とそっくりの文字《もじ》だった。

ユウは教室《きょうしつ》の中《なか》をながめた。きれいにふかれた黒板《こくばん》の上《うえ》に、「集中力《しゅうちゅうりょく》こそ勝利《しょうり》への力《ちから》」

と書《か》かれた紙《かみ》が、額《がく》に入《い》れられてかざられていた。

マサキは、いつも、これを見《み》ながら勉強《べんきょう》しているのだろうか。

ユウは教室《きょうしつ》をでた。あと一時間《じかん》もすると、この教室《きょうしつ》は六年生《ねんせい》でいっぱいになるはずだった。

「夏期講習《かきこうしゅう》の受《う》け付《つ》けはおわってしまったけど、二学期《がっき》になると、またすこし募集《ぼしゅう》があるのよ。テストを受《う》けにきてみる？」

受付《うけつけ》の女《おんな》の人《ひと》がユウにいった。

「家《いえ》に帰《かえ》ってよく考《かんが》えてみます。」

ユウは女《おんな》の人《ひと》に礼《れい》をいって外《そと》へでた。

福引《ふくび》き所《じょ》をのぞくと、商店賞《しょうてんしょう》のパン焼《や》き機《き》がでていた。

「まずいなあ。」

ユウは、パン焼《や》き機《き》をあてててやると、母《はは》に約束《やくそく》したことを思《おも》い出《だ》した。

ビール券《けん》も一本《ぽん》でていた。福引《ふくび》きも後半《こうはん》に入《はい》って、いよいよ抽選所《ちゅうせんじょ》はにぎわうだろう。

五つめの箱《はこ》の玉《たま》が抽選機《ちゅうせんき》に入《い》れられるのは、もう時間《じかん》の問題《もんだい》だとユウは思《おも》った。

ユウは、帰《かえ》りがけ文房具屋《ぶんぼうぐや》によると、いちばん安《やす》いサイン帳《ちょう》を一さつ買《か》った。

十三日《にち》。

土曜日《どようび》の朝《あさ》は気持《きも》ちがかるい。いやなことがあっても、それを半分《はんぶん》にしてしまうぐらいの力《ちから》を土曜日《どようび》はもっている。

朝《あさ》、ランドセルをしょってろうかにでてみると、トモヤのかあさんがおいていったくつ箱《ばこ》や食器《しょっき》だなの中《なか》から、ユウとミチのものが全部《ぜんぶ》とりだしてあった。どうやら、新《あたら》しいマンションにはこばれることになったらしい。

ユウの家《いえ》でも、今日《きょう》から本格的《ほんかくてき》にひっこしの準備《じゅんび》にとりかかるだろう。

「ほんとうに必要《ひつよう》なものだけもっていけ。」

といって、ゆうべ、父《ちち》が、ユウとミチに段《だん》ボール箱《ばこ》を一つずつよこした。

ユウは、校門《こうもん》を出《で》ると、テニスコートや児童館《じどうかん》のあるほうへと、なだらかな坂《さか》をおりていった。ユウの前《まえ》をマサキがひとりで歩《ある》いている。マサキの家《いえ》は、学校《がっこう》をはさんで、ユウの家《いえ》とは反対側《はんたいがわ》にある。

ユウは、ランドセルの中《なか》に、昨日《きのう》買《か》ったサイン帳《ちょう》を入《い》れて、学校《がっこう》へきていた。

坂《さか》をおりきったあたりは、銀行関係《ぎんこうかんけい》の四階建《かいだ》ての社宅《しゃたく》が、広《ひろ》いしばふの敷地《しきち》の中《なか》に五棟《とう》ほどならんでいるだけで、人通《ひとどお》りはあまりなかった。

「は、や、し。」

ユウは、マサキをよびとめた。

マサキは、ふりむいて、すこし意外《いがい》な顔《かお》をしたが、おどろいたようすはなかった。

「やっと追《お》いついたよ。たのみがあってさ、追《お》いかけてきたんだ。」

ユウはそういうと、ランドセルをおろして、中《なか》からサイン帳《ちょう》をひっぱりだした。

「おれ、こんどひっこすんだ。知《し》ってんだろ?」

「ああ、なんとなくきいたから。」

「うん、そんでさ、みんなにサインなんかしてもらおうと思《おも》ってんだ。林《はやし》もたのむよ。」

「べつに、いいけど、みんなどんなこと書《か》いてんの?」

マサキはサイン帳《ちょう》をめくった。

「まだだれにも書《か》いてもらってないよ。」

ほんとは、なにもいわずにぶっとばしてやりたかった。

「きゅうにいわれてもなあ。おれ、こんなの苦手《にがて》だよ。」

林《はやし》は、めいわくそうに顔《かお》をしかめた。

「じゃあさあ、おれのいうとおりに書《か》いてくれればいいよ。」

マサキは、ちょっとけげんそうにユウの顔《かお》を見《み》た。

「いいか、いうぞ。『ぼくの母《はは》はアル中《ちゅう》です。』」

マサキの目《め》を見《み》すえて、ユウは、ゆっくりとそういった。

「さあ、しっかり書《か》けよ。」

ユウは、サイン帳《ちょう》をマサキの胸《むね》におしつけた。

「昨日《きのう》見《み》たんだろ？　黒板《こくばん》の字《じ》。」

マサキは、サイン帳《ちょう》を手《て》ではらうと、フッとわらった。

「いいよ、書《か》くよ。どうせおまえがひっこすときまでには、教《おし》えてやろうと思《おも》ってたこと
だから。昨日《きのう》の字《じ》も、わざと書《か》いたんだ。」

そういって、マサキはサイン帳《ちょう》に、なんでもないことのように、『ぼくの母《はは》はアル中《ちゅう》で
す。林《はやし》マサキ』と書《か》いた。

それは、まさしく、あの朝《あさ》の、あの字《じ》だった。

「これでいいのか？」

マサキは、サイン帳《ちょう》をユウにかえした。

「じゃあな、おれいそがしいからさ。」

マサキは歩《ある》きだした。

「まてよ。」

ユウは、マサキのランドセルをおもいきりひっぱった。マサキは、うしろむきに二、三歩《ぽ》よろけてから、たおれた。マサキはユウをにらみつけながら立《た》ちあがると、

「おまえたちがなかよくできなくなったからって、おれのせいにするな。」

そういいすてて、また歩《ある》きだそうとした。

「まて、自分《じぶん》でやっておいて、ふざけんな、あやまれ。」

ユウは、マサキの前《まえ》にでると、あごをめがけてなぐりつけた。マサキは顔《かお》をおさえてうずくまった。

「あんなこと書《か》いて、おまえ、ひきょうだぞ。」

ユウの胸《むね》に、あの朝《あさ》の、心臓《しんぞう》がギュッとちぢみこむような思《おも》いがよみがえった。

「じょうだんなんだぜ。」

マサキは、苦笑《にがわら》いをすると、血《ち》のまじったつばをペッとはいた。

「だいたいおまえたちなんか、たいしたことないんだよ。あんなことぐらいで。いつもいっしょにいたくせに、だらしがねえんだよ、おまえたちは。」

マサキはそういうと、そばにころがっていたコーラの缶《かん》を、ユウに投《な》げつけた。缶《かん》は、ユウの耳《みみ》をかすめて、うしろのへいにあたった。

「ふざけるな。」

ユウは、マサキにとびかかった。缶《かん》がカラカラと道《みち》をころがっていく。

「毎日《まいにち》ふたりで自転車《じてんしゃ》に乗《の》って、楽《たの》しそうだったじゃないか。おれみたいに、毎日勉強《まいにちべんきょう》ばっかやってるやつを、ばかにしてただろう。」

マサキは、ランドセルをふりまわしながら、ユウにむかってきた。

「かんけえねえだろ。なにいってんだ、おまえ。」

ユウとマサキはとっくみあって、なぐりあった。マサキは思《おも》ったよりずっとけんかが強《つよ》かった。

ふたりがつかれはてたころ、だれがよんできたのか、担任《たんにん》の佐藤先生《さとうせんせい》と女《おんな》の子《こ》がふたり、なにかさけびながら、坂《さか》をかけおりてきた。

それからふたりは、学校《がっこう》へつれもどされた。話《はなし》をきいてもなにも答《こた》えようとしないふたりに手《て》をやいた先生《せんせい》に、親《おや》がよばれた。

ユウとマサキは、顔《かお》をそむけたまま、ひとこともしゃべらなかった。

母親《ははおや》たちがかってなことをいいながら、先生《せんせい》に頭《あたま》をさげていた。

マサキは鼻血《はなぢ》をだして、ほおもすりむいていた。ユウは、下《した》くちびるを切《き》って、めくれあがったようにはれていた。

ユウは、母《はは》にむりやり頭《あたま》をさげさせられ、手《て》をひっぱられるようにして学校《がっこう》をでた。

むこうずねがいたかった。

「いくらひっこしちゃうからって、最後《さいご》にきて、こんなにはでにけんかしなくたっていいじゃないの。荷造《にづく》りでいそがしいっていうのに。それに、まだお昼《ひる》ごはんも食《た》べてないのよ。もう。」

母《はは》は、職員室《しょくいんしつ》をでてからずっと、もんくばかりいっている。

「もう、おなかがすいてたおれそうだから、ここで食《た》べていっちゃお。」

母《はは》は、よりによって、学校《がっこう》のすぐ前《まえ》のラーメン屋《や》にさっさと入《はい》ってしまった。そして、

「新井《あらい》ビルの二階《かい》に、ラーメン二つとどけてください。このテーブルにも二つ。いそいでお願《ねが》いします。あー、つかれた。」

戸《と》をあけたままのラーメン屋《や》には、クーラーもなくて、扇風機《せんぷうき》がレジの横《よこ》でだるそうにまわっている。

母《はは》は、はこばれてきたコップの水《みず》をいっきに飲《の》みほした。

「それで、なんだっけ、けんかの原因《げんいん》。」

ユウはだまって水《みず》を飲《の》んだ。水《みず》には氷《こおり》が一つ、いまにも水《みず》にとけ入《い》りそうにうかんでいた。

「まあ、いいか。」

母《はは》はほおづえをついて、フーッと長《なが》くて大《おお》きなため息《いき》をついた。

「はい、おまちどおさん。」

ラーメンがはこばれてきた。

「ユウも食《た》べなさい。」

母《はは》が、割《わ》りばしをパキンとわって、ユウにわたしてくれた。

ラーメンのしるが、はれあがったくちびるにしみた。口《くち》の中《なか》も切《き》ったらしく、熱《あつ》いラーメンはとても食《た》べられたものではなかったけれど、ユウは水《みず》を飲《の》みながら食《た》べつづけた。

食《た》べていたら、涙《なみだ》がでそうになった。

なんで、おれは、あのとき、

「おれの字《じ》に、似《に》てんなあ、おい。でも、おれじゃあないぜ。」

といわなかったんだろう。そういっていたら、トモヤも、

「あたりまえだろ。」

といってわらったかもしれない。

「だれだ、こんなこと書《か》きやがって。」

と、ふたりでポスターをはがして、それで終《お》わりになっていたかもしれない。

でも、おれはいわなかった。いわないでいるうちに、トモヤはひとりでいってしまった。

「あっ、そうそう。」

母《はは》がきゅうにしゃべりだした。

「とうさんがね、こんどの学校《がっこう》できいてきたんだけど、六年生《ねんせい》は、夏休《なつやす》みに入《はい》ったつぎの日《ひ》からキャンプだって。二泊三日《はくみっか》。どうする？　パスする？」

「どこへいくって？」

「八ケ岳《やつがたけ》のほうだって。」

「ふうん。おれ、いくよ。」

「知《し》ってる人《ひと》がだれもいなくてもいいの？」

「かまわないよ。」

熱《あつ》いラーメンだった。それでもあせをだしたせいか、ユウは、体《からだ》がすこしスーッとしたような気《き》がした。

8

ユウは、はれあがったくちびるを、氷《こおり》をくるんだタオルで冷《ひ》やしながら、三時近《じぢか》くまでねころんでいた。

マサキのことばが、のどにささった魚《さかな》の骨《ほね》のように、くりかえしくりかえし、ユウをつついてくる。

「おまえら、だらしがねえんだよ。あんなことぐらいで、だらしがねえんだよ。」

マサキは、おこったようにそういった。あいつはなにをあんなにおこっていたんだ。

時計《とけい》を見《み》ながら、ユウはおきあがった。

「かあさん、福引《ふくび》き券《けん》、何《なん》まいたまった?」

部屋《へや》の中《なか》は、段《だん》ボールと衣装《いしょう》ケースが、くずれかけた積《つ》み木《き》のようにあぶなっかしく重《かさ》ねられ、その中《なか》にうもれそうにして母《はは》がかたづけをしていた。

父《ちち》とミチは、新《あたら》しい家《いえ》におもとのはちをおきにいった。いなかのおばあちゃんがわざわざ電話《でんわ》で、おもとのはちをいちばん先《さき》にひっこしさせるようにいってきたのだ。

「電話《でんわ》の横《よこ》にたばにしてあるから、自分《じぶん》でかぞえてみて。」

電話台《でんわだい》に、印鑑《いんかん》や領収書《りょうしゅうしょ》を入《い》れておく引《ひ》き出《だ》しのついた小箱《こばこ》がおいてあって、その中《なか》に福引《ふくび》き券《けん》のたばが集《あつ》められていた。

「わっ、すっげえたまってる。」

「お中元《ちゅうげん》とか、ひっこしのあいさつのものとか、いろいろあったからね。デパートまでいく時間《じかん》もなかったから、前《まえ》のお茶屋《ちゃや》さんでみんなすましちゃったの。」

「すっげえ、おれのと合《あ》わせると、三百まい以上《いじょう》ある。」

「まだもうすこしたまると思《おも》う。ユウとミチのクラスメートに、お別《わか》れにノートの一さつずつもおいていきたいもんね。……ねえ、ユウ、これ見《み》てごらん。」

ユウがふりかえると、母《はは》が、両方《りょうほう》のてのひらに、小《ちい》さなくつを一足《そく》ずつのせてわらっている。

「ユウが最初《さいしょ》にはいたくつ。こっちがミチの。わらっちゃうね。」

いちいちひっぱりだしてそんなことしてるから、かたづけは永遠《えいえん》におわらないかもしれない。

ユウは、一回分《かいぶん》の福引《ふくび》き券《けん》二十まいだけをもって、家《いえ》をでた。左《ひだり》のほおがずきずきして、まばたきをしただけでもいたんだ。すねもいたむので、自《じ》転車《てんしゃ》をあきらめて歩《ある》いた。そのおかげで、

「どうしたの、その顔《かお》。」

と、知《し》ってるおばさんたちにいちいち声《こえ》をかけられて、まいってしまった。

「おっ。」

吉田《よしだ》のおじさんが、わざわざ福引《ふくび》き所《じょ》の外《そと》へでてきて、

「はでな顔《かお》してどうした、少年《しょうねん》。」

と、からかうようにユウの顔《かお》をのぞきこんだ。

「ちょっとね。ころんだ。」

「ほう、ころんだねえ。」

ユウは、入《い》り口《ぐち》にいたおばさんに福引《ふくび》き券《けん》をわたして、抽選機《ちゅうせんき》を一回《かい》、まわした。抽《ちゅう》選機《せんき》をまわすときの感触《かんしょく》を思《おも》い出《だ》しておきたかった。抽選機《ちゅうせんき》はかるかった。まだ五箱《はこ》めの玉《たま》は入《い》れられていないらしい。赤《あか》い玉《たま》が一つ、元気《げんき》よくとびだしてきた。

「ざんねん。」

そういって、おばさんがティッシュをだしてくれた。

「一等《とう》はでたかい。」

吉田《よしだ》のおじさんが、火《ひ》のついていないたばこをくわえながら、玉《たま》をのぞきこんだ。

ユウは、それには答《こた》えなかった。

今日《きょう》、明日《あした》は、もう、ここから目《め》がはなせない、とユウは思《おも》った。なんとなくそんな気《き》がして、背中《せなか》がピリリとふるえた。

ナオコが、とんでもないでかいすいかをぶらさげて、重《おも》そうに歩《ある》いてくる。ユウは気《き》づかれないように、道路《どうろ》に背中《せなか》をむけて立《た》った。

「ユウくん。」

返事《へんじ》をしないでいると、わざわざ近《ちか》よって声《こえ》をかけてきた。

「やっぱりここにいた。よかった。」

「なんだよ、いそがしいんだよ。」

ユウは、顔《かお》を見《み》られないように気《き》をつけたいと思《おも》った。

「これ、すいか、食《た》べてくださいって。おばあちゃんのところから三つとどいたの。もう重《おも》たくって重《おも》たくって。」

「そこにおいといてくれよ、もって帰《かえ》るから。」

ユウは、ちらりとナオコのすいかを見《み》た。

「わっ、すごい顔《かお》。」

ナオコはおどろいたらしく、両手《りょうて》を口《くち》にあてて、一歩《ぽ》あとずさりをした。

見《み》られてしまってはしかたないと、ユウはあきらめてふりかえった。

「でっけえすいか。」

「うん、とてもおいしいの。」

ナオコはそういってわらった。

「さっき、林《はやし》くんに会《あ》った。塾《じゅく》へいくところだったみたいだけど、林《はやし》くんもすごいの。

ほっぺたにみみずばれの太《ふと》いのが二本《ほん》あって、目《め》の下《した》が青《あお》いの。」

「へえ、おれのはちょっところんだんだ。」

ユウは、ズボンのポケットに手《て》をつっこんで、じゃまくさそうにいった。

「ふうん。林《はやし》くんは、自転車《じてんしゃ》にひきにげされたっていってた。」

ナオコは、めずらしそうに、ユウの顔《かお》の傷《きず》と、あざのできた足《あし》を見《み》ている。

ナオコのブラウスのえりについている白《しろ》いレースが、風《かぜ》にゆれてすずしげだった。

「じゃあな。」

なんとなく間《ま》がもたなくなって、ユウはすいかをもちあげた。どうせ、家《いえ》に福引《ふくび》き券《けん》をとりにもどらなくてはいけなかった。それに、ユウがいるうちは、吉田《よしだ》のおじさんはつぎの箱《はこ》の玉《たま》を入《い》れたりしないだろう。

すいかは、ナオコによくここまでもってこられたと思《おも》うほど、ずーんと重《おも》かった。

「去年《きょねん》の夏《なつ》だったら、みんなよんで、屋上《おくじょう》にいって、ワイワイいって食《た》べたよね。ぜったい。」

ミチがそういって、すいかをパンパンとたたいた。めいっぱいに熟《う》れてはりつめていたすいかは、それが合図《あいず》のように、メリッと音《おと》をたてて、たてにひびを走《はし》らせた。

「あらら、たいへん。はやく切《き》って、半分《はんぶん》トモヤくんところにもっていって食《た》べてもらわなくっちゃ。ユウ、はやく、ほうちょう。」

「ほうちょうって、どこ?」

「あら、やだ。わたし、もうしまっちゃったのかしら。」

なんていいあっているうちに、あたりはすいかのあまい香《かお》りでいっぱいになった。

ユウは、福引《ふくび》き券《けん》を腰《こし》のウエストバッグにしまうと、ラップをかけて段《だん》ボールに入《い》れられた半分切《はんぶんぎ》りのすいかを、荷台《にだい》のある父《ちち》の自転車《じてんしゃ》のうしろにくくりつけた。

トモヤの新《あたら》しい家《いえ》にいくのは、はじめてだった。自転車置《じてんしゃお》き場《ば》でトモヤの自転車《じてんしゃ》をさがしたが、なかった。

マンションの七階《かい》でエレベーターをおりた。母《はは》がいっていたとおり、だれにも会《あ》わない。七階《かい》まであがると、さすがに高《たか》かった。駅《えき》までの道《みち》を目《め》で追《お》うと、ユウのいるビルの黒《くろ》ずんだ四角《しかく》い屋上《おくじょう》を見《み》つけることができた。

チャイムを鳴《な》らしたが、だれもでてくる気配《けはい》がない。いないといけないからと、母《はは》が書《か》いてくれたメモをすいかの上《うえ》においてかえろうとすると、ドアがひらいた。トモヤのかあさんだった。

「あら、ユウくんじゃないの。まあま、どうしたの、すごい顔《かお》。」

「あっ、ちょっところんで。」

「そうなの。入《はい》って、入《はい》って。」

おばさんはきちんと化粧《けしょう》をして、うしろにたばねた髪《かみ》には黒《くろ》いリボンをつけていた。

「いえ、いそぐから。」

そういっているのに、ユウは腕《うで》をひっぱられてドアの中《なか》に入《い》れられてしまった。おばさんは、酒《さけ》くさかった。

「すいかをもらったから、半分《はんぶん》もっていけって、かあさんが。」

「あら、そうだったの。それはわざわざ。まあ、大《おお》きなすいか。」

おばさんは、すばやくテーブルの上《うえ》の缶《かん》ビールを流《なが》しへはこぶと、いかにもうれしそうにすいかを冷蔵庫《れいぞうこ》へ入《い》れ、ユウにはコーラをだしてくれた。

ユウは、家《いえ》の中《なか》を見《み》まわした。家具《かぐ》はほとんど前《まえ》のままだった。おばさんがろうかにおいていったものも、きちんとはこびこまれていた。まだカーテンのかかっていない窓《まど》は、おちつきがないほど明《あか》るくて、部屋《へや》の小《ちい》さなごみまでうきあがらせてしまいそうだった。

だれが割《わ》ったのか、ビールびんの破片《はへん》がゆかのすみにはき集《あつ》められてあった。

「トモヤは?」

コーラの炭酸《たんさん》が、ツーンと鼻《はな》にのぼってきた。

「自転車《じてんしゃ》あった?」

「いいえ。」

「そう。じゃあ、自転車《じてんしゃ》でどこかいったんだわね。」

おばさんは、ユウのむかいがわにすわると、ユウがきまりわるくなるほどじっと顔《かお》を見《み》た。

「ほんと、なつかしいわ。ユウくんがきてくれた。」

ついこのあいだひっこしたばかりなのに、そんなことをいう。

「あっ、こんな時間《じかん》。ちょっと用《よう》があるから帰《かえ》ります。」

ユウは、時計《とけい》を見《み》ながら、わざとあわてたようにいすを立《た》った。

「あら、そう、きたばっかりなのにねえ。」

おばさんが、ほんとうに残念《ざんねん》そうな、さみしそうな顔《かお》をしたので、ユウは、もう一度《いちど》すわりなおそうかと思《おも》ったくらいだった。

帰《かえ》りぎわに、おばさんは、ビールびんの破片《はへん》のちらかっているあたりを見《み》ながらいった。

「ねえ、あれ、あれね、トモがやったの。わたしがビールを飲《の》んでたら、きゅうにあばれたの。」

おばさんは、そういうと、涙《なみだ》を流《なが》した。

「わたし、こんどは、本気《ほんき》でお酒《さけ》やめなくっちゃ、ねっ、やめなくっちゃ。」

おばさんは、エプロンで顔《かお》をぬぐった。

「あのう、ひっこしのてつだいにきてくださいって、かあさんが。」

ユウは、母《はは》のことばをつたえた。

「ほんと、そうだったわ。こんどはユウくんのうちの番《ばん》だったわ。」

おばさんが、つらそうに、それでもわらったので、ユウはさようならをいうことができた。

一階《かい》までおりて、自転車置《じてんしゃお》き場《ば》をのぞいたが、トモヤの自転車《じてんしゃ》はまだなかった。

ユウは、ゆっくりと商店街《しょうてんがい》にむかってゆるやかな坂《さか》をのぼった。おばさんのいったことが気《き》になって、いそいで福引《ふくび》き所《じょ》へもどる気《き》にはなれなかった。

福引《ふくび》き所《じょ》の近《ちか》くまでくると、カラカラと、少《すく》ない玉《たま》がころがる音《おと》がきこえてきた。まだ、つぎの箱《はこ》の玉《たま》は入《い》れられていないらしかった。

「ずいぶんさみしい音《おと》だこと。」

買《か》い物帰《ものがえ》りの女《おんな》の人《ひと》が、そういいながら抽選機《ちゅうせんき》をまわしている。抽選機《ちゅうせんき》の八角形《はっかくけい》の闇《やみ》の中《なか》を、カラカラと玉《たま》は走《はし》っていく。

「わあー、でたあ。」

女《おんな》の人《ひと》はそういうと、もっていた買《か》い物《もの》かごをドサリと下《した》に落《お》とした。

ユウは、父《ちち》の自転車《じてんしゃ》を道路《どうろ》に横《よこ》だおしにしたまま、福引《ふくび》き所《じょ》まで走《はし》った。

「でたでた、はい、うちの店《みせ》の商店賞《しょうてんしょう》がやっとでました。」

そういったのは、吉田《よしだ》のおじさんだった。

「最高級《さいこうきゅう》ワインのつめ合《あ》わせ、赤《あか》と白《しろ》とロゼが一本《ぽん》ずつ入《はい》っててね、こーんなに大《おお》きなまるいチーズも一個《こ》ついてるんだよ。あとで店《みせ》にとりにいってください。」

吉田《よしだ》のおじさんは、そういって、引《ひ》きかえ券《けん》を女《おんな》の人《ひと》にわたした。

「わあ、友《とも》だちよんでパーティーしなくっちゃね。」

女《おんな》の人《ひと》はうれしそうに帰《かえ》っていった。

なるほど、吉田《よしだ》のおじさんは、これがでるのをまっていて、それでつぎの箱《はこ》の玉《たま》をたさなかったのかもしれない、と、ユウは思《おも》った。

もう、五時《じ》をそろそろまわろうとしている。あと一時間《じかん》。

土曜日《どようび》、柳通《やなぎどお》り商店街《しょうてんがい》は、いつもの日《ひ》よりかえって客《きゃく》は少《すく》ない。午後《ごご》から、散歩《さんぽ》がてらに歩《ある》いて二十分《ぷん》ほどのJR駅周辺《ジェイアールえきしゅうへん》のアーケード街《がい》やスーパーまででかけて、そのまま買《か》い物《もの》をしてきてしまう人《ひと》が多《おお》いからだ。スーパーは、ぬけめなく土曜日《どようび》を特売日《とくばいび》にしていて、それがよけいに人《ひと》をさそう。ユウの母《はは》もよく自転車《じてんしゃ》ででかけていく。

柳通《やなぎどお》りの土曜《どよう》の午後《ごご》は、ぽかんとしている。店《みせ》の人《ひと》はおくへひっこんでしまい、昼寝《ひるね》の足《あし》が店先《みせさき》から見《み》えたりする。

福引《ふくび》き所《じょ》にも、ちらりちらりと人《ひと》がくるだけで、列《れつ》はできない。

玉《たま》は、なくなりそうで、ふしぎになくならなかった。

そして、とうとう六時《じ》になり、福引《ふくび》き所《じょ》にはカーテンがひかれた。

ユウは、しずみかけた西日《にしび》を左肩《ひだりかた》に受《う》けながら、トモヤのマンションにむかって、また自転車《じてんしゃ》をこいだ。

自転車置《じてんしゃお》き場《ば》に、トモヤの自転車《じてんしゃ》はまだなかった。買《か》い物《もの》をおえた女《おんな》の人《ひと》たちがふたり、楽《たの》しそうに話《はなし》をしながら、野菜《やさい》やパンの入《はい》ったふくろをおろしている。

見《み》あげると、カーテンのないトモヤの家《いえ》の窓《まど》が、西日《にしび》をうつしていた。

ユウは、トモヤをさがしにいこうと自転車《じてんしゃ》をこぎだしながら、トモヤがどこにいるのか見当《けんとう》もつかない自分《じぶん》に、スーッと冷《つめ》たい風《かぜ》がふくのを感《かん》じた。

けっきょく、ユウは、こんなところにいるわけはないと思《おも》えるようなところばかりを自《じ》転車《てんしゃ》でさがしまわり、つかれて家《いえ》に帰《かえ》った。

八時《じ》に電話《でんわ》が鳴《な》った。父《ちち》がでた。

「ユウ。」

父《ちち》が、受話器《じゅわき》をもったままユウをよんだ。

「トモヤくんが家《いえ》にもどってないらしいが、おまえ、居場所《いばしょ》の見当《けんとう》つかないか。」

父《ちち》は、いつもよりすこし厳《きび》しい口調《くちょう》でユウにたずねた。

ユウは、だまって頭《あたま》を横《よこ》にふった。

「どうも心《こころ》あたりはないらしいですよ。」

短《みじか》くそういうと、父《ちち》は受話器《じゅわき》をおいた。

部屋《へや》にもどろうとしたユウを、父《ちち》がまたよびとめた。

「ユウ、ほんとうに見当《けんとう》つかないか？　おまえがいちばん仲《なか》がいいわけだからな。」

ユウは、またまたまったまま、首《くび》を横《よこ》にふった。

「そうか。」

父《ちち》はユウを責《せ》めるように短《みじか》くそういうと、ごろりと横《よこ》になり、新聞《しんぶん》を読《よ》みはじめた。

ユウは部屋《へや》にもどると、かべによりかかってすわった。かべはひんやりと冷《つめ》たかった。

トモヤの家《いえ》でも、よくこうしてすわって、だんだん酔《よ》っていくおばさんを横目《よこめ》で見《み》ながら、トモヤとふたり、まんがを読《よ》んだっけ。

あのころのトモヤならどこにいったかわかる。なにかおもしろいことがあるときはもちろん、たいくつなときも、べつにどうって理由《りゆう》がないときでも、気《き》がつくと、二段《だん》ずつ階《かい》段《だん》をかけのぼって屋上《おくじょう》へでていた。夏《なつ》は花火《はなび》をしたし、冬《ふゆ》はつもった雪《ゆき》でさんざん遊《あそ》んだ。ただすわってしゃべっているだけのときもあった。

「屋上《おくじょう》だ。」

ユウは、トモヤのマンションからもはっきりと見《み》ることができた、このビルの屋上《おくじょう》を思《おも》った。

時計《とけい》を見《み》ると八時半《じはん》になろうとしていた。

台所《だいどころ》にいってみると、テーブルの上《うえ》に、さいの目《め》に切《き》ったチーズを焼《や》きこんだフランスパンが、ごろんとおいてあった。

「このパン食《た》べていい?」

「それ食《た》べちゃうんだったら、明日《あした》の朝《あさ》、ユウがパンを買《か》いにいってくれなきゃいやよ。」

洗濯物《せんたくもの》をたたみながら、母《はは》がそういった。

「わかった。」

冷蔵庫《れいぞうこ》に、コーヒー牛乳《ぎゅうにゅう》のたっぷりのこった一リットルパックがあった。ユウはそれももった。

そうっとドアをしめた。

ひさしぶりに屋上《おくじょう》へあがる。ユウはいつもそうだったように、二段《だん》ずつかけあがった。

重《おも》いとびらをひらくと、外《そと》は街《まち》の光《ひかり》で青《あお》く明《あか》るかった。

「トモ。」

ユウはよんでみた。

「トモ。」

見《み》まわすところにトモヤのすがたはない。だとすると、あとはうしろ、屋上《おくじょう》でいちばん高《たか》いところ、階段《かいだん》のおどり場《ば》の屋根《やね》か。ユウはふりかえった。

「トモ。」

トモヤはいた。おどり場《ば》の屋根《やね》に、ひざをかかえてすわっていた。

「やっぱここか。」

ユウは、おもわずわらった。トモヤもうなずいてわらった。ユウはうれしかった。

「ほら、めし。」

ユウは、パンとコーヒー牛乳《ぎゅうにゅう》のパックをもちあげて見《み》せた。

トモヤが屋根《やね》からとびおりてきた。

「自転車《じてんしゃ》はどこ？」

「あそこ。」

トモヤがさした指《ゆび》の先《さき》を見《み》ると、外《そと》の景色《けしき》でもながめるように、自転車《じてんしゃ》がフェンスによりかかって立《た》っていた。

ユウは、パンを二つにちぎった。

「かてえパン。」

ユウとトモヤは、コーヒー牛乳《ぎゅうにゅう》をかわりばんこに飲《の》みながらパンを食《た》べた。

遠《とお》くであげる花火《はなび》が、ふあーっと光《ひか》り、すこし間《ま》をおいて、パーンという音《おと》が小《ちい》さくつたわってくる。

「おまえ、今日《きょう》、あっちいったりこっちいったりしてただろう。」

トモヤがおかしそうにいった。

「あそこから見《み》てたのか？」

トモヤがうなずいた。

「床屋《とこや》のぞいてただろう。」

「うん。」

「おれ、そんなとこにいないよ。」

ユウはおかしくなった。そういわれればそうだった。

「交番《こうばん》ものぞいただろう。」

それからふたりは、コーヒー牛乳《ぎゅうにゅう》をふきだしそうになりながらわらった。

ひさしぶりだ、トモヤとこんなに楽《たの》しいのは。ほんとうにひさしぶりだと思《おも》った。気《き》がつくと、トモヤがユウのはれた口《くち》のあたりを見《み》ていた。

「今日《きょう》、ころんでさ。」

ユウは、くちびるにさわりながら、ボソリとそういった。いま、あの話《はなし》はしたくなかった。

「そうだ、おれ、こんどの火曜《かよう》からむこうの学校《がっこう》へいくんだぜ。」

「もういくのか?」

「うん、そうしないと、キャンプとか、プールとか、夏休《なつやす》み中《ちゅう》のことが宙《ちゅう》ぶらりんになるんだって。」

「へえ。」

「でも、通知表《つうちひょう》はこっちでもらうらしい。」

「そうかあ。」

トモヤは、きゅうに静《しず》かになってしまった。

「朝《あさ》、とうさんの車《くるま》に自転車《じてんしゃ》といっしょに乗《の》っていって、帰《かえ》りは、むこうの家《いえ》から自転《じてん》車《しゃ》で帰《かえ》ってくるんだぜ。ややっこしいだろ。住所《じゅうしょ》だけは、もう、ひっこすんだってさ。」

「へえ。」

トモヤが低《ひく》い調子《ちょうし》の声《こえ》をだした。いつのまにトモヤはこんな声《こえ》になったのかと、ユウは、トモヤの横顔《よこがお》を見《み》た。切《き》れ長《なが》の目《め》が、街《まち》の明《あ》かりのずっと遠《とお》くを見《み》つめている。

駅《えき》の構内《こうない》アナウンスが、ここまできこえてくる。発車《はっしゃ》のベルと、車掌《しゃしょう》の笛《ふえ》と、ドアのしまる音《おと》。

もうおわるのか、花火《はなび》がうす青《あお》い雲《くも》をうかべた夜《よる》の空《そら》に、何発《なんぱつ》もうきあがってはきえていった。

「ほら、ここ。」

トモヤがユウに親指《おやゆび》のつけねを見《み》せた。血《ち》はとまっていたが、ざっくりとした切《き》り口《くち》が生白《なまじろ》く見《み》えた。

「切《き》ったのか。」

ユウの頭《あたま》の中《なか》で、ビールびんがこなごなにくだけた。花火《はなび》のようだった。

「あぶないよな、あれ。」

ユウは、自分《じぶん》でもあきれるほど子《こ》どもっぽくかん高《だか》い声《こえ》でそんなことをいっていた。

「そうだな。」

トモヤは一つ大《おお》きく息《いき》をすいこむと、ユウを見《み》てわらった。

「もうやんないよ。」

それからふたりは、のこっていたパンとコーヒー牛乳《ぎゅうにゅう》をたいらげ、自転車《じてんしゃ》を下《した》におろした。

「あれ、おぼえてるか？」

トモヤが、自転車《じてんしゃ》にまたがってからふりむいていった。

「自転車《じてんしゃ》でいく話《はなし》？」

「うん。」

「おぼえてる。あたりまえだろ。」

ユウはそういった。

いつかふたりで、自転車《じてんしゃ》に乗《の》って、どこか遠《とお》くへいこう、酒屋《さかや》のおじさんと自転車屋《じてんしゃや》のおじさんたちがいったみたいに。去年《きょねん》いっしょにサイクリング車《しゃ》を買《か》ったとき、そう約束《やくそく》した。夢《ゆめ》もいくどもみた。いつも緑色《みどりいろ》の道《みち》を走《はし》っている。風《かぜ》がふいている。

「ぜったいいこうな。」

「ああ、ユウは福引《ふくび》き所《じょ》の、あの Le Vent《ルバン》 でな。」

ユウは、もちろんというようにうなずいた。

「福引《ふくび》き、がんばれよ。」

トモヤがわらって、ペダルをふんだ。

ユウもてつだってふたりでつけたリフレクターの赤《あか》いライトが、すうっと闇《やみ》に走《はし》りこんでいく。

9

十四日《か》。

日曜日《にちようび》、ユウは午前中《ごぜんちゅう》、こんどの学校《がっこう》のキャンプにもっていくものを書《か》きだして、父《ちち》とJR駅近《ジェイアールえきちか》くのスーパーへでかけた。

下着《したぎ》から洗面道具《せんめんどうぐ》、懐中電灯《かいちゅうでんとう》やポンチョや軍手《ぐんて》。二泊三日《はくみっか》のキャンプといっても、荷物《にもつ》はかなり多《おお》くなりそうだった。リュックと寝袋《ねぶくろ》は、去年家族《きょねんかぞく》でキャンプにいったときに買《か》ったのがある。

買《か》ったもの全部《ぜんぶ》に名前《なまえ》を書《か》き、でかける用意《ようい》をすべてして、火曜日《かようび》には、新《あたら》しい学校《がっこう》へいかなければならなかった。荷物《にもつ》の点検《てんけん》と健康診断《けんこうしんだん》を受《う》けなければ、キャンプにつれていってはもらえない。

それでも、昼《ひる》すぎには、父《ちち》にもてつだってもらってパッキングはすんでいた。父《ちち》はリュックの内側《うちがわ》の底《そこ》に、ラップで小《ちい》さくくるんだ千円札《せんえんさつ》を、ガムテープではりつけてくれた。

「金《かね》をなくしたらこまるだろ。そのときは、これをはがして使《つか》え。」

ガムテープは、リュックの底《そこ》にできた小《ちい》さな穴《あな》でもつくろったような感《かん》じで、その下《した》にお札《さつ》がかくれているとは思《おも》えなかった。

ユウは、きっちりと荷物《にもつ》のつまったリュックをしょってみた。背中《せなか》をうしろにひっぱられるようで、最初《さいしょ》はすこしふらついたが、すぐになれた。

「よし、いけそうだ。」

父《ちち》がそういって、パシッとリュックをたたいた。

ミチは、もうずいぶん前《まえ》から、なにやらつくっている。友《とも》だちに別《わか》れのプレゼントでもあげるのだろうか。なれない手《て》つきで、針《はり》を使《つか》っている。

母《はは》は、荷造《にづく》りのほとんどすんだ家《いえ》の中《なか》を、あちこちそうじばかりしている。もう、こわされちゃうのに、と、ユウは思《おも》うが、母《はは》はせっせとぞうきんをかけ、窓《まど》をみがいている。

ひっこしは、まだ一週間《しゅうかん》も先《さき》だというのに、母《はは》は昨日《きのう》、食器《しょっき》をすべてしまってしまい、キャンプ用《よう》のなべで料理《りょうり》をはじめた。アルミの皿《さら》をカチカチいわせて夕食《ゆうしょく》のカレーを食《た》べているうちに、ユウとミチはなんだかおかしくって、クックッとわらってしまった。

三時五分前《さんじごふんまえ》、電話《でんわ》の横《よこ》にたばねておいた福引《ふくび》き券《けん》をつかむと、ユウは玄関《げんかん》をでた。

「Good Luck《グッドラック》.」

ももを買《か》って階段《かいだん》をあがってきた母《はは》が、すれちがうときに、わざと男《おとこ》みたいな声《こえ》でいった。ももののやわらかな香《かお》りがした。

ユウは、どことなく緊張《きんちょう》していた。「その日《ひ》」が今日《きょう》である確率《かくりつ》は高《たか》いような気《き》がした。

福引《ふくび》き所《じょ》には、まだ吉田《よしだ》のおじさんはいなかった。

ユウは、まず一回分《かいぶん》だけをわたして抽選機《ちゅうせんき》に手《て》をかけた。

「ぼうやが今日《きょう》の最初《さいしょ》よ。」

福引《ふくび》き所《じょ》のおばさんがそういった。抽選機《ちゅうせんき》はずっしりと重《おも》かった。五箱《はこ》めの玉《たま》は、たしかに昨日《きのう》のうちに入《い》れられていた。だとすると、いまここで、金《きん》の玉《たま》がころがりでてくる可能性《かのうせい》だってあるかもしれない。

ユウは、息《いき》をとめて抽選機《ちゅうせんき》をまわした。ザザザーッとたくさんの玉《たま》が流《なが》れる音《おと》がして、赤《あか》い玉《たま》がわらうようにコロコロととびだしてきた。

「おっ、少年《しょうねん》、今日《きょう》ははやいな。なんかあるのかい。」

吉田《よしだ》のおじさんが、うしろでとぼけた声《こえ》をだした。なにかいいかえしてやろうと思《おも》ったが、今日《きょう》は、とっさに頭《あたま》にことばがうかんでこなかった。

吉田《よしだ》のおじさんは、ふろにでも入《はい》ってきたらしく、せっけんのにおいがした。

ユウは、吉田《よしだ》のおじさんの顔《かお》をじっと見《み》た。いつもとどこかようすがちがうかもしれない。もしかしたら、今日《きょう》、一等《とう》がでるかもしれないのだから。

しかしおじさんは、いつもと変《か》わりなかった。福引《ふくび》き所《じょ》の中《なか》をかたづけて、すずりに墨《すみ》をすって、水《みず》をまいて、いつものところにすわっている。首《くび》にさげたタオルで、あせをぬぐっている。

「ねえ、おじさん。」

ユウは、吉田《よしだ》のおじさんに声《こえ》をかけてみた。

「今日《きょう》、なんかあんの?」

おじさんは、左手《ひだりて》でさかんにあせをぬぐい、右手《みぎて》でパタパタとうちわを動《うご》かしている。

それじゃあよけいに暑《あつ》いだろうとユウは思《おも》う。

「なんでだ。」

「なんか、いつもとちがうなあ。」

「どこが。」

ほんとにそんなふうに思《おも》っていたわけではないから、「どこが。」ときかれて、ユウはこまった。

「いつもよりあせがいっぱいでてるよ。」

「ばか、暑《あつ》けりゃあせもでる。ちょっとうちの酒屋《さかや》までいって、冷《つめ》たいジュースでもとってきてくれよ。一本《ぽん》おごるさ。」

「いってあげたいけど、おれ、今日《きょう》は、ちょっとここから動《うご》けないから。」

「へえ。」

おじさんは、腕組《うでぐ》みをしてユウを見《み》ると、にやりとわらった。

「まあいいや、ちょっと自転車《じてんしゃ》を貸《か》せ、自分《じぶん》でいってくる。」

おじさんはそういうと、ひらりとユウの自転車《じてんしゃ》にまたがって走《はし》りだした。かってにギアを変《か》えながら、ハンドルをぶらすこともなく、すうっと見《み》えなくなってしまった。

五時近《じちか》くになって、夕風《ゆうかぜ》がふきはじめたころ、福引《ふくび》き所《じょ》にぼちぼちと人《ひと》の列《れつ》ができはじめた。

日曜《にちよう》なのに、思《おも》ったほど人《ひと》が集《あつ》まらないのに油断《ゆだん》したユウは、おじさんからもらった二本《ほん》のジュースを飲《の》んでいた。そして、もうれつにトイレにいきたくなっていた。

「まずい。」

ユウは、五人《にん》、六人《にん》とのびていく人《ひと》の列《れつ》を見《み》ながらあせった。

福引《ふくび》き所《じょ》はいそがしく、吉田《よしだ》のおじさんまで券《けん》をかぞえるてつだいをしていた。

商店《しょうてん》はすきまなくならんでいて、とても人《ひと》に見《み》られずに用《よう》をたす場所《ばしょ》などない。

駅《えき》のトイレは、ふみきりのむこうがわだったが、そこまでいくしかなかった。

「たのむ、金《きん》の玉《たま》、でないでくれ。」

ユウは、そうつぶやくと、いちもくさんに駅《えき》のほうへ走《はし》りだした。

「おい。」

うしろで、吉田《よしだ》のおじさんが大声《おおごえ》をだした。

「おい。」

走《はし》りながらふりむいたユウに、

「にいさん、トイレならここのを使《つか》え。」

おじさんは、親指《おやゆび》で福引《ふくび》き所《じょ》の中《なか》をさしてそういった。

おじさん、おれ一生《いっしょう》、恩《おん》にきる。ユウはひきかえしながら、心底《しんそこ》そう思《おも》った。

トイレにいても、ユウは、抽選機《ちゅうせんき》のまわる音《おと》に気《き》が気《き》ではなかった。

しかし、ガラガラとまわる抽選機《ちゅうせんき》からは、赤《あか》い玉《たま》ばかりがころがりでてきていた。

「いやだ、赤《あか》いのしか入《はい》ってないんじゃなあい。」

福引《ふくび》き所《じょ》のおばさんたちが、苦笑《にがわら》いをしながら、すまなそうにティッシュをわたしている。

ユウは吉田《よしだ》のおじさんを見《み》た。おじさんはそんなことは気《き》にもしていないようだった。

ユウは、ポケットの中《なか》の福引《ふくび》き券《けん》をにぎりしめた。五時《じ》四十五分《ふん》。ならぼうか。いくども足《あし》が前《まえ》にでそうになった。それでもユウはまった。たとえ、五つめの箱《はこ》に金《きん》の玉《たま》が入《はい》っていて、いま、抽選機《ちゅうせんき》の中《なか》をぐるぐるとまわっていたとしても、それは、あと十五分《ふん》のうちにでるとは限《かぎ》らなかった。

金《きん》の玉《たま》は、ほかの色《いろ》の玉《たま》の上《うえ》をトントンとはずむようにまわり、出口《でぐち》の穴《あな》をかろやかにとびこえているかもしれないし、抽選機《ちゅうせんき》の玉《たま》の下《した》に重《おも》たくしずんで、ズズッ、ズズッと、底《そこ》をはっているのかもしれなかった。

列《れつ》をつくっているのは七人《にん》。ユウはひとりひとりの顔《かお》を見《み》てみた。金《きん》の玉《たま》がでたときの顔《かお》を想像《そうぞう》してみた。きっと、すごく喜《よろこ》ぶんだろうなあ。ぴょんぴょんとびあがったりするんだろうなあ。ユウは思《おも》った。おれもぴょんぴょんして、やった、やった、なんていって喜《よろこ》ばなくっちゃいけない。まちがっても、感激《かんげき》して泣《な》いたりなんかしちゃいけない。

ユウは、小《ちい》さくせきばらいをすると、姿勢《しせい》を正《ただ》しくした。そのとき、

「あっ、でた。」

おばさんたちの声《こえ》がした。

ユウは、目《め》の前《まえ》がいっしゅん暗《くら》くなるような気《き》がした。

吉田《よしだ》のおじさんが、おばさんたちのあいだから、玉《たま》をのぞきこんだ。

ユウは、抽選機《ちゅうせんき》の前《まえ》に集《あつ》まった人《ひと》たちをかきわけて、いちばん前《まえ》にでた。

きれいなピンクの玉《たま》が一つでていた。花《はな》のかいてあるやつか？　だったら、それは花券《はなけん》で、一等《とう》といっしょに入《い》れられているはずだ。

ユウは、おもわず、ピンクの玉《たま》をつまみあげた。しかし、花《はな》のもようはなかった。ただのピンクの玉《たま》だった。

「なんだ、これ。」

ユウは、吉田《よしだ》のおじさんの顔《かお》を見《み》あげた。おじさんは、もう、うしろにさがって、うちわでパタパタと胸《むな》もとをあおいでいる。

「わたし、ほしかったのよねえ。これ。」

「わたしも。おくさんついてるわ、これ、今年《ことし》だけの賞品《しょうひん》だもの。」

福引《ふくび》き所《じょ》のおばさんたちがさわいでいる。

ピンクの玉《たま》は、五等《とう》の英国製《えいこくせい》ティーカップのセットだった。

「そんなのありかよ。」

五等《とう》の玉《たま》はいつも紫色《むらさきいろ》だったじゃないか。

「そうだ、そうだ、わすれてた、紫《むらさき》が見《み》つからなかったから、かわりにピンクを一つ入《い》れといたんだった。」

吉田《よしだ》のおじさんが、ひとりごとのようにそういった。

ユウは、ピンクの玉《たま》にすっかりつかれはてて、入《い》り口《ぐち》にすわりこんでしまった。

「もう終《お》わりだからならばないでね。いまならんでいる人《ひと》たちだけにしてくださいね。」

時間《じかん》にきっちりしているおばさんたちが、うしろにならぼうとした四年生《ねんせい》ぐらいの子《こ》に声《こえ》をかけた。このへんでは見《み》かけない女《おんな》の子《こ》だった。胸《むね》の名札《なふだ》に、ききなれない小学校《しょうがっこう》の名前《なまえ》と、田川《たがわ》という姓《せい》が書《か》いてあった。どこからきたのだろう。

田川《たがわ》は、つかつかと抽選台《ちゅうせんだい》のところまでくると、

「まだ六時《じ》じゃないじゃん。」

といって、まるい柱時計《はしらどけい》を指《ゆび》さした。

「この人《ひと》たちがおわると、六時《じ》をすぎちゃうのよ。」

おばさんたちは、そっけなくそういって、

「はい、つぎの人《ひと》どうぞ。」

と、福引《ふくび》き券《けん》を受《う》けとっている。

「わたしは、いま、ならびたいの。」

女《おんな》の子《こ》のことばに、もうおばさんたちは答《こた》えない。

ユウは、白《しろ》い短《たん》パンをはいた女《おんな》の子《こ》を見《み》た。ひょろりとやせて、夏《なつ》の終《お》わりみたいに日《ひ》に焼《や》けている。ころんだのか、ひざに大《おお》きなバンソウコウがはってあった。

田川《たがわ》は、福引《ふくび》き所《じょ》の中《なか》のLe Vent《ルバン》をじっと見《み》ていたかと思《おも》うと、きゅうにユウのほうをふりかえって、にっとわらった。ユウは、おもわず一歩《いっぽ》さがった。

「ユウって名前《なまえ》でしょ。」

田川《たがわ》はそういうと、ユウの横《よこ》にならんで立《た》った。

「わたしさあ、ヨシさんのいとこなんだ。ヨシさんがねえ、自転車《じてんしゃ》がほしかったら、ユウの前《まえ》からうしろにならべって。」

田川《たがわ》はそういうと、また、にっとわらった。

「はい、今日《きょう》はこれまでです。ご苦労《くろう》さまでした。また明日《あした》三時《じ》からです。」

福引《ふくび》き所《じょ》のおばさんたちが、そういってガラス戸《ど》を半分《はんぶん》しめた。

「さっ、帰《かえ》ろ。」

そういって、田川《たがわ》は、道路《どうろ》のむこうがわにとめてあった二十四インチの、すこし大《おお》きすぎる自転車《じてんしゃ》にまたがった。自転車《じてんしゃ》は、たぶん、特注《とくちゅう》のサイクリング車《しゃ》だろう。

この日《ひ》、ビール券《けん》は、ついに一本《ぽん》もでなかった。一等《とう》の金《きん》の玉《たま》は、たしかに、いま、この抽選機《ちゅうせんき》の中《なか》にある。ユウはそう思《おも》った。

10

十五日《にち》。

月曜日《げつようび》の学級会《がっきゅうかい》で、佐藤先生《さとうせんせい》は、ユウが明日《あした》から新《あたら》しい学校《がっこう》へ通学《つうがく》することをみんなにつたえた。ただし、土曜日《どようび》にはもう一度《いちど》会《あ》えると。

みんな、それはもう知《し》っていることだった。そのことより、ユウとマサキの顔《かお》のあざに興味《きょうみ》があるらしかったが、ユウもマサキもなにもいわなかった。ただ、先生《せんせい》は、

「そのあざは、なんとか明日《あした》までになおらんもんかなあ。」

と、こまったようにユウの顔《かお》を見《み》てつぶやいた。

いつまわしたのか、クラス全員《ぜんいん》で書《か》いた色紙《しきし》が一まい、ユウに手《て》わたされた。色紙《しきし》の中央《ちゅうおう》には、トモヤの絵《え》で、自転車《じてんしゃ》が一台《だい》かかれていた。

ユウは、マサキの字《じ》をさがした。色紙《しきし》の右《みぎ》すみにユウとそっくりな字《じ》で、

『きみは、たいへんいい子《こ》でした。』

と書《か》いてあった。

この色紙《しきし》は、たぶん、土曜日《どようび》よりは前《まえ》に書《か》かれたものだろう。マサキが、ひっこすときまでには教《おし》えるつもりだったといったのは、どうやら、このことだったらしい。ユウは、ちらりとマサキを見《み》たが、マサキはユウを無視《むし》して校庭《こうてい》のほうへ目《め》をうつした。

先生《せんせい》から、なにかみんなにあいさつするようにいわれたので、

「ありがとう。」

というと、先生《せんせい》が、

「それだけか、もっといっていいぞ。」

といった。

「男《おとこ》はしゃべりすぎてはいかん。」

というと、クラスじゅうが喜《よろこ》んでざわめいた。それは、先生《せんせい》の口《くち》ぐせだった。気《き》に入《い》らないところもあったけど、まあまあのいい先生《せんせい》だったかもしれない。

授業《じゅぎょう》がおわると、ユウは、いつもとおなじように教室《きょうしつ》をとびだした。道具箱《どうぐばこ》や体育着《たいいくぎ》やうわばき、たくさんのテストや掲示物《けいじぶつ》、こまごました荷物《にもつ》で両手《りょうて》はふさがっていた。

玄関《げんかん》のドアを足《あし》であけて荷物《にもつ》をほうりこむと、ユウはそのまま、トモヤのマンションに

自転車《じてんしゃ》を走《はし》らせた。

「ユウ、ユウ。」

母《はは》が窓《まど》から体《からだ》をのりだすようにしてよんでいたが、ユウはそのままマンションに自転《じてん》車《しゃ》を走《はし》らせた。

今日《きょう》、トモヤは学校《がっこう》にきていなかった。先生《せんせい》は休《やす》みの理由《りゆう》をなにもいわなかった。

「トモヤはかぜですか。」

いくどもユウはそうきこうと思《おも》ったが、そのたびにマサキの目《め》が気《き》になった。なんだおまえ、トモヤのこと、知《し》らないのか、けっこう仲《なか》いいのになあ。マサキの目《め》はそういうにちがいない。

トモヤが休《やす》んだわけはちゃんと知《し》ってるさ。ユウは、そんな顔《かお》で一日《にち》すごすしかなかった。

トモヤのマンションの部屋《へや》には、かぎがかかっていて、いくらベルをおしてもだれもでてこない。朝刊《ちょうかん》が、ドアの新聞《しんぶん》受《う》けにはさまったままになっていた。トモヤの自転車《じてんしゃ》もなかった。

ユウはいそいでビルにもどると、屋上《おくじょう》へかけあがった。

「トモ、いるか。」

屋上《おくじょう》は、真昼《まひる》の光《ひかり》をためこんだプールのようにゆらめいて、そして、静《しず》まりかえっていた。

トモヤはいなかった。

ユウは、昨日《きのう》トモヤがすわっていた、階段《かいだん》のおどり場《ば》の屋根《やね》にのぼってみた。コンクリートの屋根《やね》は、日《ひ》に焼《や》かれるままに熱《あつ》く、手《て》をおくといたいようだった。立《た》ちあがると、小《ちい》さいころから見《み》なれた町《まち》があった。

お薬師《やくし》さんの庭《にわ》に、やぐらを組《く》んでいるのが見《み》える。もうすぐ祭《まつ》りだ。でもこんどの祭《まつ》りには、ユウはもうここにはいない。それがひどくふしぎなことに思《おも》えた。

ユウは、祭《まつ》りにはもどってこようと思《おも》う。トモヤと、今年《ことし》も祭《まつ》りにいって、ソースのたっぷりかかったお好《この》み焼《や》きを食《た》べよう。そう考《かんが》えると、気持《きも》ちがすこしらくになった。

部屋《へや》にもどると、母《はは》はいなかった。

風《かぜ》でもふきこんだのか、電話《でんわ》のわきの福引《ふくび》き券《けん》のたばがみだれていた。

ユウは、洗面所《せんめんじょ》で顔《かお》をあらうと、鏡《かがみ》にうつった自分《じぶん》の顔《かお》に、

「いくぜ。」

と、声《こえ》をかけた。

そして、ガラガラガラーッとうがいをすると、外《そと》へでた。

うっかり外《そと》にだしておいた自転車《じてんしゃ》のサドルは、尻《しり》がつけられないほど熱《あつ》くなっていた。パン屋《や》の店先《みせさき》のアイスボックスには、厚《あつ》いビニールの日《ひ》よけがかけられ、不動産屋《ふどうさんや》の入《い》り口《ぐち》におかれたはちのあさがおは、ぐったりと葉《は》をたらしている。街《まち》はまだ、暑《あつ》さのど真《ま》ん中《なか》をゆっくりと通過《つうか》しているところだった。

ユウは、麦茶《むぎちゃ》を自動販売機《じどうはんばいき》でひと缶《かん》買《か》った。ジュースは、つい飲《の》みすぎていけない。かんじんなときにトイレでは、くやんでもくやみきれない。

まだ福引《ふくび》き所《じょ》はあいていなかった。

「最後《さいご》は、カンだ。」

ユウは大《おお》きく息《いき》をすいこんだ。透視能力《とうしのうりょく》があるわけではなかった。金《きん》の玉《たま》がこの箱《はこ》に入《はい》っていることがわかっているだけで、いつでてくるかはわかりはしない。

昨日《きのう》五箱《はこ》めの玉《たま》が入《い》れられたときには、約《やく》1/1000の確率《かくりつ》だった。しかし、昨日《きのう》のうちに、三百四十四個《こ》の玉《たま》がすでにでているから、残《のこ》り、約《やく》1/656の確率《かくりつ》。ユウの福引《ふくび》き券《けん》は十六回分《かいぶん》あるから、約《やく》$\frac{16}{656}$。つまり、約《やく》$\frac{1}{41}$の確率《かくりつ》ということになる。

ヨシさんもユウも、最初《さいしょ》は、七個分《こぶん》の箱《はこ》の玉《たま》、$\frac{1}{7000}$の確率《かくりつ》だった。それを、$\frac{1}{41}$にまでちぢめてきた。ここから先《さき》は、もう、確率《かくりつ》の問題《もんだい》では解《と》けない。

福引《ふくび》き所《じょ》に最初《さいしょ》にきたのは吉田《よしだ》のおじさんだった。ガラガラと戸《と》をあけると、福引《ふくび》き所《じょ》の中《なか》に風《かぜ》が入《はい》った。

「こんにちは。」

ユウが声《こえ》をかけると、くわえたばこの顔《かお》をすこしふりむかせて、

「おお。」

と、返事《へんじ》をした。

三時《じ》をすぎても人通《ひとどお》りは少《すく》ない。ほとんど客《きゃく》の乗《の》っていないバスが通《とお》りすぎていく。

福引《ふくび》き所《じょ》の中《なか》の温度計《おんどけい》が三十三度《ど》をさしている。しかし、ユウは、そんなに暑《あつ》さは感《かん》じなかった。吉田《よしだ》のおじさんも、昨日《きのう》みたいにあせはかいていない。

通《とお》りのむこうでキーッというブレーキの音《おと》がして、自転車《じてんしゃ》がとまった。ナップザックをしょった田川《たがわ》が、自転車《じてんしゃ》にかぎをかけている。

「なんなんだ、あいつは。」

ユウは、麦茶《むぎちゃ》の缶《かん》をあけ、いっきに飲《の》みたいのをがまんして、半分《はんぶん》はのこした。

「ふー、まにあったか。」

田川《たがわ》は、ユウのとなりにきてすわると、ナップザックの中《なか》からタオルをひっぱりだした。髪《かみ》まであせでぬれていた。

十五分《ふん》たっても、客《きゃく》はひとりもこなかった。ぺちゃんこなかばんをもった高校生《こうこうせい》らしい一団《いちだん》が、アイスを食《た》べながらにぎやかに通《とお》りすぎていった。

田川《たがわ》は、小型《こがた》のポットから冷《つめ》たい麦茶《むぎちゃ》をだして、つづけざまに飲《の》んでいる。

福引《ふくび》き所《じょ》におかれたLe Vent《ルバン》だけが、あせもかかずにすっきりと立《た》っていた。

田川《たがわ》は、ひと息《いき》つくと、まんがを読《よ》みだした。ユウがのぞくと、

「なによう。」

といって、まんがをずらしてしまう。

きじ猫《ねこ》がくつ屋《や》からでてきて、道路《どうろ》をゆっくりと横《よこ》ぎっていく。アスファルトの道《みち》が熱《あつ》いのか、ときどき前足《まえあし》をふるふるとふってみたり、後足《あとあし》をピクピクさせたりしながらむこうへわたり、文房具屋《ぶんぼうぐや》に入《はい》っていった。

吉田《よしだ》のおじさんは、福引《ふくび》き所《じょ》のおくで、すわったまままいねむりをしている。おばさんた

ちもおくにひっこんでしまった。

時計《とけい》の針《はり》だけが、暑《あつ》さの昼《ひる》をやりすごそうと、まわりつづけている。

そして、とうとう四時半《じはん》。ひとりの客《きゃく》もこなかった。

「こんなにだれもこないなんて、うそみたいねえ。みんな、暑《あつ》くてひっくりかえっちゃってるのかしら。」

おばさんたちが、気《き》がぬけたように話《はなし》をしている。

「ちょっと、ごめんよ。」

きゅうに、ユウの体《からだ》をおしのけて、男《おとこ》の人《ひと》が福引《ふくび》き所《じょ》の中《なか》に入《はい》っていった。

自転車屋《じてんしゃや》のおじさんだった。

「おっ、このごろ見《み》ないと思《おも》ったら、やっぱりここだったか。」

自転車屋《じてんしゃや》のおじさんは、いつものぶっきらぼうな言《い》い方《かた》で、ユウに話《はな》しかけた。そして、Le Vent《ルバン》のブレーキを一回《かい》、ギュッとにぎると、ズボンのうしろポケットにたれさがっていたボロ布《ぬの》をひっぱりだし、すうっと、布《ぬの》を走《はし》らせるようにして自転車《じてんしゃ》をふいた。

「おっ。」

自転車屋《じてんしゃや》のおじさんに気《き》づいて、吉田《よしだ》のおじさんが目《め》をさました。

役者《やくしゃ》はそろった。

ユウは、のこしておいた麦茶《むぎちゃ》を飲《の》みほすと、ぐうっと背中《せなか》をのばした。

直進《ちょくしん》していた太陽《たいよう》の光線《こうせん》は、すこしずつゆるみだし、空《そら》や雲《くも》や街《まち》の中《なか》ににじみこんでいこうとしている。

ゆであがった街《まち》に、風《かぜ》がふきはじめる。夕方《ゆうがた》の買《か》い物《もの》をする人《ひと》たちが、すこしずつではじめる。

すいかやもろこしや枝豆《えだまめ》が、八百屋《やおや》の店先《みせさき》から売《う》れていく。

首《くび》から手《て》ぬぐいをさげて、新聞配達《しんぶんはいたつ》のおにいさんたちの自転車《じてんしゃ》が走《はし》りすぎる。

店《みせ》の前《まえ》に水《みず》がうたれ、そば屋《や》の二階《かい》で風鈴《ふうりん》が鳴《な》った。

吉田《よしだ》のおじさんが、福引《ふくび》き所《じょ》の前《まえ》で大《おお》きくのびをしてから、水《みず》をまきはじめた。

「暑《あつ》かったわねえ。」

という声《こえ》といっしょに、福引《ふくび》き所《じょ》に客《きゃく》がきた。ぐったりとしていた福引《ふくび》き所《じょ》がきゅうに動《うご》きだした。

田川《たがわ》が、パタンとまんがの本《ほん》をとじた。

「これから毎日《まいにち》、この暑《あつ》さよ。かくごしなくっちゃ。」

でっぷりとした五十すぎのおばさんだった。おばさんは、福引《ふくび》き券《けん》のぶ厚《あつ》いたばをもっていた。

「まずい。」

ユウは、背中《せなか》に水《みず》でもかけられたような気《き》がした。

田川《たがわ》が、じいっとユウを見《み》ている。

「なんだよ。」

ユウは、ポケットの中《なか》の福引《ふくび》き券《けん》をにぎりしめた。

ガラガラとまわる抽選機《ちゅうせんき》がとまって、玉《たま》がころがりでるたびに、ユウはぎゅっと、にぎりこぶしに力《ちから》を入《い》れた。

でるな。でるな。

「まあ、まあ。これを三十二回《かい》まわすのもつかれるわねえ。」

おばさんはそういいながら、「えいしょ、えいしょ。」といって、抽選機《ちゅうせんき》をまわしていく。二十九、三十、三十一。

「さんじゅうにっとお。ああ、やっとおわった。」

おばさんの三十二回《かい》はおわった。

赤《あか》い玉《たま》の中《なか》に、青《あお》い玉《たま》が一つ。肉屋《にくや》の商店賞《しょうてんしょう》がでていた。

「今夜《こんや》は、にんにくうんときかせて、焼《や》き肉《にく》でビールをカーッとやろうかしら。ハッハッハー。」

おばさんは大声《おおごえ》でひと笑《わら》いすると、あせをふきふき帰《かえ》っていった。

三十二回《かい》に気《き》をとられているうちに、三人《にん》がならんでいた。みんなユウの知《し》っている一年生《ねんせい》だった。約束《やくそく》でもしていっしょにきたらしく、ナオコの弟《おとうと》のシンもいた。シンは、ユウを見《み》て、はずかしそうにわらった。わらうとナオコとよく似《に》ている。三人《にん》とも、一回《かい》分《ぶん》の福引《ふくび》き券《けん》をもってならんでいる。

ユウは、のどがかわいていた。

「はい一回《かい》ね。はい、きみも一回《かい》ね。つぎのぼくも一回《かい》ね。」

おばさんが福引《ふくび》き券《けん》を受《う》けとっていく。

一年《ねん》ぼうずたちは、やっとのことで抽選機《ちゅうせんき》をまわし、赤《あか》い玉《たま》を一つずつなかよくだした。

おばさんたちは、どこからもってきたのか、おまけつきのキャラメルのどっさり入《はい》った箱《はこ》を抽選機《ちゅうせんき》の横《よこ》においた。

「小《ちい》さい子《こ》は、ティッシュより、こっちをあげようね。」

三人《にん》は、キャラメルをひと箱《はこ》ずつもらって、うれしそうに帰《かえ》っていった。

赤《あか》ちゃんをだいた女《おんな》の人《ひと》がならんだ。部活帰《ぶかつがえ》りらしい高校生《こうこうせい》がふたり、アイスをなめながらならんだ。

吉田《よしだ》のおじさんが、福引《ふくび》き所《じょ》のおくから、じっとユウを見《み》ている。

どうする。いつならぶ。

ユウは、目《め》をとじた。でそうな気《き》がした。どうする。

通《とお》りのむこうから、小《こ》がらなおばあさんが福引《ふくび》き所《じょ》にむかって歩《ある》いてこようとしている。あのおばあさんは、このあいだ、たしかビール券《けん》をあてたおばあさんだ。福《ふく》引《び》き所《じょ》にならぶまえに、一まい一まいうなずくようにして券《けん》をかぞえている。一回分《かいぶん》の券《けん》があるらしかった。

「よし。」

ユウは、おばあさんがならぶのをまって、そのうしろにならんだ。ユウのうしろに田川《たがわ》がならんだ。

抽選機《ちゅうせんき》のハンドルをにぎりたがった赤《あか》ちゃんといっしょに、女《おんな》の人《ひと》が抽選機《ちゅうせんき》を二回《かい》まわした。

「あら、いいわねえ、ほうら、赤《あか》い玉《たま》がでたわよう。」

福引《ふくび》き所《じょ》のおばさんたちは、赤《あか》ちゃんがかわいいといって、かわるがわる手《て》にさわったり、ほっぺにさわったりしてから、キャラメルをもたせた。

高校生《こうこうせい》たちは、バスケットボール部《ぶ》らしく、大《おお》きなボールを一つずつもっていた。ひとりは、福引《ふくび》き所《じょ》の入《い》り口《ぐち》に頭《あたま》がつかえそうに背《せ》が高《たか》かった。

ふたりは、一回《かい》ずつ抽選機《ちゅうせんき》をまわした。

「でろよ。」

「よし、でろ。」

と、大《おお》げさにげんこつをにぎりしめてさわいでいたが、やはり赤《あか》い玉《たま》を一つずつだしただけだった。

「そんなに興奮《こうふん》して、なにをだしたかったの？」

おばさんにきかれて、

「ラーメン屋《や》の券《けん》です。」

と、ちょっと照《て》れたように答《こた》えた。

「そうねえ、あんたたち、おなかがすくもんねえ。」

おばさんはわらって、ふたりにキャラメルをわたした。

吉田《よしだ》のおじさんが、やかんをかたむけて、麦茶《むぎちゃ》を湯《ゆ》のみについでいる。

ユウは、自分《じぶん》の足《あし》もとが、すこしふるえているのに気《き》づいていた。目《め》をとじると、くらりと体《からだ》がかたむきそうだった。そういえば、腹《はら》もすいていた。

「おばあさん、一回分《かいぶん》ですよ。はい、どうぞ。」

おばあさんの体《からだ》は、抽選機《ちゅうせんき》に反対《はんたい》にまわされてしまいそうに細《ほそ》かったが、しみのある、節《ふし》のもりあがった手《て》には力《ちから》があった。ぐるんと、抽選機《ちゅうせんき》はスピードにのってまわった。

あっ、でる。

ユウは、いっしゅん、たしかにそう思《おも》った。

「あー、でた。」

福引《ふくび》き所《じょ》のおばさんたちが声《こえ》をあげた。吉田《よしだ》のおじさんが、やかんをけとばして、麦茶《むぎちゃ》をまきちらしながらとびだしてきた。

「花券《はなけん》。」

ピンクの玉《たま》に、だれがどうやってかいたのか、白《しろ》と紫《むらさき》の菊《きく》の野花《のばな》に、緑《みどり》の小《ちい》さな葉《は》が三まいかかれた花券《はなけん》の玉《たま》があった。

吉田《よしだ》のおじさんが、ユウを見《み》ながら、フーッと大《おお》きく息《いき》をはいた。

「この券《けん》をね、駅前《えきまえ》の花屋《はなや》さんにもっていくと、花《はな》が一万円《まんえん》も買《か》えますからね。」

そういって、おばさんが花券《はなけん》をわたすと、おばあさんは、

「まあまあそうですか。なくなったおじいさんは、コスモスがすきでしたけど。」

「コスモスなら、きっと、部屋《へや》にあふれるくらい買《か》えるわねえ。」

「まあ、そんなに。それじゃあ、たいせつにとっておきましょう。」

おばあさんは、ほおをピンク色《いろ》にして帰《かえ》っていった。

ユウは、ふっと、りんどう屋《や》のおばあさんを思《おも》い出《だ》していた。

もしかしたら、りんどう屋《や》のおじいさんは、りんどうの花《はな》がすきだったのかもしれない、ユウはそう思《おも》った。

「はい、つぎ、ぼく。どうぞ。」

ユウは、ポケットから、福引《ふくび》き券《けん》のたばをだした。三百二十まいあるはずだった。

「十六回分《かいぶん》。」

ユウはそういって、抽選機《ちゅうせんき》のハンドルをにぎった。

「じゃあ、まわしててください。いちおう、かぞえるわね。」

おばさんは、そういってかぞえだした。

さっきまで、あんなにふるえていたユウの足《あし》は、いまは、びくりともしない。抽選機《ちゅうせんき》だけがユウの目《め》の前《まえ》いっぱいに広《ひろ》がって、ここにある。

つぎつぎに、赤《あか》い玉《たま》がころがりでた。赤《あか》い玉《たま》でよかった。ほかの玉《たま》はいらなかった。

「ぼく、がんばって。」

おばさんが、赤《あか》い玉《たま》ばかりのユウに声《こえ》をかけた。

九個《こ》めの赤《あか》い玉《たま》がでたところで、ユウは、一度《いちど》、抽選機《ちゅうせんき》をはなして、手《て》のあせをシャツでぬぐった。顔《かお》をあげると、吉田《よしだ》のおじさんが、あごからあせを落《お》としながら、ユウを見《み》ていた。自転車屋《じてんしゃや》のおじさんは、静《しず》かに Le Vent《ルバン》 を見《み》ている。

「よし。」

ユウは、また、抽選機《ちゅうせんき》のハンドルをにぎった。
十、十一、青《あお》い玉《たま》が一つとびだした。ユウはそのまままわした。十二、十三……。
「よし、でろ。」
ユウは、目《め》をつぶった。抽選機《ちゅうせんき》の中《なか》で、金《きん》の玉《たま》がころがる。さあ、でろ。赤《あか》い玉《たま》が、
またころがりでた。

十五……、あと一つだった。

ユウは、目《め》をとじた。

「でる。」

ユウはそう思《おも》った。

ユウが、最後《さいご》に抽選機《ちゅうせんき》をまわそうとしたとき、

「十五回《かい》でおしまいよ。」

おばさんが、さらりとそういった。

「ほら、四まいたりないから。」

「えっ？」

ユウの頭《あたま》の中《なか》で、たしかに四まいたりない福引《ふくび》き券《けん》の列《れつ》と、電話《でんわ》の横《よこ》ですこしばらけていた福引《ふくび》き券《けん》が重《かさ》なった。

「わたしの、わたしの分《ぶん》、使《つか》っていいよ。」

田川《たがわ》が、うしろから、てのひらの中《なか》でくしゃくしゃになった福引《ふくび》き券《けん》をさしだした。田《た》川《がわ》は、顔《かお》じゅうにあせを流《なが》していた。

「これ、使《つか》っていいよ。」

田川《たがわ》は、ユウの胸《むね》に、福引《ふくび》き券《けん》をおしつけた。

「いいよ。」

ユウは、そういった。

「いいよ、ほんとに。」

ユウは、抽選機《ちゅうせんき》の前《まえ》から、一歩《ぽ》さがった。

吉田《よしだ》のおじさんが、いそがしそうにあせをぬぐっている。

おわった。

ユウは、すずしげに立《た》ちつくすLe Vent《ルバン》を見《み》ながら、そう思《おも》った。

おばさんが、ビニールぶくろに、ティッシュとキャラメルと、青《あお》い玉《たま》のパン屋《や》の引《ひ》きかえ券《けん》を入《い》れてわたしてくれた。

ユウが、とめておいた自転車《じてんしゃ》にまたがって走《はし》りだしたとき、

「うわあ、でたあ。」

という、おばさんたちの歓声《かんせい》といっしょに、ガランガランという鐘《かね》がいせいよく鳴《な》った。

でたんだ。

ユウは、そのままペダルをふんだ。

「ユウさん、ユウさん、でたよ。でたよ。」

田川《たがわ》がさけんでいる。

ユウは、自転車《じてんしゃ》をとめてふりむいた。両手《りょうて》をふっている田川《たがわ》のむこうに、じっと立《た》ってユウを見《み》ている吉田《よしだ》のおじさんがいた。

空《そら》いっぱいの西日《にしび》が、まぶしかった。

11

暗《くら》くなったというのに、母《はは》もミチももどってこない。しかたなく、ユウは、カップラーメンの湯《ゆ》をわかすことにした。

さっき、トモヤのマンションにいってみたが、見《み》あげた部屋《へや》に明《あ》かりはついておらず、トモヤの自転車《じてんしゃ》もなかった。いったい、なにがあったんだ。

窓《まど》の手《て》すりにすわってラーメンをすすっていると、薬師《やくし》のほうから、神楽《かぐら》のけいこの音《おと》がとぎれとぎれにきこえてきた。

いちばん先《さき》にもどったのは父《ちち》だった。

「なんだ、さみしいもん食《く》ってるなあ。」

父《ちち》に、餃子《ギョーザ》を食《た》べにいくからつきあえといわれて、ユウは家《いえ》をでた。

ここちよい風《かぜ》はふいてはいたが、アスファルトの道《みち》は、昼間《ひるま》の熱《ねつ》をさましきれずにいた。

「トモヤくんがな、ゆうべおそく、いなくなった。」

父《ちち》が、ビールをつぎながらいった。

「なんで。」

ユウは、おもわず大声《おおごえ》をだした。

「夜中《よなか》に、おばさんが飲《の》んでいるのを見《み》つけて、ビールびんをゆかにたたきつけてでていった。」

酢《す》のきいたたれの中《なか》に餃子《ギョーザ》をしずめながら、父《ちち》がいった。

『本気《ほんき》でやめなくっちゃ。』

つらそうにわらったおばさんの顔《かお》と、おとといの夜、最後《さいご》に見《み》たトモヤの笑顔《えがお》が重《かさ》なった。

『もう、やんないよ。』

トモヤは、ユウにいった。ユウのひとみの中《なか》で、ビールびんがゆっくりとくだける。

「どこにいったんだろう。」

「わからんそうだ。」

「おばさんは？」

「今日《きょう》、かあさんがトモヤくんちのおじさんといっしょに病院《びょういん》にいって、入院《にゅういん》の手続《てつづ》きをした。だいぶ興奮《こうふん》していて、それで、まだ、かあさんも帰《かえ》ってこられない。」

父《ちち》は、びんの底《そこ》に一センチほどのこっていたビールをコップにつぐと、苦《にが》そうに飲《の》んだ。

「自転車《じてんしゃ》に乗《の》って？」

ユウは、ぽつんとたずねた。

ひとり自転車《じてんしゃ》に乗《の》ってでていったトモヤのすがたを思《おも》いうかべた。ユウの家《いえ》の窓《まど》の下《した》を、トモヤは通《とお》ったにちがいなかった。

「金《かね》、もってんのかなあ。」

「さいふはもってでたらしい。」

冷房《れいぼう》のない店《みせ》は暑《あつ》かったが、それでも、のれんをひるがえして風《かぜ》は入《はい》りこんできていた。

「おまえなら、どこへいく？」

父《ちち》が、ユウにたずねた。

ユウは、だまってさめかけた餃子《ギョーザ》を口《くち》に入《い》れた。

「ビールも飲《の》むか？」

すこし酔《よ》った父《ちち》が、ビールをつぐまねをしてわらった。

「ミチがいないけど。」

「ああ、ミチはナオコちゃんの家《いえ》にとまりにいった。もうすぐお別《わか》れだからだそうだ。」

父《ちち》は、それからトイレに立《た》った。

店《みせ》には、ときどき出前《でまえ》の電話《でんわ》がかかって、おばさんがバイクでとどけにいく。

「ところで、ユウ。おまえ、どうした、福引《ふくび》きは。」

トイレからもどった父《ちち》が、思《おも》い出《だ》したようにたずねた。

「うん、おれの一本《ぽん》うしろででた。」

「ほう。」

父《ちち》はそれから、意味《いみ》のわからない「ほう。」を二度《にど》もいった。

「おれなら、ちょっとは遠《とお》くまでいくよ。」

ユウは、さっきの答《こた》えをいった。

「そうか、ちょっとは遠《とお》くまでいくか。」

父《ちち》とユウは、それから、ラーメンを一杯《ぱい》ずつ食《た》べて家《いえ》に帰《かえ》った。

母《はは》は、十時《じ》をすぎてやっともどってきた。

「トモヤくんがでていったことが、かなりこたえたらしくって、気《き》の毒《どく》なほどしゃんとしようとするんだけど、ときどきひどく泣《な》いて。」

母《はは》が、台所《だいどころ》で父《ちち》と話《はなし》をしているのが、うす闇《やみ》の中《なか》からきこえてくる。

「トモ。」

ユウは目《め》をとじた。静《しず》かだった。


ユウは六時《じ》におこされた。

「早《はや》めにでないと、遅刻《ちこく》はまずいからな。」

立《た》ったままで紅茶《こうちゃ》をすすりながら、父《ちち》がいった。母《はは》が、ひものついた新《あたら》しい家《いえ》のかぎをユウにわたした。

「リュックをおいたら、ちゃんと戸《と》じまりしてきてね。」

それから母《はは》は、さいふから、メモ用紙《ようし》をひっぱりだして、

「ええと、今日《きょう》、病院《びょういん》に買《か》っていくものは、パジャマとスリッパと……。」

と読《よ》みあげた。

ユウは、母《はは》のメモをのぞきこんだ。走《はし》り書《が》きのしてある四まいの紙《かみ》。それは、ユウの福《ふく》

引《び》き券《けん》だった。

新《あたら》しい学校《がっこう》には、門《もん》がひらく三十分《ぷん》もまえについてしまった。

運動場《うんどうじょう》が、いまの学校《がっこう》の倍《ばい》はある。

父《ちち》は、門《もん》の前《まえ》にすわりこんで新聞《しんぶん》を読《よ》み、ユウは、大《おお》きなリュックをしょったままで立《た》っている。

「なんかへんな転校生《てんこうせい》だな。」

ユウがそうつぶやくと、飼育小屋《しいくごや》のにわとりが、コケコケッコーと、とってつけたように鳴《な》いた。

ユウの担任《たんにん》は、四十歳《さい》くらいの、背《せ》の高《たか》いさっぱりとした感《かん》じの女《おんな》の先生《せんせい》だった。いやな感《かん》じはしなかった。

ろうかを歩《ある》きながら、ユウをふりかえって、

「きみは勇気《ゆうき》があるね。」

といって、わらった。

ユウは、なんのことかわからなかったが、キャンプにいくために、早《はや》めに転校《てんこう》してきた

ことかもしれないと思《おも》った。緊張《きんちょう》していた足《あし》もとが、すこしかるくなるのがわかった。

こんどの六年《ねん》三組《くみ》は、まえのクラスの子《こ》より、みんなひとまわり大《おお》きかった。これまで背《せ》の高《たか》いほうだったユウが、ここでは、真《ま》ん中《なか》へんになってしまった。それに、転校《てんこう》した翌日《よくじつ》にひらかれた、一学期最後《がっきさいご》の水泳《すいえい》の男女混合班対抗《だんじょこんごうはんたいこう》リレーでは、ユウがメンバーにくわわった四班《はん》は、ユウがクロールで男子《だんし》ふたりにぬかれ、それをアンカーの女《おんな》の子《こ》がひとりぬきかえしてくれて、やっと五位《い》という結果《けっか》だった。

夏休《なつやす》み前《まえ》で、もう授業《じゅぎょう》らしい授業《じゅぎょう》はなかったが、これでは授業《じゅぎょう》があっても、当分《とうぶん》ユウは、いいところは見《み》せられないかもしれないと、ちょっとさみしい予感《よかん》が頭《あたま》をよぎった。

トモヤは帰《かえ》っていない。学校《がっこう》のほうには、いなかのおじいちゃんが具合《ぐあい》がわるくなって、おかあさんといっしょにでかけたことになっているらしい。

「トモヤくんから連絡《れんらく》ないか。」

朝《あさ》の車《くるま》の中《なか》で父《ちち》がきいた。ユウはだまっていた。

「連絡《れんらく》があったら、ちゃんと教《おし》えるよ。」

学校《がっこう》の近《ちか》くで車《くるま》をおりるとき、ユウは、そう約束《やくそく》した。

そして、その日《ひ》、自転車《じてんしゃ》でビルにもどったユウは、ポストに、自分《じぶん》あての一まいのはがきを見《み》つけた。トモヤの字《じ》だった。

一本《ぽん》の線《せん》と、線《せん》の上《うえ》の小《ちい》さな丸《まる》と文字《もじ》は、自転車《じてんしゃ》の通過点《つうかてん》だとユウは思《おも》った。はがきの左上《ひだりうえ》の大《おお》きな二重丸《にじゅうまる》には、会津《あいづ》と書《か》いてあった。ゴール地点《ちてん》なのだろう。はがきの消印《けしいん》は昨日《きのう》だった。

「すっげえ。」

ユウはおもわずつぶやいた。

会津《あいづ》も、磐梯山《ばんだいさん》に近《ちか》いあたりには、トモヤのおじいさんがひとりで暮《く》らしているという話《はなし》をきいたことがある。ぐうぜん学校《がっこう》にとどけてあるとおり、トモヤは、おじいさんの家《いえ》をめざしたらしかった。

ユウは、はがきをポケットに入《い》れた。

母《はは》がでかける用意《ようい》をしている。

おばさんが病院《びょういん》で使《つか》う、トレーニング用《よう》のズックを買《か》ってとどけることになっているらしい。

おばさんは、毎日《まいにち》、朝《あさ》の六時《じ》から夜《よる》の八時《じ》まで、体操《たいそう》をしたり、歌《うた》をうたったり、なにかつくったりと、とてもいそがしい生活《せいかつ》をしながら、お酒《さけ》をやめる訓練《くんれん》をしていると母《はは》がいっていた。

母《はは》は、ゆでたとうもろこしを二本《ほん》、ビニールぶくろに入《い》れている。

「おなかがすいたら、ユウたちも、もろこしでも食《た》べててね。」

「かあさん、これ、おばさんに見《み》せてあげて。」

ユウは、はがきをわたした。

「なあに。」

母《はは》は、はがきをしばらく見《み》てから、フーッと、体《からだ》じゅうの力《ちから》がぬけるようなため息《いき》をついた。

「よかった、ぶじで。おじさんのいってたとおりだった。たぶん会津《あいづ》だろうって。」

「きっと、今日《きょう》じゅうにはつくんだと思《おも》うよ。」

「そう、じゃあ、連絡《れんらく》もとれるわね。おばさん、きっと喜《よろこ》ぶ。」

母《はは》は、そういって、ちょっと涙声《なみだごえ》になった。

「そのはがき、もって帰《かえ》ってきてね。」

「うん、わかった。」

母《はは》はそういうと、いそいで家《いえ》をでていった。

「会津《あいづ》か、すっげえなあ。どうやっていったんだ。」

ユウは、部屋《へや》の中《なか》に、大《だい》の字《じ》になってたおれた。

新《あたら》しい学校《がっこう》に四日《よっか》かよっただけだったが、つかれていた。ユウは、ひっこし荷物《にもつ》のあいだで、あせをかきながらねむった。

12

翌日《よくじつ》、七月二十日《がつはつか》。父《ちち》は会社《かいしゃ》を休《やす》んだ。ひっこしだった。

ユウとミチには、こっちの学校《がっこう》での最後《さいご》の登校日《とうこうび》になった。

「泣《な》いちゃったらどうしよう。」

といいながら、ミチは、母《はは》に髪《かみ》をゆわえてもらっている。

「おまえ、ぜったい泣《な》くぞ。」

ユウは、そういってからかった。ミチは、つんと口《くち》をとがらせはしたが、いつもの元気《げんき》はなかった。

ユウも、ひさしぶりの学校《がっこう》で、ほんとうは照《て》れくさかった。五日前《いつかまえ》までいっていた学校《がっこう》なのに、お客《きゃく》にいくような気《き》がしたし、五日前《いつかまえ》の自分《じぶん》には、すっぽりとは、もうもどれないような気《き》がした。

「とうさんとかあさんは、ひっこしトラックといっしょに、一度《いちど》、むこうへいくからな。

ここをひきはらうのは、そうだなあ、やっぱり二時《じ》すぎになるかな。」

母《はは》は、せっせとにぎりめしをつくりはじめている。

「かあさんは、昨日《きのう》、ふたりの先生《せんせい》にはちゃんとあいさつしてきてあるから。あんたちも、しっかりあいさつしてくるのよ。」

ユウとミチは、いつもどおり、わざとすこし時間《じかん》をずらして家《いえ》をでた。

教室《きょうしつ》に入《はい》ると、みんなは、五日前《いつかまえ》とおなじようすで、新《あたら》しい学校《がっこう》のことをききたがった。

「こっちとおなじようなもんだよ。」

と答《こた》えながら、いるかのように泳《およ》いでいく新《あたら》しいクラスメートたちのすがたが、ユウの目《め》にうかんだ。ほんとうのことというと、しばらくは、とても太刀打《たちう》ちできそうにないんだよな。

さっきからマサキが、ちらちらとこっちを見《み》ている。ユウの顔《かお》にも、マサキの顔《かお》にも、もうけんかの傷《きず》はのこっていなかった。

マサキがよってきた。

「忘《わす》れ物《もの》だ。」

そういって、マサキは、サイン帳《ちょう》をバサリと机《つくえ》の上《うえ》に投《な》げてよこした。

ユウは、だまって受《う》けとると、ぺらぺらと中《なか》をめくってみた。

マサキが書《か》いた、あのときのページは切《き》りとられていた。そして、残《のこ》りのページには、ぎっしりと算数《さんすう》の問題《もんだい》が書《か》かれていた。いつも学校《がっこう》で書《か》いているマサキの文字《もじ》で。

「なんだ、これ。」

「おれからのせんべつ。塾《じゅく》の五千円《えん》もする問題集《もんだいしゅう》から、おまえにもできそうなやつだけうつしたんだぜ。おまえのこんどいく学校《がっこう》は、けっこうレベル高《たか》いんだってさ。落《お》ちこぼれるなよ。」

マサキはそういうと、さっさと席《せき》にもどっていった。

女《おんな》の子《こ》がふたり、折《お》り紙《がみ》でおったしおりをくれた。

「元気《げんき》でね。バーイ。」

と書《か》いてある。

ユウはナオコを見《み》た。いつもと変《か》わらないようすで、静《しず》かにいすにすわっている。指先《ゆびさき》で白《しろ》いえんぴつをくるくるとまわしていた。

通知表《つうちひょう》を配《くば》りおわると、先生《せんせい》は、一つ、パンと手《て》を打《う》った。

「さあ、いよいよ夏休《なつやす》みだな。小学校時代最後《しょうがっこうじだいさいご》の夏休《なつやす》みだ。くれぐれもけがのないように。夏休《なつやす》み中《ちゅう》に、ひげがはえたり、声《こえ》が変《か》わったりする者《もの》がいるかもしれんが、病気《びょうき》じゃないから心配《しんぱい》するな。

それと、ユウは、今日《きょう》で、いよいよ他校《たこう》の人《ひと》になる。ユウがいなくなるとさみしくなると思《おも》うやつ、手《て》をあげて。」

きゅうに先生《せんせい》がそういったので、ユウはめんくらった。六年《ねん》にもなって、こんなことかれて手《て》をあげるやつがいるか。それでも、ぱらぱらと手《て》をあげた、人《ひと》のいいやつもいた。ユウは立《た》ちあがると、

「いろいろありがとうございました。」

と、わざとすこし大《おお》きめな声《こえ》でいって頭《あたま》をさげた。

みんなが拍手《はくしゅ》をしてくれた。ああ、夏休《なつやす》み前《まえ》って、こんな感《かん》じなんだよな。ユウは、うれしかった。

「明日《あした》からのキャンプ、気《き》をつけてな。」

先生《せんせい》はユウにそういうと、また一つ手《て》をたたいた。

「さあ、みんな、九月一日《がっついたち》、わすれずにここに集合《しゅうごう》な。それじゃあ、これでおしまい。」

ワーッという歓声《かんせい》といっしょに、みんなが教室《きょうしつ》の外《そと》にとびだしていく。ユウもみんな

といっしょにとびだした。

こうやって、毎年毎年《まいとしまいとし》、夏休《なつやす》みははじまっていた。家《いえ》の近《ちか》くまでいっきに走《はし》ってきて、ユウは、うしろをふりかえった。だれかが追《お》いかけてくるような気《き》がした。とまって足音《あしおと》をまつと、白《しろ》いむくげの木《き》のかげから、ナオコが走《はし》りでてきた。ユウが立《た》ちどまっているのを見《み》ると、ナオコもいっしゅん立《だ》ちどまり、そして、わらった。

「ユウくん。」

ナオコは、手《て》さげぶくろの中《なか》から白《しろ》いものをとりだして、また走《はし》ってきた。手《て》にしていたのは通知表《つうちひょう》だった。

ユウは受《う》けとると、ひらいてみた。

「すっげえ、あがってる。」

「うん。」

ナオコは、うれしそうにわらった。

「がんばったな。」

通知表《つうちひょう》をかえしながら、ユウは先生《せんせい》みたいなことをいっている自分《じぶん》がおかしかった。

「――ユウくん。」

「うん？」

「楽《たの》しかったね。いろいろ。ここで。」

ユウはわらった。そうだな。楽《たの》しかった。ここで。

ユウは、きゅうに、体《からだ》にたくさんの風《かぜ》がふきこんできたような気《き》がして、胸《むね》が苦《くる》しくなった。

「おれ、またくるよ。」

「うん。」

ナオコがうなずいてから、また、「うん。」とつぶやいた。


父《ちち》と母《はは》は、まだ、荷物《にもつ》といっしょにむこうへいっているらしかった。家《いえ》のドアはあけっぱなしで、あと五個《こ》の段《だん》ボールと、ほうきやかさやバットがいっしょくたにひもでしばられて、玄関《げんかん》にのこっていた。

母《はは》が朝《あさ》つくっていったにぎりめしを食《た》べていると、ミチがもどってきた。玄関《げんかん》で鼻《はな》をかんでいる。やっぱり泣《な》いたな。ユウは知《し》らん顔《かお》をしていた。

案《あん》の定《じょう》、目《め》はまっかだし、鼻《はな》の頭《あたま》は赤《あか》いし、ハンカチをにぎりしめたままでいる。

「ああ、うまい。」

ユウは、わざとにぎりめしをほおばった。

「ミチはオレンジか？　ジュース買《か》ってくるぞ。」

「わたし、レモンソーダがいい。酒屋《さかや》のおくの冷蔵庫《れいぞうこ》に入《はい》っているやつ。」

泣《な》いてるくせに、こういうことだけはしっかりという。

ユウは、自転車《じてんしゃ》を走《はし》らせた。酒屋《さかや》にいくのもひさしぶりだった。

あけっぱなしの自動《じどう》ドアのむこうで、およめさんと食事《しょくじ》の交代《こうたい》なのだろうか、吉田《よしだ》のおじさんがめずらしく店番《みせばん》をしていた。

ユウは、知《し》らん顔《かお》をして入《はい》っていくと、おくの冷蔵庫《れいぞうこ》から、レモンソーダを二本《ほん》だした。よく冷《ひ》えていた。

「おっ、少年《しょうねん》、ひさしぶりじゃないか。」

おじさんは、小型《こがた》の扇風機《せんぷうき》をユウのほうにむけてくれた。

「今日《きょう》、荷物《にもつ》をはこびだしていた家《いえ》があったが、あれは、にいさんちかな。」

「うん。」

「ひっこしか？」

「今日《きょう》、ひっこし。」

「ほう、そりゃあさみしいねえ。」

おじさんは、ビニールぶくろにレモンソーダを入《い》れてくれた。

「そうそう、にいさんにあげようと思《おも》ってたもんがあった。ひっこしていくときに、も一《いち》度《ど》よんな。」

レモンソーダ代《だい》の二百円《えん》をだしたユウに、おじさんは、百円玉《えんだま》を一つもどしてよこした。そして、

「このあいだはすごかったな。」

と、ふたりだけの秘密《ひみつ》の話《はなし》をするように、ユウにいった。ユウは、ふうっとわらった。

ユウの耳《みみ》に、あのとき、背中《せなか》できいた福引《ふくび》き所《じょ》の鐘《かね》の音《ね》があざやかにもどってきた。

が、それはもう、とても遠《とお》い日《ひ》からきこえてくるようでもあった。

雲《くも》が通《とお》りすぎるのか、店《みせ》の中《なか》がきゅうに暗《くら》くなった。

「おっ、にわか雨《あめ》がくるぞ。」

吉田《よしだ》のおじさんが、外《そと》にだしてあった、くるくるとまわるビールの看板《かんばん》を中《なか》に入《い》れた。

ユウがアパートについたとたんに、鉛色《なまりいろ》に変《か》わった空《そら》から雨《あめ》がふりだした。

すっかり立《た》ちなおったミチは、四つのこっていたはずのにぎりめしを全部《ぜんぶ》たいらげていた。

父《ちち》と母《はは》は、雨《あめ》のいちばんひどいときにもどってきた。首《くび》からさげた手《て》ぬぐいも、軍手《ぐんて》も、ほこりとあせと雨《あめ》で黒《くろ》ずんではいたが、顔《かお》は明《あか》るかった。

「さあ、うちの車《くるま》であと一回《かい》はこべば、ひっこしはおしまいだ。」

父《ちち》はそういうと、窓《まど》にこしかけて、めずらしくたばこを一本《いっぽん》くわえた。

けむりが外《そと》の雨《あめ》に追《お》われて、部屋《へや》の中《なか》にもどされてくる。

たばこが短《みじか》くなったころ、雨《あめ》も小《こ》ぶりになってきた。

「さっ、荷物《にもつ》を車《くるま》につんで、出発《しゅっぱつ》するぞ。」

父《ちち》が立《た》ちあがった。

ユウと父《ちち》が段《だん》ボールをはこび、母《はは》とミチが部屋《へや》をかたづけた。

ナオコのかあさんがきてくれるといっていたが、仕事《しごと》を休《やす》ませてはわるいからと、母《はは》はことわっていた。それでも、荷物《にもつ》をはこびだしてビルをでてみると、ナオコと、弟《おとうと》のシンと、ナオコのかあさんは、下《した》にきていた。近所《きんじょ》の人《ひと》たちも、なんとなく外《そと》にでてきてくれて、ひとことふたこと父《ちち》と母《はは》とことばをかわしている。

ミチはナオコから、フェルトでつくった小《ちい》さなうさぎの人形《にんぎょう》をもらった。

「ユウ、おまえはいっしょに乗《の》っていくのか？」

父《ちち》が、車《くるま》に乗《の》りこみながらきいた。

「おれは、これでいくから。」

トモヤからのはがきと、マサキから受《う》けとったサイン帳《ちょう》と、自転車《じてんしゃ》の工具《こうぐ》、そして、金《きん》の玉《たま》のノートの入《はい》ったナップザックをしょって、ユウは自転車《じてんしゃ》にまたがった。

「気《き》をつけてよ。」

母《はは》があきれたようにいった。ミチはまためそめそしている。ミチのクラスメートが五人《にん》きてくれて、胸《むね》もとで手《て》をふっている。

「今夜《こんや》はつかれるでしょうから、これ。」

と、ナオコのかあさんが、巻《ま》きずしをたくさんくれた。

「どうもお世話《せわ》になりました。」

車《くるま》の窓《まど》から顔《かお》をだして、父《ちち》が頭《あたま》をさげた。母《はは》がもう一度《いちど》、アパートを見《み》あげた。

車《くるま》が走《はし》りだし、父《ちち》がクラクションを二つ鳴《な》らした。

「バイバイ。」

シンが小《ちい》さな手《て》をふった。

「ユウちゃん、元気《げんき》でね。」

ナオコのかあさんが、ユウにいった。

「はい。」

ちらりとナオコを見《み》ると、ナオコはだまったまま、すこしわらっていた。ユウも、すこしわらってペダルをふみだした。

「バイバイ、バイバイ。」

と、シンの声《こえ》だけがきこえてくる。ユウは何度《なんど》かふりむいて、手《て》をふった。

「おい、おい。」

うっかり酒屋《さかや》の前《まえ》を通《とお》りすぎるところだった。吉田《よしだ》のおじさんが店《みせ》の前《まえ》に立《た》っていた。

ユウはブレーキをかけた。

「にいさんはひっこしも自転車《じてんしゃ》かい。」

吉田《よしだ》のおじさんは、ガシャリと音《おと》のする紙《かみ》ぶくろをユウにもたせた。

ユウはふくろをあけてみた。

「ペダル。」

ユウはいそいで、中《なか》からペダルをひっぱりだした。

「わっ、Le Vent《ルバン》のペダルだ。」

ユウは、目《め》をぱちくりさせて、ペダルとおじさんの顔《かお》をかわるがわる見《み》た。

「やるよ。」

おじさんはわらいながらいった。

「ほんと？　ほんと？」

信《しん》じられなかった。

「だいじなもんでしょ、これ。」

「だいじもだいじ、フランスを旅《たび》したときに買《か》ってきたペダルだ。だいぶ使《つか》いこんだがな。」

ユウは、も一度《いちど》ペダルを見《み》た。手入《てい》れされたペダルは、とてもそんなに古《ふる》いものとは思《おも》えなかった。

「ありがとう。おれ、もう、ぜったいかえさないよ。」

ユウは、いそいでペダルを紙《かみ》ぶくろにもどすと、ナップザックにしまいこんだ。

「おじさん。」

ユウは、すこしためらってから、ごそごそとノートをひっぱりだした。

「こんなもん、いる？」

「なんだい。」

「一等《とう》の自転車《じてんしゃ》をあてるためのデータノート。」

「ほう。」

おじさんは、はでな表紙《ひょうし》のノートをていねいにめくって、

「くれるかい？」

といった。

「うん。」

「そうかい。これは福引《ふくび》き所《じょ》のいい記念《きねん》になる。ありがとよ。」

おじさんはそういって、静《しず》かな顔《かお》になった。

「にいさんも、元気《げんき》でやんな。たまには遊《あそ》びにくるだろう。こっちに友《とも》だちもいるだろうから。」

「うん、くるよ。」

「さっ、じゃあ、こっちも福引《ふくび》き所《じょ》へご出勤《しゅっきん》なさるとするか。今日《きょう》で最後《さいご》の福引《ふくび》きだ。」

そういって、おじさんは腹《はら》をパンとたたいた。

ユウは、ペダルにかけていた足《あし》に力《ちから》を入《い》れようとして、ギュッとブレーキをかけた。

「おじさん。」

「ん？　なんだ。」

「おれ、もしかしたら、会津《あいづ》へいくかもしれない。ひとりで、自転車《じてんしゃ》で。むこうに友《とも》だちがいってるんだ。」

「ほう、それはいい。」

背中《せなか》のナップザックで、ペダルがカシャリと音《おと》をたてた。

さあ、いくぞ。

ユウは、ペダルにぐっと力《ちから》をこめた。

いつもいつも走《はし》りぬけていたこの町《まち》の風《かぜ》が、いまも、ユウの体《からだ》をふきぬけてすぎていく。

ぼくらの足音《あしおと》

あさのあつこ

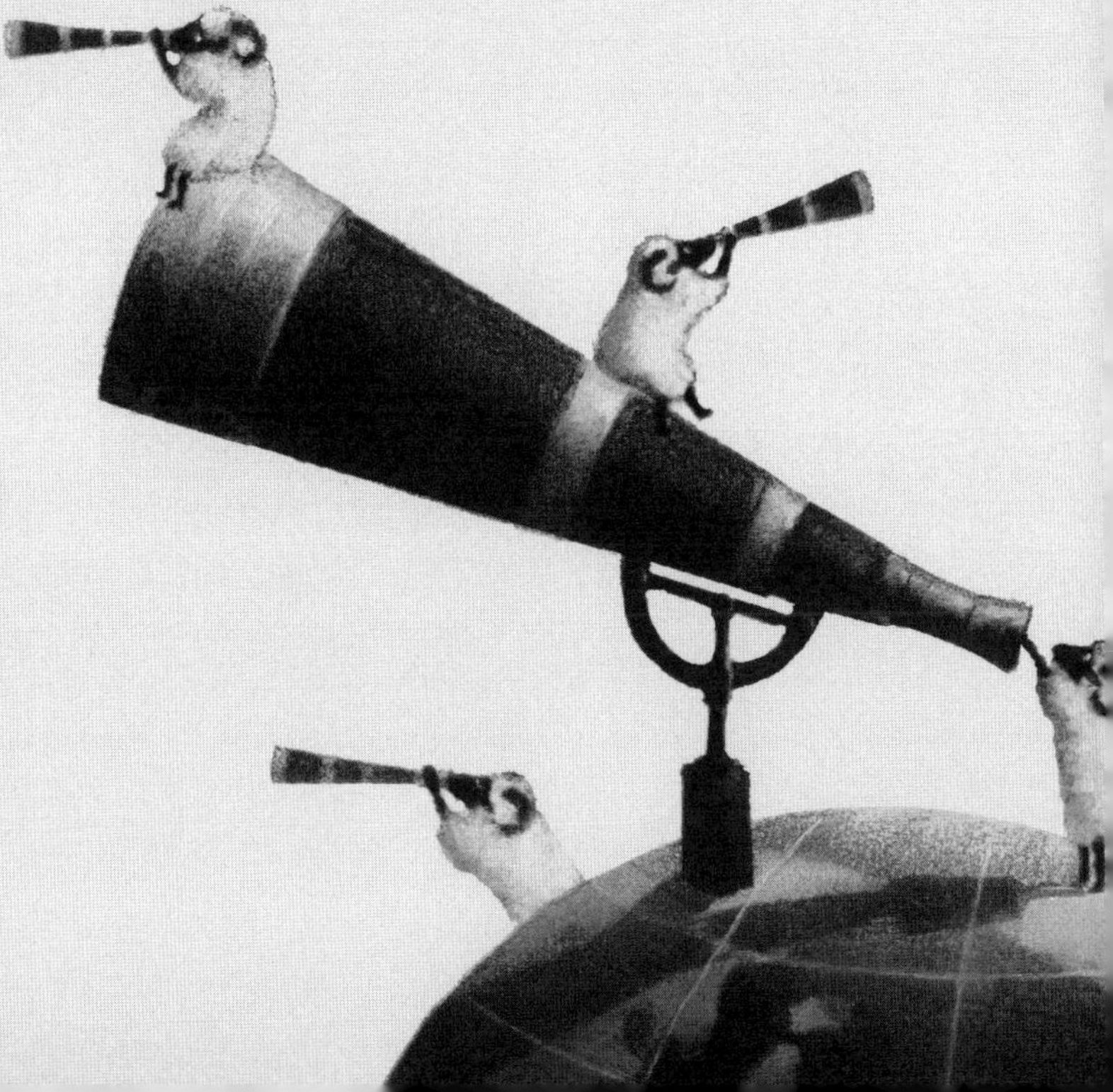

1　宮島《みやじま》くん

宮島《みやじま》くんが学校《がっこう》にこなくなって、もう一ヵ月以上《げついじょう》になる。

宮島《みやじま》くんの席《せき》はぼくの隣《となり》だったから、宮島《みやじま》くんが休《やす》むようになってから、ぼくの隣《となり》はいつも空席《くうせき》だ。

隣《となり》が空《あ》いているのって、ちょっと落《お》ち着《つ》かない。ちぐはぐな洋服《ようふく》を着込《きこ》んだみたいな気分《きぶん》だ。みんなに見《み》られているようで、風《かぜ》がいつもスースーと通《とお》り過《す》ぎているようで……落《お》ち着《つ》かない。

宮島《みやじま》くんが学校《がっこう》に来《こ》なくなって一週間《しゅうかん》が過《す》ぎたころ、ぼくは担任《たんにん》の石井先生《いしいせんせい》に呼《よ》ばれた。

「なあ、今野《こんの》。ちょっと聞《き》きたいこと、あるんだけど。指導室《しどうしつ》に来《き》てくれ」

石井先生《いしいせんせい》は、背《せ》が高《たか》くて肩幅《かたはば》もがっちりしている。小学校《しょうがっこう》の教師《きょうし》というより、現役《げんえき》のラガーマンか格闘技《かくとうぎ》の選手《せんしゅ》のようだ。六年生男子《ねんせいだんし》にしては貧弱《ひんじゃく》な体格《たいかく》のぼくは、先生《せんせい》の前《まえ》に出《で》るといつも、少《すこ》しだけ身《み》がすくむ。指導室《しどうしつ》ではよけいに、すくむ。指導室《しどうしつ》は白《しろ》い壁《かべ》に囲《かこ》まれた狭《せま》い部屋《へや》で、古《ふる》いキャビネットとイスとテーブルといつもクリーム色《いろ》のカーテンがかかっている窓《まど》がある。

「宮島《みやじま》のことなんだけど」

先生《せんせい》はイスに座《すわ》り、白《しろ》い合板《ごうはん》のテーブルの上《うえ》に出席簿《しゅっせきぼ》とかプリントの束《たば》とかをどさりと置《お》いた。カーテンに小《ちい》さな穴《あな》があいているらしく光《ひかり》の点《てん》が黒《くろ》い出席簿《しゅっせきぼ》の上《うえ》でちらちらと揺《ゆ》れている。ぼくは、座《すわ》れと言《い》われなかったので、立《た》ったままぼんやりと揺《ゆ》れる光《ひかり》を眺《なが》めていた。

「気《き》をつけ」

ふいに、先生《せんせい》が大《おお》きな声《こえ》を出《だ》す。おどろいた。身体《からだ》が反射的《はんしゃてき》に動《うご》き、号令《ごうれい》どおりに気《き》をつけの姿勢《しせい》をとる。

「そうだ。いつも、そんなふうにしゃんとしてろ。特《とく》に、目上《めうえ》の者《もの》と話《はなし》をするときはな」

黒縁《くろぶち》の眼鏡《めがね》をおしあげて、先生《せんせい》がにっと笑《わら》う。ぼくはもちろん、笑《わら》わない。

「座《すわ》れ」

イスに向《む》かってあごをしゃくり、ぼくが着席《ちゃくせき》して両手《りょうて》を膝《ひざ》の上《うえ》に置《お》いたのを見届《みとど》けてから、先生《せんせい》はやっと本題《ほんだい》に入《はい》った。つまり、宮島《みやじま》くんが学校《がっこう》に来《こ》なくなった理由《わけ》を知《し》らないかと、尋《たず》ねたのだ。

「知《し》りません」

ぼくは、答《こた》えた。

「心当《こころあ》たりはないか。どんな、小《ちい》さなことでもいいから」

「ないです」

先生《せんせい》の表情《ひょうじょう》がくもる。「おまえなあ」と、小《ちい》さなつぶやきがもれた。

「えらく、あっさりしているじゃないか。宮島《みやじま》とは友達《ともだち》だろう」

「は？」

「は？　じゃないよ。おまえ、わりに宮島《みやじま》とは親《した》しかったじゃないか」

宮島《みやじま》くんとは、六年生《ねんせい》になって初《はじ》めて同《おな》じクラスになった。同《おな》じ班《はん》になり、隣同士《となりどうし》の席《せき》になった。宮島《みやじま》くんはひょろりと背《せ》が高《たか》くて、目尻《めじり》のさがった優《やさ》しい顔《かお》つきをしている。動作《どうさ》も物言《ものい》いも柔《やわ》らかくて、迫力《はくりょく》とかはまるでない。ぼくは、そこが好《す》きだった。好《す》きというか、安心《あんしん》できた。宮島《みやじま》くんといると、ゆるむことができたのだ。

あのころ……いや、今《いま》もそうだ。今《いま》も、ぼくの周《まわ》りはやたら張《は》りつめて、ぴりぴりしている。むしろ、あのころ、宮島《みやじま》くんと隣同士《となりどうし》になった春《はる》のころより、緊張《きんちょう》しているかもしれない。

ぼくは、私立《しりつ》の中学校《ちゅうがっこう》を受験《じゅけん》する予定《よてい》だった。そこは、むちゃくちゃレベルの高《たか》い難関校《なんかんこう》ではなかったけれど、ぼくの成績《せいせき》ではぎりぎり合格《ごうかく》ライン、つまり、ちょっとミスすれば不合格《ふごうかく》になる可能性《かのうせい》もあった。母《かあ》さんがぴりぴりしていたのは、四年生《ねんせい》から通《かよ》っている進学塾《しんがくじゅく》の成績《せいせき》がいっこうに上《あ》がらず、かといって下《さ》がりもせず、いつも合否線上《ごうひせんじょう》をうろうろしていたからだと思《おも》う。

クラスには、他《ほか》にも私立受験《しりつじゅけん》の子《こ》がたくさんいたし、ぼくよりずっと上《うえ》の学校《がっこう》をねらう者《もの》も何人《なんにん》かいた。クラスの雰囲気《ふんいき》がぴりぴりしていたのは、そのせいだろうか。

正直《しょうじき》なところ、ぼくには、ぴりぴりの原因《げんいん》がはっきりとはわからないのだ。家《いえ》でも学《がっ》校《こう》でも街《まち》の中《なか》でも、みんな不機嫌《ふきげん》で、ゆううつそうだった。

「何《なに》か良《よ》いこと、ないかしらね」

母《かあ》さんは、日《ひ》に何度《なんど》もつぶやいていたし、クラスのみんなもしょっちゅう、「何《なに》かすかっとすること、ないのかようっ」と、さわいでいた。良《よ》いこと、すかっとすること、それがどんなことか、どうしたら良《よ》いのか、どうしたらすかっとするのか、母《かあ》さんもクラスのみんなも具体的《ぐたいてき》なことは何《なに》も言《い》わない。ぼくも、同《おな》じだ。何《なに》か良《よ》いことやすかっとすることを望《のぞ》みながら、どうしたら望《のぞ》みがかなうのか見当《けんとう》がつかなかった。

息苦《いきぐる》しかった。身体《からだ》が指先《ゆびさき》から固《かた》まっていくみたいな気《き》がしていた。でも、宮島《みやじま》くんとそんな話《はなし》をしたわけではない。そんな話《はなし》、まったくしなかったと思《おも》う。宮島《みやじま》くんと話《はなし》をしたのは、石井先生《いしいせんせい》の声《こえ》の大《おお》きさのこと、校庭《こうてい》のポプラの樹《き》の洞《ほら》のこと、宮島《みやじま》くん家《ち》で飼《か》っているインコのこと……ぐらいだ。あっ、もう一つ、釣《つ》りの話《はなし》をした。二人《ふたり》の間《あいだ》で、一番盛《ばんも》り上《あ》がった話題《わだい》だった気《き》がする。ぼくも宮島《みやじま》くんも釣《つ》りが好《す》きで、釣《つ》りなら一日《いちにち》中《じゅう》やっていても飽《あ》きないねなんて、うなずきあった。だからといって、いっしょに釣《つ》りに行《い》ったわけじゃない。六年生《ねんせい》になってから、休《やす》みの日《ひ》は必《かなら》ず塾《じゅく》の特別講習会《とくべつこうしゅうかい》が入《はい》るようになったから、釣《つ》りに行《い》くよゆうなんて、まるでなくなっていたのだ。

「今《いま》ががんばりどきでしょ。釣《つ》りなんて後《あと》でいくらでもできるんだから」

母《かあ》さんに言《い》われた。今《いま》ががんばりどき。そうなのかもしれないと考《かんが》え、ぼくは、クローゼットの中《なか》に釣《つ》り道具《どうぐ》をしまいこんだのだ。

宮島《みやじま》くんと釣《つ》りの話《はなし》をしていると、釣竿《つりざお》を握《にぎ》っているときのわくわく感《かん》がちょっぴりよみがえってきた。だけど、宮島《みやじま》くんと、特別親《とくべつした》しいとは思《おも》えなかった。

「心配《しんぱい》じゃないのか？」

石井先生《いしいせんせい》が身《み》を乗《の》り出《だ》す。ぼくのひざの上《うえ》に、先生《せんせい》の影《かげ》が落《お》ちてきた。

「心配《しんぱい》って……宮島《みやじま》くんのことですか？」

「そうだ。そうに決《き》まっているだろう。宮島《みやじま》はもう一週間《しゅうかん》も休《やす》んでいるんだぞ。そういうの、心配《しんぱい》じゃないのか？」

「宮島《みやじま》くん……病気《びょうき》、なんですか？」

先生《せんせい》はあごをひき、一瞬《いっしゅん》、黒目《くろめ》をうろつかせた。

「いや、そうじゃないが……」

「病気《びょうき》じゃないんだ」

ぼくはつぶやき、小《ちい》さく息《いき》をはいた。宮島《みやじま》くんはたいへんな病気《びょうき》とかケガとか、何《なに》かの事情《じじょう》で学校《がっこう》に来《こ》られないのではなく、自分《じぶん》の意思《いし》で来《こ》ないのだ。だったら、心配《しんぱい》することなんて何《なに》もない。

「おまえたちは、薄情《はくじょう》だな」

石井先生《いしいせんせい》が立《た》ち上《あ》がる。ぼくは、イスの上《うえ》で身《み》を硬《かた》くした。

「友達《ともだち》が学校《がっこう》に来《こ》れなくて苦《くる》しんでいるのに、なんとか力《ちから》になってやろうとか、考《かんが》えないのか？　みんなで助《たす》け合《あ》って、支《ささ》えあって、がんばる。そういう気持《きも》ちが大切《たいせつ》だろう」

大切《たいせつ》なものと聞《き》いて、ぼくの頭《あたま》にうかんだのは、クローゼットの中《なか》の釣《つ》り道具一式《どうぐいっしき》だった。もう長《なが》いこと、手入《てい》れをしていない。

大切《たいせつ》なこと。

みんなで助《たす》けあい、支《ささ》えあい、がんばる。

和《わ》をみださず、協調《きょうちょう》していく。

他人《たにん》を思《おも》いやり、国《くに》や地域《ちいき》を愛《あい》する。

いつも謙虚《けんきょ》で、礼儀《れいぎ》正《ただ》しくふるまう。

昇降口横《しょうこうぐちよこ》の掲示板《けいじばん》に、墨書《ぼくしょ》というのだろうか、墨《すみ》で黒々《くろぐろ》と書《か》かれた紙《かみ》が張《は》り出《だ》してある。校長先生《こうちょうせんせい》の字《じ》だ。ぼくたちが入学《にゅうがく》したときからいた校長先生《こうちょうせんせい》が定年退職《ていねんたいしょく》して、この春《はる》から新《あたら》しい校長先生《こうちょうせんせい》になった。石井先生《いしいせんせい》と同《おな》じように、黒《くろ》い縁《ふち》の眼鏡《めがね》をかけている。石井先生《いしいせんせい》ほど大柄《おおがら》ではないが、声《こえ》は大《おお》きい。前《まえ》の校長先生《こうちょうせんせい》のように、目《め》をしょぼしょぼさせないし、ひょろひょろともしていない。いつもしゃんと背筋《せすじ》を伸《の》ばして、「おはよう」「さようなら」とよく通《とお》る声《こえ》で挨拶《あいさつ》をしてくれる。母《かあ》さんたち大人《おとな》の間《あいだ》では、とても評判《ひょうばん》が良《よ》い。

「しゃきっとして、気持《きも》ち良《よ》いよね。前《まえ》の校長先生《こうちょうせんせい》ってイマイチ頼《たよ》りないって感《かん》じだったけど、今度《こんど》の先生《せんせい》は指導力《しどうりょく》あるみたいよね。うんうん……そうそう、期待《きたい》できるんじゃない」

電話《でんわ》で話《はな》しているのを聞《き》いた。

大人《おとな》って、なんであんなに、しゃきっとしていることとやぴしっとしていることが好《す》きなんだろう。強《つよ》いものが好《す》きなんだろう。ふにゃふにゃしていたり、だらしがなかったり、弱々《よわよわ》しいものを忌《い》み嫌《きら》うのだろう。

「あっ」

ぼくは小《ちい》さく叫《さけ》んでいた。石井先生《いしいせんせい》の目《め》がぼくに向《む》けられる。

「どうした?」

「宮島《みやじま》くん、もしかしたら、行進《こうしん》が……つらかったのかも」

「行進《こうしん》? 朝《あさ》の行進《こうしん》か?」

「はい」

「どういうことだ?」

六年生《ねんせい》になってから、全校朝礼《ぜんこうちょうれい》の日《ひ》が今《いま》までの月曜日《げつようび》一日《にち》から、月曜《げつよう》と木曜《もくよう》の週二日《しゅうふつか》に増《ふ》えた。増《ふ》えただけではなく、朝礼《ちょうれい》の後《あと》、校庭《こうてい》を二周《しゅう》する行進《こうしん》が付《つ》け足《た》された。六年生《ねんせい》を先頭《せんとう》に、全員《ぜんいん》が足並《あしな》みをそろえて歩《ある》く。朝礼台《ちょうれいだい》の上《うえ》に立《た》つ校長先生《こうちょうせんせい》の前《まえ》までくると、石井先生《いしいせんせい》が普段《ふだん》にも増《ま》して大《おお》きな声《こえ》で号令《ごうれい》をかけた。

「頭《かしら》ぁっ、右《みぎ》」

その号令《ごうれい》のまま、ぼくらは歩《ある》きながら校長先生《こうちょうせんせい》に顔《かお》を向《む》ける。校長先生《こうちょうせんせい》は胸《むね》に手《て》をあて、微動《びどう》だにしない。行進《こうしん》の間《あいだ》、私語《しご》は一切禁止《いっさいきんし》された。ぼくらは校庭《こうてい》を二周《しゅう》、ただ黙々《もくもく》と歩《ある》くのだ。

六年生《ねんせい》はみんなの手本《てほん》にならなければいけないということで、四月《がつ》の体育《たいいく》の授業《じゅぎょう》は、行進《こうしん》の練習《れんしゅう》ばかりだった。足《あし》の上《あ》げ方《かた》、手《て》の振《ふ》り方《かた》、顔《かお》の向《む》け方《かた》、細《こま》かく指導《しどう》された。中学校《ちゅうがっこう》や高校《こうこう》の体育祭《たいいくさい》での行進《こうしん》があまりにだらだらとしていて、見《み》るにたえないと県《けん》の偉《えら》い人《ひと》が怒《おこ》ったのだそうだ。「若者《わかもの》らしく、もう少《すこ》し、しゃきっとできないのか」と来《らい》賓用《ひんよう》のテントの中《なか》から大声《おおごえ》で怒鳴《どな》ったとか。大人《おとな》は、本当《ほんとう》に『しゃきっと』が好《す》きだ。それで、まずは小学校《しょうがっこう》から鍛《きた》えなおすということで、ぼくたちは週二回《しゅうかい》の行進《こうしん》を強《し》いられている。もっとも、文句《もんく》や不満《ふまん》はあまり聞《き》かない。みんな、この行進《こうしん》がそんなに嫌《いや》じゃないのだ。

行進曲《こうしんきょく》も私語《しご》もない校庭《こうてい》にぼくらの足音《あしおと》だけが響《ひび》く。

ザッザッザッ
ザッザッザッ
ザッザッザッ
ぼくらの足音《あしおと》は一つに重《かさ》なり、単純《たんじゅん》なリズムをきざむ。そのリズムを乱《みだ》す者《もの》も、外《はず》れる者《もの》もいない。みんな、いっしょだ。いっしょの歩幅《ほはば》、いっしょの姿勢《しせい》、いっしょの足《あし》音《おと》。

「何《なん》か、気持《きも》ちいいよな」

同《おな》じクラスの横茂《よこしげ》くんが行進《こうしん》の後《あと》で、ぼくにささやいた。

「気持《きも》ちいい？」

「うん、すげえノッテルって気分《きぶん》になるんだ。今野《こんの》は？」

「あ……うん、そう言《い》えば、そうかも……」

ノッテルって気分《きぶん》か。なるほど、そうかもしれない。ぴたりと合《あ》わさった足音《あしおと》を聞《き》いていると、頭《あたま》の中《なか》がだんだん空《から》っぽになっていくようで、何《なん》にも考《かんが》えなくてもよくて、教《おし》えられたとおりに身体《からだ》を動《うご》かすだけでよくて、楽《らく》だった。妙《みょう》な高揚感《こうようかん》もあった。みんなと同《おな》じ行動《こうどう》をしている、ぴたりと重《かさ》なっていると感《かん》じることは、気持《きも》ちがたかぶることでもある。それを快感《かいかん》と呼《よ》ぶなら、確《たし》かに快感《かいかん》だ。そのせいなのかどうか、行進《こうしん》を始《はじ》めてから、みんな行儀《ぎょうぎ》がよくなったみたいだ。チャイム着席《ちゃくせき》をきちんと守《まも》って、授業《じゅぎょう》が始《はじ》まる一分前《ぷんまえ》にはクラス全員《ぜんいん》が席《せき》についていたし、廊下《ろうか》を走《はし》る者《もの》も、先生《せんせい》に逆《さか》らう者《もの》も以前《いぜん》よりずっと少《すく》なくなった。母《かあ》さんたちの校長先生《こうちょうせんせい》に対《たい》する評価《ひょうか》だけが、どんどん高《たか》く、大《おお》きくなる。

行進《こうしん》は、多少《たしょう》の雨《あめ》でもきっちりと行《おこな》われた。

その行進《こうしん》が乱《みだ》れたことが、一度《いちど》だけある。宮島《みやじま》くんのせいだった。突然《とつぜん》、ふらふらと行《こう》進《しん》の列《れつ》から離《はな》れ、校庭《こうてい》の真《ま》ん中《なか》あたりに座《すわ》り込《こ》んだのだ。ざわめきがおこった。女《おんな》の子《こ》たちが、小《ちい》さな叫《さけ》び声《ごえ》をあげたのだ。先生《せんせい》が二人《ふたり》走《はし》りよって、宮島《みやじま》くんを両側《りょうがわ》から引《ひ》きずるようにして校庭《こうてい》から連《つ》れ出《だ》した。宮島《みやじま》くんは真《ま》っ青《さお》な顔《かお》をしていた。教室《きょうしつ》に戻《もど》ってきたのは、二時間目《じかんめ》の国語《こくご》が終《お》わった休憩時間《きゅうけいじかん》だったけれど、そのときもまだ顔《かお》には血《ち》の気《け》がなく、苦《くる》しそうだった。

「だいじょうぶ？」

ぼくは思《おも》わずその顔《かお》をのぞきこんでしまった。それくらい、顔色《かおいろ》が悪《わる》かったのだ。

「だいじょうぶ……じゃない」

宮島《みやじま》くんは、低《ひく》くかすれた声《こえ》で答《こた》えた。

「ああいうの……だめだ。がまんできない」

「ああいうのって……行進《こうしん》のこと？」

崩《くず》れるようにイスに座《すわ》り込《こ》み、宮島《みやじま》くんは深《ふか》くうなずいた。それから、ぼくをちらりと見《み》やる。

「今野《こんの》くんは？」

「え？」

「今野《こんの》くんは、平気《へいき》？」

ぼくは口《くち》をつぐみ、答《こた》えなかった。答《こた》えられなかったのだ。正直《しょうじき》に言《い》うと、変《へん》な気分《きぶん》だった。

何《なん》で、みんなと同《おな》じように歩《ある》かなきゃいけないんだろう。

何《なん》で、号令《ごうれい》どおりに校長先生《こうちょうせんせい》に顔《かお》を向《む》けなきゃいけないんだろう。

何《なん》で、しゃべったり笑《わら》ったりしては、いけないいんだろう。

何《なん》で、何《なん》でと心《こころ》にひっかかりは幾《いく》つもできるけれど、耐《た》えられないほどの傷《きず》にはならない。むしろ、頭《あたま》の中《なか》が空《から》っぽになる快感《かいかん》の方《ほう》が勝《まさ》っているようだ。

「……がまんできないんだ」

ぼくから視線《しせん》を外《はず》し、宮島《みやじま》くんが小《ちい》さく弱々《よわよわ》しい声《こえ》を出《だ》す。宮島《みやじま》くんは次《つぎ》の日《ひ》から学校《がっこう》に来《こ》なくなった。

「おいおい、宮島《みやじま》が学校《がっこう》を休《やす》んでいるのは朝《あさ》の行進《こうしん》のせいだって言《い》う気《き》か？」

ぼくの話《はなし》を聞《き》いて、石井先生《いしいせんせい》の眉《まゆ》が八《はち》の字《じ》に寄《よ》せられた。眉《まゆ》と眉《まゆ》の間《あいだ》にシワができている。

「そうじゃないかも……よく、わからないですけど、でも……宮島《みやじま》くんが、行進《こうしん》をとても嫌《いや》がっていたのは」

「情《なさ》けない」

ぼくの言葉《ことば》を先生《せんせい》の大声《おおごえ》がさえぎる。ぼくは、もごもごと口《くち》の中《なか》に残《のこ》った言葉《ことば》をのみくだす。

「あのくらいの行進《こうしん》に耐《た》えられないなんて、まったく……宮島《みやじま》は少《すこ》し弱《よわ》すぎるな」

先生《せんせい》の舌打《したう》ちの音《おと》が聞《き》こえる。

「情《なさ》けない」

舌打《したう》ちの後《あと》、先生《せんせい》はもう一度《ど》、同《おな》じ言葉《ことば》を口《くち》にした。

2　ぼくらの足音《あしおと》

　あれから一ヵ月、季節《きせつ》はとっくに夏《なつ》に移《うつ》ってしまった。宮島《みやじま》くんの席《せき》は空《あ》いたままだ。

　ぼくが、宮島《みやじま》くんの家《いえ》に寄《よ》ってみようかと思《おも》ったのは席替《せきが》えがあったからだ。

　席替《せきが》えがあって、ぼくの隣《となり》は山藤《やまふじ》さんになった。背《せ》の高《たか》い、はきはき物《もの》を言《い》う女《おんな》の子《こ》だった。そして、宮島《みやじま》くんの席《せき》は、教室《きょうしつ》の一番隅《ばんすみ》、掃除道具《そうじどうぐ》の入《はい》ったロッカーの前《まえ》になった。今《いま》までは前《まえ》から三番目《ばんめ》だったので、ぽかりと空《あ》いた場所《ばしょ》はけっこう目《め》についていた。それが教室《きょうしつ》の一番後《ばんうし》ろに移《うつ》ったことで、誰《だれ》も気《き》に留《と》めなくなってしまったのだ。もともと、静《しず》かで目立《めだ》たない宮島《みやじま》くんのことを話題《わだい》にする者《もの》は少《すく》なかったが、今《いま》では、このクラスに宮島《みやじま》くんっていう子《こ》がいたことさえ、忘《わす》れられようとしている。

　そんな気《き》がした。

　ロッカーの前《まえ》で、ポツンと一つ置《お》かれている机《つくえ》を見《み》たとき、その机《つくえ》の上《うえ》にうっすらとホコリがたまっているのを見《み》たとき、宮島《みやじま》くんに会《あ》いに行《い》こうと思《おも》った。

ふいに思《おも》い出《だ》し、なつかしくなったのだ。

宮島《みやじま》くんの優《やさ》しげな目《め》や、物言《ものい》いや、ひょろりと長《なが》い手足《てあし》がなつかしかった。宮島《みやじま》くんとした釣《つ》りやインコの話《はなし》を思《おも》い出《だ》した。ぼくが放《ほう》っていたら、宮島《みやじま》くんがふわふわと消《き》えてしまいそうで、宮島《みやじま》くんが消《き》えてしまうのが嫌《いや》で、ぼくは宮島《みやじま》くんに会《あ》いに行《い》こうと思《おも》った。

思《おも》い立《た》ってすぐ、ぼくは宮島《みやじま》くんの家《いえ》を知《し》らないことに気《き》がついた。今《いま》まで一度《いちど》も、行《い》ったことがないのだ。石井先生《いしいせんせい》に尋《たず》ねれば、簡単《かんたん》に教《おし》えてくれそうだったが、何故《なぜ》か躊躇《ちゅうちょ》してしまう。

考《かんが》えて、ぼくは保健室《ほけんしつ》の須藤先生《すどうせんせい》に頼《たの》むことにした。

「宮島《みやじま》くんのお家《うち》？」

須藤先生《すどうせんせい》は、首《くび》を傾《かし》げ、束《つか》の間《ま》ぼくの目《め》を見《み》つめた。

須藤先生《すどうせんせい》は養護《ようご》の先生《せんせい》で、いつも白衣《はくい》を着《き》ている。母《かあ》さんよりちょっと若《わか》いぐらいのおばさんだけど、白衣《はくい》がよく似合《にあ》った。学校《がっこう》に来《こ》なくなる前《まえ》、行進《こうしん》で倒《たお》れる前《まえ》から、宮島《みやじま》くんはよく保健室《ほけんしつ》に来《き》ていたのだ。

「いいわ。今《いま》、地図《ちず》を描《か》いてあげるね」

メモ用紙《ようし》に地図《ちず》を描《か》いて、須藤先生《すどうせんせい》はそれを小《ちい》さく折《お》りたたんだ。

「こういうのも個人情報《こじんじょうほう》になるらしいから。ナイショよ」

須藤先生《すどうせんせい》がふふっと笑《わら》う。丸顔《まるがお》なので、笑《わら》うとすごく子《こ》どもっぽく見《み》えた。

「今野《こんの》くん、宮島《みやじま》くんのお家《うち》に行《い》くつもりなの？」

「はい」

「いつ？」

「あ……えっと、今度《こんど》の日曜日《にちようび》ぐらいに」

「そうなんだ。でも……なぜ？」

「え？」

「どうして、宮島《みやじま》くんのところに行《い》こうと思《おも》ったの？」

「それは……」

しばらく考《かんが》えて、忘《わす》れそうだからですと、答《こた》えた。

「忘《わす》れそう？　宮島《みやじま》くんのことを？」

「はい」

もうすぐ夏休《なつやす》みだ。夏休《なつやす》みが終《お》わり二学期《がっき》が始《はじ》まるころ、宮島《みやじま》くんの机《つくえ》は教室《きょうしつ》の隅《すみ》で、ますますホコリに包《つつ》まれているだろう。ぼくは、宮島《みやじま》くんのことを忘《わす》れたくなかった。宮《みや》島《じま》くんは、ぼくの隣《となり》に座《すわ》っていて、ぼくといろんな話《はなし》をした。そういうことを忘《わす》れたくない。ぼくの中《なか》で、宮島《みやじま》くんを消《け》したくない。

「そうね……」

須藤先生《すどうせんせい》は小《ちい》さくうなずき、机《つくえ》の上《うえ》の書類綴《しょるいつづ》りをぱらぱらとめくった。独《ひと》り言《ごと》みたいにつぶやく。

「かなり、いるのよね」

「え？」

「あの行進《こうしん》が始《はじ》まってから、学校《がっこう》に来《こ》なくなった子《こ》……。低学年《ていがくねん》の子《こ》も含《ふく》めて、かなりいるの」

「そうなんですか」

ぼくは、思《おも》わず手《て》の中《なか》のメモ用紙《ようし》を握《にぎ》りしめていた。知《し》らなかった。何《なに》も知《し》らなかった。

「そうなのよ」

須藤先生《すどうせんせい》は綴《つづ》りをパタンと閉《と》じると、今度《こんど》は大《おお》きく首《くび》をたてに振《ふ》った。

「何《なん》とかしなくちゃ。早《はや》く、何《なん》とかしなくちゃ……このままにしてたら、だめだよね」

須藤先生《すどうせんせい》の目《め》が、天井《てんじょう》のあたりをにらむ。まるで、そこにグロテスクな怪物《かいぶつ》を見《み》たかのように、白衣《はくい》の肩《かた》を細《こま》かく震《ふる》わせた。

「先生《せんせい》？」

ぼくの声《こえ》に、須藤先生《すどうせんせい》はゆっくりとまばたきをした。それから、ふいに笑顔《えがお》になり、ぼくの背中《せなか》をとんと一つたたいた。

「だいじょうぶ、だいじょうぶ」

「え？　何《なに》がだいじょうぶなんですか？」

ぼくの問《と》いに答《こた》えず、須藤先生《すどうせんせい》は口元《くちもと》をひきしめ、うなずいた。

宮島《みやじま》くんの家《いえ》は、大《おお》きな屋敷《やしき》だった。広《ひろ》い庭《にわ》があって周《まわ》りを緑《みどり》の木々《きぎ》が囲《かこ》っている。白《しろ》いヘイがぐるりと取《と》り巻《ま》いていて、いかにも重《おも》そうな木製《もくせい》の門《もん》がついていた。

こんな、すごい家《いえ》の子《こ》だったんだ。

ぼくは、少《すこ》しびびってしまう。いや、母《かあ》さんに怒《おこ》られるのを覚悟《かくご》で、塾《じゅく》の進学模試《しんがくもし》を休《やす》んでここに来《き》たのだ。引《ひ》き返《かえ》す気《き》はおこらない。けれど、こんな門《もん》とヘイのある屋敷《やしき》なんて、入《はい》りづらい。

しばらくぐずぐずしていると、門《もん》が内側《うちがわ》から開《ひら》いて、宮島《みやじま》くんの顔《かお》がのぞいた。

「あっ、やっぱり、今野《こんの》くんだ」

宮島《みやじま》くんが笑《わら》う。宮島《みやじま》くんらしいへにゃっとした柔《やわ》らかい笑顔《えがお》だ。ぼくは、ほっと息《いき》をついた。宮島《みやじま》くんに会《あ》えて嬉《うれ》しかった。

ほんとうは、ずっと会《あ》いたかったんだな。

自分《じぶん》の気持《きも》ちにやっと気《き》がついて、さらに嬉《うれ》しくなった。

「遊《あそ》びに来《き》てくれたの？」

「うん。いい？」

「いいよ。入《はい》って」

ぼくは自転車《じてんしゃ》を降《お》り、門《もん》の中《なか》に入《はい》った。門《もん》から玄関《げんかん》まで並《なら》んで歩《ある》く。ほんとうに広《ひろ》いのだ。

「宮島《みやじま》くん、どうして、おれのこと分《わ》かった？」

「門《もん》のところに、監視《かんし》カメラがついてるんだ。誰《だれ》かがうろうろしていたらブザーが鳴《な》るんだよ。それで、台所《だいどころ》のテレビに姿《すがた》が映《うつ》るんだ」

「え、じゃあ、おれって不審者《ふしんしゃ》ってこと」

「そう。怪《あや》しいやつ」

「ひでえな」

ぼくと宮島《みやじま》くんは、声《こえ》を合《あ》わせて笑《わら》った。

「監視《かんし》カメラだらけなんだ」

笑《わら》いがおさまったあと、宮島《みやじま》くんはぐるりと首《くび》を回《まわ》した。

「家《いえ》のあちこちについてる」

「そりゃあ……こんな大《おお》きな屋敷《やしき》だもんな」

「なんか、ずっと見張《みは》られてるみたいだ」

「うちのマンションにもついてる。玄関《げんかん》と裏口《うらぐち》と駐車場《ちゅうしゃじょう》のとこに」

「そっかあ……どこも、いっしょか」

宮島《みやじま》くんは、大人《おとな》のようなため息《いき》をついた。

ちょっとの間《あいだ》、ぼくらは黙《だま》って歩《ある》く。宮島《みやじま》くんが足《あし》を止《と》め、ぼくをちらっと見《み》やった。

「なに？」

ぼくは、たずねてみた。宮島《みやじま》くんの目《め》つきが、少《すこ》し暗《くら》くなったように思《おも》えたのだ。

「いや……あの」

宮島《みやじま》くんが口《くち》ごもる。それから、もう一度《いちど》ため息《いき》をついた。

「今野《こんの》くんの歩《ある》き方《かた》……」

「え？　ぼくの歩《ある》き方《かた》がどうかした？」

「行進《こうしん》してるみたいだ」

おどろいた。そんなこと思《おも》ってもいなかった。

歩《ある》いてみる。耳《みみ》の奥《おく》から行進《こうしん》の足音《あしおと》がわきあがってきた。

ザッザッザッ
ザッザッザッ
そのとき、すぐ近《ちか》くから悲鳴《ひめい》が聞《き》こえた。すぐ近《ちか》くだ。ぼくの傍《かたわ》らは、小《ちい》さな黄色《きいろ》い花《はな》をつけた庭木《にわき》の茂《しげ》みになっていて、その後《うし》ろから聞《き》こえてきたのだ。身《み》をのりだして、茂《しげ》みの向《む》こう側《がわ》をのぞく。背後《はいご》で、宮島《みやじま》くんが「あ」と小《ちい》さな声《こえ》をたてた。

白髪《はくはつ》のおじいさんがしゃがんでいた。薄茶色《うすちゃいろ》のシャツとズボンというかっこうだ。鼻《はな》の下《した》にも白《しろ》いヒゲがはえている。おじいさんは、ひざを抱《かか》えてぶるぶる震《ふる》えていた。口《くち》の中《なか》で、何《なに》かぶつぶつ言《い》っている。ぼくは、さらに身《み》をのりだした。茂《しげ》みが揺《ゆ》れて、黄色《きいろ》い花《はな》ビラが散《ち》った。おじいさんのつぶやきが聞《き》こえた。

「来《く》るぞ……来《く》るぞ」

「はい?」

「同《おな》じだ。同《おな》じ足音《あしおと》がする」

「え?」

「怖《おそ》ろしい、怖《おそ》ろしいやつらが、また来《く》るんだ」

「おじいちゃん」

宮島《みやじま》くんが、ぼくの横《よこ》をすりぬけ、おじいさんの腕《うで》をつかんだ。

「だいじょうぶだよ。怖《こわ》い人《ひと》じゃないよ。ぼくの友《とも》だちだから、怖《こわ》くなんてないよ」

「しかし……しかし、同《おな》じ足音《あしおと》だ」

「おじいちゃん」

「すいませーん」

若《わか》い女《おんな》の人《ひと》が、ぱたぱたと走《はし》ってきた。看護師《かんごし》さんのかっこうをしている。

「すいません。ちょっと目《め》を離《はな》したすきに、お部屋《へや》を抜《ぬ》け出《だ》しちゃって」

長《なが》い髪《かみ》を束《たば》ねた、小太《こぶと》りの女《おんな》の人《ひと》は宮島《みやじま》くんにぺこりと頭《あたま》を下《さ》げた。それから、おじいさんの肩《かた》を抱《かか》えて、耳元《みみもと》に何《なに》かをささやいた。おじいさんが、いやいやをするように首《くび》を振《ふ》る。

「ねっ、お部屋《へや》にもどりましょ」

「怖《こわ》い、怖《こわ》い……同《おな》じ足音《あしおと》だ……来《く》るぞ、来《く》るぞ」

「はいはい、わかりました。怖《こわ》いから、お部屋《へや》にもどりましょう」

女《おんな》の人《ひと》に背中《せなか》をおされ、おじいさんはふらふらと歩《ある》き出《だ》す。が、すぐに立《た》ち止《ど》まった。

背中《せなか》がすっと伸《の》びる。振《ふ》り返《かえ》り、

「勇介《ゆうすけ》」

と、宮島《みやじま》くんの名前《なまえ》を呼《よ》んだ。

「はい」

「その子《こ》は友《とも》だちか？」

「そうだよ」

「そうか、仲良《なかよ》くしなさい。きみ、名前《なまえ》を教《おし》えてくれるかね？」

「あ……はい、今野純也《こんのじゅんや》です」

「純也《じゅんや》くん、ゆっくり遊《あそ》んでいきなさい」

「あの……はい……どうも」

ぼくは、ほとんど反射的《はんしゃてき》に頭《あたま》を下《さ》げた。おじいさんは、しっかりした足取《あしど》りで屋敷《やしき》の陰《かげ》に消《き》えた。若《わか》い女《おんな》の人《ひと》が後《あと》に従《したが》っている。

ぼんやり立《た》っているぼくの横《よこ》で、宮島《みやじま》くんが言《い》った。

「おじいちゃんなんだ」

「おじいちゃん？　宮島《みやじま》くんの？」

「うん。ぼくに釣《つ》りを教《おし》えてくれた人《ひと》でもあるんだけど」

「そうなんだ。だけど、あの……ちょっと……」

「変《へん》だろ。お母《かあ》さんに言《い》わせると呆《ぼ》けてるんだって。でも、普段《ふだん》はそうでもないんだ。すごく、しっかりしていたり、急《きゅう》にぼんやりしたりはするけど」

「怖《こわ》いって……あれ、おれのこと？」

「今野《こんの》くんの足音《あしおと》」

「おれの……足音《あしおと》」

「うん。おじいちゃんがあんなに怖《こわ》がり出《だ》したの、ぼくの足音《あしおと》を聞《き》いてからなんだ。このごろ、だいぶよくなっていたんだけど、今日《きょう》は今野《こんの》くんの足音《あしおと》を聞《き》いて……怯《おび》えてたよね」

「なんで、なんで、足音《あしおと》が怖《こわ》いんだよ」

ぼくは、こくっと息《いき》をのんだ。足《あし》の先《さき》がむずむずした。

「おじいちゃんが小《ちい》さな子《こ》どものころ、戦争《せんそう》があったんだ。おじいちゃんが住《す》んでいた街《まち》でも、兵隊《へいたい》さんって言《い》うの？　軍隊《ぐんたい》の人《ひと》が、行進《こうしん》していたんだって。おじいちゃんたちも学校《がっこう》で毎日《まいにち》、毎日《まいにち》、行進《こうしん》をさせられたらしいよ。おじいちゃんのお兄《にい》さんもみんな兵隊《へいたい》さんになって、行進《こうしん》して……戦場《せんじょう》にいって、死《し》んじゃったって。街《まち》も空襲《くうしゅう》で焼《や》け野原《のはら》になって、おじいちゃんのお母《かあ》さんも妹《いもうと》もみんな、みんな死《し》んじゃって……生《い》き残《のこ》ったのはおじいちゃんだけ」

「あっ、でも、りっぱになったんだね。こんな屋敷《やしき》に住《す》んでいるんだから」

ずいぶん見当違《けんとうちが》いのことを言《い》っていると思《おも》ったけれど、他《ほか》に何《なに》を言《い》っていいのか、わからなかった。

「うん。会社《かいしゃ》をつくって、成功《せいこう》して……昔《むかし》のおじいちゃんは、すごくいばっていた。いつも、いばっていた」

「校長先生《こうちょうせんせい》みたいに？」

「もっといばっていたかも。でも、だんだん歳《とし》をとって、ぼんやりすることが多《おお》くなって……ぼくの足音《あしおと》を怖《こわ》がるようになって……」

「同《おな》じだから?」

ぼくは口《くち》の中《なか》の唾《つば》を無理《むり》やりのみこんだ。

「そう、同《おな》じだって。戦争《せんそう》のとき聞《き》いた足音《あしおと》と同《おな》じだって、ものすごく怖《こわ》がって……お父《とう》さんと、お母《かあ》さんは、呆《ぼ》けてるんだから気《き》にしないようにって言《い》うんだ。だけど、ぼくは……怖《こわ》いよ。おじいちゃん、呆《ぼ》けてるかもしれないけど、本当《ほんとう》のこと言《い》ってるかもしれないだろう。だとしたら……ぼく、戦争《せんそう》なんて嫌《いや》だよ。殺《ころ》すのも、殺《ころ》されるのも嫌《いや》だよ」

「おれだって……」

「だけど、ぼくたちの足音《あしおと》って、似《に》てるんだって。戦争《せんそう》のときの足音《あしおと》に似《に》てるんだ。おじいちゃんが怯《おび》えるほど、似《に》てるんだ」

ぼくは自分《じぶん》の足《あし》を見《み》た。むずむずがひどくなる。宮島《みやじま》くんがうつむく。

「ぼく、学校《がっこう》に行《い》けないよ。行進《こうしん》なんてできないよ」

ザッザッザッ
ザッザッザッ
頭《かしら》あっ、右《みぎ》
ザッザッザッ

ザッザッザッ
足《あし》がむずむずする。
どうしたら、いいだろう。
ぼくは必死《ひっし》で、考《かんが》えていた。
明日《あした》は月曜日《げつようび》だ。朝礼《ちょうれい》があり、行進《こうしん》がある。みんないっしょに、足音《あしおと》をあわせて、乱《みだ》さぬように、
ザッザッザッ
ザッザッザッ
ぼくはどうしたら、いいだろう。
こぶしを握《にぎ》り、空《そら》をあおいでみる。まぶしかった。明日《あした》も あさっても良《よ》いお天気《てんき》だそうだ。
「空《そら》がきれいだって言《い》ってみようかな」
ぼくの言葉《ことば》に宮島《みやじま》くんが問《と》うように首《くび》をかしげた。
「行進《こうしん》の最中《さいちゅう》に、空《そら》がきれいだなって言《い》ってみようかな」
「そしたら、みんな空《そら》を見《み》るかな？」

「見《み》るかな?」

みんなが立《た》ち止《ど》まり、ぼんやりと空《そら》を見《み》ている。そんな場面《ばめん》がうかび、ぼくは小《ちい》さな声《こえ》で笑《わら》った。何《なん》だかおかしかったのだ。

宮島《みやじま》くんも笑《わら》った。意外《いがい》なほど大《おお》きな笑《わら》い声《ごえ》だった。

ぼくと宮島《みやじま》くん、二人《ふたり》の笑《わら》い声《ごえ》が、青《あお》い空《そら》に響《ひび》いて消《き》えた。

あの日《ひ》のラヴソング

越《こし》水《みず》利《り》江《え》子《こ》

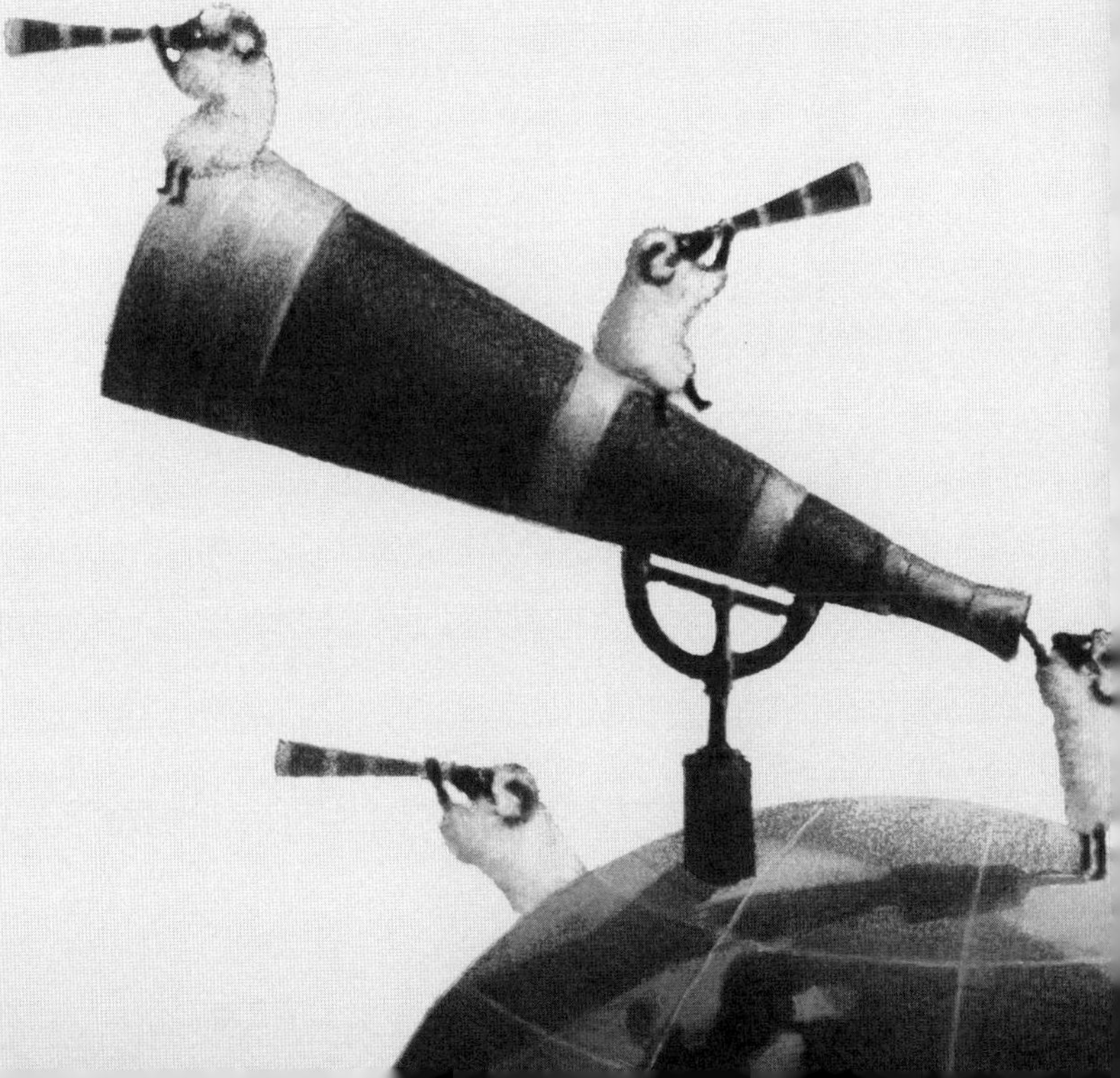

「おい、こいつ、ドロボーやねんぞ。三年《ねん》のとき、キンカン盗《と》りよってん」

藤井君《ふじいくん》が、細長《ほそなが》いあごをつきだして言《ゆ》うた。だまって立《た》ってたら、背《せ》が高《たこ》うてハンサムやのに、人《ひと》をいじめるときは、ものすご、いやな顔《かお》になる。

「ほんまけぇ?! キ、キン、キン、キンカンやてえ?! スケベーやなあ、こいつ」

色《いろ》が白《しろ》うて、ぷくっとふとった松浦君《まつうらくん》が、教室《きょうしつ》じゅうにきこえる声《こえ》で言《ゆ》うた。給食《きゅうしょく》が終《お》わったばっかりで、教室《きょうしつ》には、まだたくさんの人《ひと》がいた。みんなの目《め》が、いっせいに、うちを見《み》た。うちはだまって教室《きょうしつ》をでた。

「キンカンドロボー! 逃《に》げんのか! スケベードロボー!」

うしろで、ふたりがはやした。うちはそれにはかまわず、運動場《うんどうじょう》のわきをぬけて、北《きた》校舎《こうしゃ》のうらの、うさぎ小屋《ごや》にいった。

うちらが新入生《しんにゅうせい》のとき飼《か》いはじめたうさぎは、いまではあんまり人気《にんき》がなくなったので、休《やす》み時間《じかん》でも、ここだけは、いつもひっそりしていた。

そやから、うちは、ときどきここにくる。年《とし》をとってやせたうさぎは、たった一匹《ぴき》になって、いつも小屋《こや》のすみで寝《ね》ている。

三年生《ねんせい》のとき、うちは、たしかにキンカンを盗《と》った。

その日《ひ》、おなじクラスの安田《やすだ》さんが、家《いえ》からキンカンの枝《えだ》を持《も》ってきて、先生《せんせい》の机《つくえ》の上《うえ》にかざった。それには、黄色《きいろ》いつやつやした実《み》がいくつもついていて、重《おも》たそうにしなっていた。ずっとまえに、田舎《いなか》から送《おく》ってきたキンカンの実《み》の皮《かわ》をむいて、お父《とう》ちゃんがうちに食《た》べさしてくれたのをおもいだした。

「キンカンは皮《かわ》がうまいねんで」

お父《とう》ちゃんはそう言《ゆ》うた……。

気《き》がついたら、安田《やすだ》さんのキンカンを一つ、二つ、ちぎってた。

「見《み》たぞーっ」

だれかが、さけんだ。うちは、息《いき》がとまりそうやった。ぎゅっとつかんだキンカンの実《み》を、背中《せなか》にかくしてふりむくと、藤井君《ふじいくん》が立《た》っていた。

「キンカン、盗《と》ったやろ?!」

「盗《と》ってへん!」

うちは、うそをついた。

「盗《と》るの見《み》たぞ!」

「盗《と》ってへん！」

うちは、手《て》をうしろにかくしたまま、教室《きょうしつ》をとびだした。階段《かいだん》を走《はし》って下《お》りて、おどり場《ば》の窓《まど》の外《そと》に、キンカンを投《な》げた。


あの日《ひ》のことは、わすれてへん。そやけど、五年生《ねんせい》になって、またいわれるとはおもうてなかった。とくに、藤井君《ふじいくん》が、「キンカンドロボー」って言《ゆ》うたとき、日下部君《くさかべくん》がふりむいた。その顔《かお》が気《き》になっていた。

五年生《ねんせい》の二学期《がっき》の算数《さんすう》のテストのときから、うちは、日下部君《くさかべくん》を意識《いしき》していた。

「さあ、席《せき》がえの、開始《かいし》！」

テストを返《かえ》し終《お》わってすぐ、西田先生《にしだせんせい》が号令《ごうれい》をかけた。いつも、テストの点数《てんすう》の良《よ》かった人《ひと》から順《じゅん》に、うしろの席《せき》にすわらせる。それも、横列《よこれつ》にすすめていくので、点数《てんすう》の悪《わる》い人《ひと》は、かならずまえの席《せき》になる。山崎君《やまざきくん》、野川《のがわ》さん、清水君《しみずくん》、竹尾《たけお》さん、それから、日《く》下部君《さかべくん》が百点《てん》やった。百点組《てんぐみ》はうしろの一列目《れつめ》の席《せき》に横《よこ》にならんですわった。

「つぎ、九五点《てん》……」

先生《せんせい》がいい終《お》わるまえに、うちは手《て》をあげた。にがてな算数《さんすう》で九五点《てん》をとったのは、うちにとって、キ・セ・キというてもよかった。

ところが、なんと九五点は、十三人《にん》もいるのやった。なんのことはない、うちが良《よ》うできたのとちごうて、テストがやさしかったんや。そのなかに、松浦君《まつうらくん》も藤井君《ふじいくん》もいた。いつもはうちよりもずっと成績《せいせき》のええふたりは、うちを見《み》ていやな顔《かお》をした。

「おおっ、たくさんおるな！」

先生《せんせい》は、全員《ぜんいん》を見《み》まわして、うちに目《め》をとめた。

「なんや、篠原《しのはら》、おまえもか？　こらあ、テストがかんたんすぎたなあ！」

どっと、みんなが笑《わら》った。

うちは、顔《かお》が熱《あつ》うなった。うれしい気持《きも》ちは消《き》えて、下《した》をむいた。

「では、篠原《しのはら》、神田《かんだ》、松浦《まつうら》、三河《みかわ》……」

先生《せんせい》がよんだ順《じゅん》に、席《せき》が決《き》まっていった。九五点組《てんぐみ》のなかで、いちばんによばれたうちの席《せき》は、日下部君《くさかべくん》のとなりやった。日下部君《くさかべくん》と目《め》があうと、日下部君《くさかべくん》は、きらっと笑《わら》って「やったね！」といった。

うちは、その日《ひ》、日下部君《くさかべくん》がすきになった。

それから四週間《しゅうかん》、うちは、ほんまに幸《しあわ》せやった。時間割《じかんわ》りまちがえて、教科書《きょうかしょ》なんかわすれると、こわいのとうれしいので、頭《あたま》がごっちゃになった。

「あ！　わすれた！　どうしよう……」言《ゆ》うてると、「なんや、またわすれたんか？」言《ゆ》うて日下部君《くさかべくん》が机《つくえ》をひっつけてくれる。そんで、ひとつの教科書《きょうかしょ》をふたりで見《み》るのやった。

そやけど、そういうときはかならず、先生《せんせい》にあてられた。あてられても、日下部君《くさかべくん》はだいじょうぶやけど、うちはきっちり立《た》たされた。そんなとき、日下部君《くさかべくん》は、つぎの答《こた》えをこっそり教《おし》えてくれるのやった……。


うさぎ小屋《ごや》のまえで、始業《しぎょう》ベルが鳴《な》って、しかたなく、教室《きょうしつ》に帰《かえ》った。

教室《きょうしつ》にはいると、松浦君《まつうらくん》も、藤井君《ふじいくん》も、席《せき》についていたので、ほっとした。見《み》ないふりをして、日下部君《くさかべくん》を見《み》ると、となりの席《せき》に、太陽《たいよう》がいる。青木太陽《あおきたいよう》は、クラスでいちばんの不良《ふりょう》なのに、どういうわけか、みんな、青木君《あおきくん》とはよばずに、太陽《たいよう》、とよぶ。

その太陽《たいよう》のすわっている席《せき》は、もちろん、うちの席《せき》やない。あの後《あと》のテストで、はなればなれになって、うちの席《せき》は日下部君《くさかべくん》の席《せき》とおなじたて列《れつ》やったけど、ずっとまえのほうやった。太陽《たいよう》のすわっている席《せき》は、清水君《しみずくん》の席《せき》のはずやった。テストをいつも白紙《はくし》でだす太陽《たいよう》の席《せき》は、うちのまえの席《せき》やのに、めったに、自分《じぶん》の席《せき》にはすわらへんかった。

「きょうは、ここに決《き》めた！」

と、だれかの席《せき》をとる。席《せき》をとられただれかは、太陽《たいよう》の席《せき》にすわることになる。たいていの男《おとこ》の子《こ》はおもしろがってるけど、優等生《ゆうとうせい》の清水君《しみずくん》は、困《こま》って、おろおろしていた。

そこへ、西田先生《にしだせんせい》がやってきた。

「なんや、清水君《しみずくん》、席《せき》につかんか！」

「は、はい、けど、太陽《たいよう》、いや、青木君《あおきくん》が……」

西田先生《にしだせんせい》は黒《くろ》ぶちのメガネの奥《おく》から、ギロリと太陽《たいよう》を見《み》た。太陽《たいよう》は、そっくりかえって、足《あし》を机《つくえ》の上《うえ》にのせていた。

「アオキ！　自分《じぶん》の席《せき》につかんかっ!!」

「オレの席《せき》は、きょうはここや。気《き》にせんといて」

太陽《たいよう》が、そっくりかえったまま言《ゆ》うた。西田先生《にしだせんせい》の顔《かお》が赤黒《あかぐろ》うなってふくれた。

「足《あし》をおろして、自分《じぶん》の席《せき》につけ！」

出席簿《しゅっせきぼ》を投《な》げるようにして、先生《せんせい》が言《ゆ》うた。

太陽《たいよう》は、切《き》れ上《あ》がった目《め》のはしで、キッと、先生《せんせい》を見上《みあ》げて、足《あし》をおろして、そのまま立《た》ち上《あ》がった。日下部君《くさかべくん》が、心配《しんぱい》そうに、太陽《たいよう》を見《み》た。

先生《せんせい》が出席簿《しゅっせきぼ》をとりあげたので、清水君《しみずくん》がほっとして自分《じぶん》の席《せき》についたとき、ガラガラガッシャーンと大《おお》きな音《おと》をたてて、教室《きょうしつ》のうしろの戸《と》がしまった。

「アオキ！」

西田先生《にしだせんせい》がどなったときには、もう、太陽《たいよう》は出《で》ていったあとやった。

放課後《ほうかご》、うちは、理科室《りかしつ》のそうじ当番《とうばん》やった。教室《きょうしつ》の席《せき》の、たての列《れつ》が、そうじの班《はん》やったから、太陽《たいよう》も日下部君《くさかべくん》も当番《とうばん》やのに、太陽《たいよう》はあれから行方不明《ゆくえふめい》やった。ほかのふたりは欠席《けっせき》で、ひとりは日直《にっちょく》やったので、残《のこ》ったのはうちと日下部君《くさかべくん》だけやった。

「太陽《たいよう》、帰《かえ》ったんやろか？」

理科室《りかしつ》のカギをチャラチャラさせながら、日下部君《くさかべくん》が言《ゆ》うた。

「さあ……」

首《くび》をかしげて考《かんが》えるふりしたけど、日下部君《くさかべくん》とふたりきりやとおもうと、ドキドキして、それどころやなかった。

ガチャンと、理科室《りかしつ》の戸《と》をあけた。実験《じっけん》をしたあとのツンとした、すっぱいにおいがした。分厚《ぶあつ》いカーテンがかかっていて、しんとして、うす暗《ぐら》かった。

「さ、やるか」

そういって、日下部君《くさかべくん》がイスを実験台《じっけんだい》の上《うえ》にのせはじめた。

うちは、用具《ようぐ》入れからほうきをだして、床《ゆか》をはいた。ちょうど、イスを持《も》ちあげようとしていた日下部君《くさかべくん》の顔《かお》のまえに、うちのはいたホコリがパッと散《ち》った。

「こらっ！　こいつ、やったな！」

日下部君《くさかべくん》が、ゴホンゴホン、せきをした。

「あ、ごめん……」

「わざとやったやろ？」

「ちがう、ちがう……」

日下部君《くさかべくん》が身《み》がまえた。

「ごめん、言《ゆ》うてるやんか！」

いいながら、実験台《じっけんだい》のうしろに逃《に》げた。

「ようし……」

日下部君《くさかべくん》がにやっと笑《わら》ったので、うちは、ドキンとした。

うちは、日下部君《くさかべくん》がほんとうにおこってるわけやないことはわかっていた。そやのに、なんでか、つかまるのがこわくて逃《に》げた。すこしずつ追《お》いつめられて、日下部君《くさかべくん》が、とつぜん追《お》いかける方向《ほうこう》をかえたとき、うちはあわててイスにつまずいて倒《たお》れそうになった。

「つかまえたっ!!」

うしろから、胸《むね》のところを、ぎゅっと、はがいじめにされた。

「さあ、どうしてやろうかな……」

あばれると、日下部君《くさかべくん》が腕《うで》をもっとしめつけるので、うちは、声《こえ》がでなくなった。

「しのはらさん……」

日下部君《くさかべくん》がよんだ。

「しのはらさんの、ここ、ドキドキしてる」

日下部君《くさかべくん》がそんなことを言《ゆ》うたので、うちの胸《むね》はもっとドキドキして、心臓《しんぞう》の音《おと》が、自《じ》分《ぶん》の頭《あたま》のてっぺんまでドンドンひびいた。日下部君《くさかべくん》のからだが、うちの背中《せなか》に熱《あつ》かった。

そのとき、ゴト、と、理科室《りかしつ》の戸《と》が鳴《な》った。運動《うんどう》ぐつの片足《かたあし》が、がらっと戸《と》をあけた。

「おう、日下部《くさかべ》、そうじ、すんだか?」

いいながらはいってきた太陽《たいよう》は、うちらを見《み》て、あっという顔《かお》をして立《た》ち止《ど》まった。

あわててふりむいたうちの頭《あたま》が、日下部君《くさかべくん》のあごにぶつかった。

「あ、いて！」

「いたっ！」

頭《あたま》とあごをなでながら笑《わら》ってると、太陽《たいよう》は、ちぇっという顔《かお》をして、「そうじせんと、なにやっとんや？　おまえら」と、自分《じぶん》はそうじなんかしたこともないくせに、えらそうにいうた。


何日《なんにち》かたって、午後《ごご》の体育《たいいく》の時間《じかん》、女子《じょし》の体育《たいいく》は走《はし》り幅《はば》とびやったので、ほかの人《ひと》がとんでるあいだ、運動場《うんどうじょう》の真《ま》ん中《なか》でやってる男子《だんし》の体育《たいいく》を見《み》てると、日下部君《くさかべくん》が走《はし》っていた。歩《ある》いてるときはそんなに気《き》にならへんのに、走《はし》ると、左足《ひだりあし》の悪《わる》いのが目立《めだ》った。

日下部君《くさかべくん》の左足《ひだりあし》の骨《ほね》は、小《ちい》さいときのけがのせいで、ほんのすこし右足《みぎあし》より短《みじか》い。

走《はし》り終《お》わった日下部君《くさかべくん》は、ゆっくり歩《ある》いて後列《こうれつ》にまわった。後列《こうれつ》には、太陽《たいよう》がいた。

教室《きょうしつ》にはめったにいいひん太陽《たいよう》やけど、給食《きゅうしょく》の時間《じかん》と体育《たいいく》の時間《じかん》には、かならずいた。

太陽《たいよう》がふざけて日下部君《くさかべくん》の肩《かた》をつついて、日下部君《くさかべくん》が笑《わら》うのが見《み》えた。

「篠原《しのはら》さん、また、日下部君《くさかべくん》を見《み》てはる、エッチやわぁ」

竹尾《たけお》さんが言《ゆ》うた。

「そら、そうや、篠原《しのはら》さん、キンカンドロボーやし、スケベーやねん」

神田《かんだ》さんも笑《わら》った。竹尾《たけお》さんは、幅《はば》とびで、うちに差《さ》をつけられたのがくやしかったみたいやった。

いつのまにか、キンカンドロボーのウワサはクラスじゅうにひろまって、その上《うえ》、竹尾《たけお》さんが、日下部君《くさかべくん》と篠原《しのはら》さんはスケベーな関係《かんけい》やといいふらしたので、気《き》の弱《よわ》い日下部君《くさかべくん》は、うちと目《め》が合《あ》うと、あわててそっぽをむくようになった。うちは、休《やす》み時間《じかん》をうさぎ小屋《ごや》ですごすようになった。うさぎに草《くさ》をやってると、すぐ始業《しぎょう》ベルが鳴《な》る。けど、教室《きょうしつ》にもどりとうなかった。うさぎは、ピンク色《いろ》のハナと口《くち》を上下《じょうげ》にうごかして草《くさ》を食《た》べた。

「なにしとんね？」

声《こえ》をかけられてふりむくと、太陽《たいよう》が立《た》っていた。ポケットに手《て》をつっこんで、ムスとした顔《かお》をしていた。

「べつに……」

うちは、だれとも話《はな》しとうなかった。

太陽《たいよう》は、まえの学校《がっこう》で、友《とも》だちにけがさせたとか、不良《ふりょう》やから親戚《しんせき》にあずけられてるとかいわれてたけど、うちは、いじめられたことはなかった。

「おまえ、キンカンドロボーしたって、ほんまか？」

太陽《たいよう》が言《ゆ》うた。

うちは、だまってた。

太陽《たいよう》は、うちのとなりにしゃがみこんだ。

「おまえ、うさぎ、すきなんか？」

うちは、だまってた。

「おまえな、ぶすっとしてておもしろいんか？　返事《へんじ》くらいしたらどうや……」

うちは、やっぱり、だまってた。

太陽《たいよう》は、アア、と、のびをして立《た》ちあがった。

「さあ、ひまやから、教室《きょうしつ》でも、ひやかしてこおか……」

そう言《ゆ》うていきかけて、また、ふりかえった。

「おまえ、キンカンなんか盗《と》って、どうすんね？　あんなもん、ドロボーのうちにはいらへんぞ。アホか」

うちは、仮病《けびょう》つこうて、学校《がっこう》を休《やす》んだ。

けど、いつまでも病気《びょうき》ではいられへんので、つぎの週《しゅう》には、また、学校《がっこう》にいった。

朝《あさ》、教室《きょうしつ》にはいると、いちばん会《あ》いとうない松浦君《まつうらくん》と、藤井君《ふじいくん》がいた。

「お、キンカンドロボーが来《き》よった」

藤井君《ふじいくん》が、うれしそうに言《ゆ》うた。

松浦君《まつうらくん》は、野川《のがわ》さんの席《せき》のまえに立《た》って、野川《のがわ》さんの机《つくえ》にらくがきをしていた。野川《のがわ》さんは、イスにすわったまま、いまにも泣《な》きだしそうな顔《かお》をしていた。

松浦君《まつうらくん》は、弱《よわ》い者《もの》いじめがすきやから、クラスの女《おんな》の子《こ》を、ぜんぶいじめる。そやけど、いじめかたはちがう。野川《のがわ》さんには、うちにするときみたいに、なぐったりつついたりはせえへん。ただ、いやがることをして泣《な》かすだけや。

松浦君《まつうらくん》は、野川《のがわ》さんがすきなんよ……って、女《おんな》の子《こ》はみんな知《し》ってた。

「いまのうちやったら、だまって通《とお》してくれるかも知《し》れへん……」

いそいで松浦君《まつうらくん》のそばを通《とお》りぬけようとすると、そっぽをむいたままの松浦君《まつうらくん》の足《あし》がにゅっとのびてきて、うちの足《あし》をおもいきりふんだ。

「どこいくねん?」

松浦君《まつうらくん》は、うちの足《あし》をふんだまま、言《ゆ》うた。藤井君《ふじいくん》が、ワクワクした顔《かお》をしている。藤《ふじ》井君《いくん》は、松浦君《まつうらくん》が休《やす》んでいるときは、だれもよういじめんくせに、松浦君《まつうらくん》といっしょになると、松浦君《まつうらくん》より、もっといじわるになった。

「おれの歩《ある》くとこに、足持《あしも》ってくんな！」

そう言《ゆ》うて、藤井君《ふじいくん》もうちの足《あし》をふんだ。

日曜日《にちようび》にお母《かあ》ちゃんに買《こ》うてもろうたくつが、よごれて黒《くろ》くなった。うちは、じっと、くつを見《み》た。

「やめとけよ……」

日直《にっちょく》で、黒板《こくばん》に日付《ひづ》けを書《か》いていた日下部君《くさかべくん》が、ふりむいて言《ゆ》うた。

「なんや、日下部《くさかべ》、おまえら、やっぱり、スケベーな関係《かんけい》か？」

日下部君《くさかべくん》をにらんで、松浦君《まつうらくん》が言《ゆ》うた。うちはそのまま、ふたりにこづかれたり、おされたりして、日下部君《くさかべくん》のいる黒板《こくばん》のまえにつれていかれた。

「もっと、くっつけや!!」

松浦君《まつうらくん》が、おもいきりつきとばしたので、うちのからだは日下部君《くさかべくん》にぶつかって、日下《くさか》部君《べくん》はそのいきおいで、黒板《こくばん》にぶつかった。

教室《きょうしつ》には、ほかにも男《おとこ》の子《こ》はいるのに、みんなだまって見《み》ている。

うちは、カーッとした。

「なんや、こいつ、女《おんな》のくせに、やる気《き》か?!」

むしゃぶりついたうちの頭《あたま》に、松浦君《まつうらくん》のげんこつがガンと落《お》ちてきた。とめようとした日下部君《くさかべくん》を、藤井君《ふじいくん》がなぐった。なぐられてころんだ日下部君《くさかべくん》の顔《かお》を、藤井君《ふじいくん》は何回《なんかい》もけとばした。


給食《きゅうしょく》の時間《じかん》になって、太陽《たいよう》が、女《おんな》の子《こ》のスカートめくりをしながら、にぎやかにやってきた。女《おんな》の子《こ》をきゃあきゃあいわせてから、教室《きょうしつ》にはいってきて、日下部君《くさかべくん》の席《せき》までいって給食《きゅうしょく》をのぞきこんだ。

「ちぇっ、しけた給食《きゅうしょく》や」

しかめつらをしたあと、日下部君《くさかべくん》の顔《かお》を見《み》て言《ゆ》うた。

「なんや、その顔《かお》、どうしたんや?」

「あ、いや、……」

日下部君《くさかべくん》の顔《かお》はひどくはれていた。

「だれにやられたんや?」

日下部君《くさかべくん》は、それには答《こた》えず、ちらりと、うちのほうを見《み》た。太陽《たいよう》も、ちらっとうちを見《み》た。

そこへ、給食当番《きゅうしょくとうばん》の竹尾《たけお》さんと土田《つちだ》さんが、コロッケのびっしりならんだトレーを持《も》ってはいってきた。太陽《たいよう》は、おっ! と、目《め》を光《ひか》らせた。

みんなにコロッケがくばられたころ、自分《じぶん》のはさっさと食《た》べてしまった太陽《たいよう》が、うちのまえにきて言《ゆ》うた。

「おい、キンスケ、コロッケくれ」

うちが知《し》らん顔《かお》をしてると、ニヤニヤして、もう一回《かいゆ》言うた。

「キンスケ、コロッケくれや」

「キンスケって、だれのことやのん?」

うちがにらんでいうと、太陽《たいよう》はもっとうれしそうな顔《かお》をした。

「『キンカンドロボー』と、『スケベー』ひっつけて、『キンスケ』や。どうや、ええ名前《なまえ》やろ?」

そう言《い》うと、すばやく、うちのコロッケを、つまんで食《た》べた。

うちがおこった顔《かお》をすると、太陽《たいよう》は、「サンキュウ、サンキュウ」といいながら教室《きょうしつ》を出《で》ていった。

ちょうど、当番《とうばん》をすませた竹尾《たけお》さんと土田《つちだ》さんとすれちがいざま、太陽《たいよう》がスカートをまくったらしく、「きゃあ、スケベ!」と、竹尾《たけお》さんの声《こえ》がした。


「みなさん、長《なが》いあいだ、仲良《なかよ》くしてくれて、ありがとうございました」

日下部《くさかべ》君《くん》が、教壇《きょうだん》に立《た》って、あいさつしたのは、それから二週間《しゅうかん》くらいたってからやった。

「来年《らいねん》の春《はる》、お父《とう》さんが北海道《ほっかいどう》の釧路《くしろ》という町《まち》に転勤《てんきん》になるので、ぼくとお母《かあ》さんは雪《ゆき》の降《ふ》るまえに引《ひ》っ越《こ》すことになりました。釧路《くしろ》では、秋《あき》から雪《ゆき》が降《ふ》るそうです……」

そのあいだ、めずらしく教室《きょうしつ》にいた太陽《たいよう》は、そっぽをむいて、消《け》しゴムをちぎって、まわりの子《こ》に投《な》げて遊《あそ》んでいた。

あいさつが終《お》わって、自分《じぶん》の席《せき》にもどってきた日下部《くさかべ》君《くん》にも、消《け》しゴムのくずを投《な》げつけた。消《け》しゴムは、日下部《くさかべ》君《くん》のほっぺたにあたって、床《ゆか》に落《お》ちた。日下部《くさかべ》君《くん》はちょっと顔《かお》をしかめて太陽《たいよう》を見《み》てから、なにもいわずに席《せき》についた。

つぎの日曜日《にちようび》、うちは、じっとしてられへんかった。

きょうが、日下部君《くさかべくん》の引《ひ》っ越《こ》しの日《ひ》やった。学校《がっこう》では、なんにもいえへんかったけど、なにかをいいたかった。

家《いえ》をでて、学校《がっこう》のうらにある日下部君《くさかべくん》の家《いえ》にいった。

郵便局《ゆうびんきょく》のまえをぬけて、学校《がっこう》のかどをまがると、大《おお》きな銀色《ぎんいろ》のトラックがとまっていた。ちょうど、つなぎの服《ふく》を着《き》たおっちゃんがふたり、車《くるま》のうしろのとびらをしめたところやった。

その家《いえ》の表札《ひょうさつ》は、字《じ》が消《き》えていて読《よ》めへんかったので、あいた玄関《げんかん》からのぞくと、白《しろ》いエプロンの女《おんな》の人《ひと》が、こっちに気《き》がついて、「ようちゃん、ようちゃん」とよんだ。

うちは、あわてて、となりの家《いえ》のかげにかくれた。

日下部庸介《くさかべようすけ》……ようちゃん……日下部君《くさかべくん》の家《いえ》にちがいなかった。

しばらくすると、だれかがでてくる足音《あしおと》がきこえた。うちは、じっと息《いき》をひそめた。足《あし》音《おと》が立《た》ち止《ど》まって、静《しず》かになった。

「どうしたんやろ……？　もしかして、帰《かえ》ってしもたんやろか……」

心配《しんぱい》になって、顔《かお》をだそうとしたとき、横《よこ》っとびにだれかが飛《と》びだしてきた。

「バッバーン‼」

右手《みぎて》で、ピストルを撃《う》つまねをして、日下部君《くさかべくん》が笑《わら》っていた。うちはびっくりして、胸《むね》がほんまに撃《う》たれたみたいに痛《いた》かった。

日下部君《くさかべくん》は、「命中《めいちゅう》、命中《めいちゅう》」と、うれしそうに言《ゆ》うた。笑《わら》うと、白《しろ》い歯《は》がぴかっと光《ひか》って見《み》えた。うちは、なにがいいたかったのか、わからんようになってしもた。日下部君《くさかべくん》も、もじもじして、うちのもたれている格子戸《こうしど》をけとばしたりした。

「もう、いくのん？」

長《なが》い時間《じかん》かかって、それだけ言《ゆ》うた。

「うん……きょう、大阪《おおさか》のおばあちゃんのとこへいって、月曜《げつよう》に、飛行機《ひこうき》に乗《の》るんや……」

そう言《ゆ》うて、日下部君《くさかべくん》は、また、だまった。

「うち……」

いいかけたとき、銀色《ぎんいろ》のトラックが出《で》ていった。すれちがいに、黒《くろ》いタクシーがやってきて、クラクションを鳴《な》らした。

「もういかなあかん……」

日下部君《くさかべくん》は顔《かお》をあげた。うちは、「ん……」と、うなずいた。

家《いえ》のなかから、エプロンをはずした女《おんな》の人《ひと》がでてきて玄関《げんかん》のかぎをかけた。それから、すこしはなれて家《いえ》を見上《みあ》げたあと、表札《ひょうさつ》をはずしてハンカチにつつんだ。

「ようちゃん、もう、さよならしなさい。いきますよ!」

よびながら、ハンカチにつつんだ表札《ひょうさつ》をハンドバッグにしまった。

「お母《かあ》さんがよんでるから……」

日下部君《くさかべくん》は、こっちに顔《かお》をむけたまま、二、三歩《ぽ》、うしろむきに歩《ある》いた。

「タクシーが待《ま》ってるから……」

もう一度《いちど》いって、おもいきったようにむきなおって、お母《かあ》さんのほうにかけだした。

「くさかべくん!」

おもわず、よんでいた。日下部君《くさかべくん》は、くるりとふりむいて、右手《みぎて》のピストルで、「バッバーン!!」と、うちを撃《う》った。

月曜日《げつようび》の朝《あさ》、松浦君《まつうらくん》は欠席《けっせき》していた。松浦君《まつうらくん》が休《やす》んでいるので、藤井君《ふじいくん》は、べつの人《ひと》みたいにおとなしかった。いつもやったら、どんなふうにいじめてやろうか、という顔《かお》で、うちのほうをちらちら見《み》るのに、その日《ひ》は、だれとも目《め》が合《あ》わんように下《した》むいてた。

「きいたけぇ？　太陽《たいよう》が、やったらしいぞ……」

「おう、おれ、見《み》たんや。松浦《まつうら》、欠席《けっせき》しとるやろ……」

男《おとこ》の子《こ》らが話《はな》していたので、日曜日《にちようび》に、太陽《たいよう》がなにかやったらしいとおもったけど、うちにとっては、今日一日《きょういちにち》、いじめられずにすむ、というだけのことやった。

お昼休《ひるやす》みに、日下部君《くさかべくん》のことを考《かんが》えてたら、竹尾《たけお》さんが、「恋人《こいびと》がいんようになって、失恋《しつれん》や」言《ゆ》うたことで、ケンカになった。そのうち、神田《かんだ》さんと三河《みかわ》さんもケンカにはいってきた。神田《かんだ》さんは竹尾《たけお》さんのみかたをした。三河《みかわ》さんはうちのみかたをしてるうちに、二対《たい》二のケンカになってしもうたのやった。

「世光院《せこういん》は、うちの家《いえ》やから、あんたら遊《あそ》びにこんといて！」

世光院《せこういん》は、うちらの遊《あそ》び場《ば》のひとつで、竹尾《たけお》さんは、そのお寺《てら》の子《こ》やった。

「お寺《てら》は、おさいせんをあげるとこやから、だれがいってもええのや」

と、三河《みかわ》さんが言《ゆ》うた。

「あんたらのおさいせんなんか、いらん！」

と、竹尾《たけお》さんがいいかえした。

「そうや、そうや。あんたのおさいせんなんか、ウンコついてるわ！」

神田《かんだ》さんが、言《ゆ》うた。三河《みかわ》さんのお父《とう》ちゃんはバキュームカーを運転《うんてん》しているので、三《み》河《かわ》さんは赤《あか》い顔《かお》をしてだまってしまった。

「なんやのん！　お寺《てら》なんか、ただでお金《かね》もろてるくせに、こじきといっしょや！」

うちは、三河《みかわ》さんが泣《な》くかも知《し》れんとおもうと、腹《はら》がたって、いいかえした。

そのとたん、竹尾《たけお》さんが、うちの頭《あたま》をたたいた。うちもたたきかえすと、竹尾《たけお》さんはびっくりしたみたいに目《め》をまんまるにして、そのあと、大声《おおごえ》で泣《な》きだした。

「いやぁ、泣《な》かしはった！　先生《せんせい》に言《ゆ》うたろ！」

神田《かんだ》さんが職員室《しょくいんしつ》へかけだした。

そのあとのことは、いつもといっしょや。

西田先生《にしだせんせい》は、最初《さいしょ》から、だれをおこるのか、決《き》めてるみたいやった。

「どっちがさきに手《て》をだしたんや!?」言《ゆ》うたときも、竹尾《たけお》さんが「篠原《しのはら》さんがさきにたたいたんや」言《ゆ》うたときも、ずっと、うちをにらんでた。

うちが、ほんまのこと言《ゆ》うても、「うそつきは、ドロボーのはじまりや。なんで、ほんまのこといわへんのや！」いうて、おこった。

もともと、西田先生《にしだせんせい》は、うちがきらいなんや。先生《せんせい》は、うちをよぶとき、「しのはらっ！」いうてよびすてにする。先生《せんせい》が、「たけおさん」「やまざきくん」いうてよぶ人《ひと》は、クラスのなかでも、先生《せんせい》にすかれてる人《ひと》だけやった。

「わがままで、自分《じぶん》が悪《わる》くても、人《ひと》を悪《わる》くいう。協調性《きょうちょうせい》に欠《か》ける」

参観日《さんかんび》に、うちのことを、先生《せんせい》にそういわれて帰《かえ》ってきたお母《かあ》ちゃんの顔《かお》を、うちは長《なが》いことわすれられへんかった。

うちは、ケンカをせんようになった。西田先生《にしだせんせい》をにらむのもやめた。

二学期《がっき》も終《お》わりになったころ、黒板《こくばん》に、算数《さんすう》の式《しき》を書《か》いていた西田先生《にしだせんせい》がふりむいて、うちを見《み》た。

「しのはらさん、この答《こたえ》、わかるか？」

うちは、首《くび》をかしげて、笑《わら》ってみせた。

「ちょっと、むつかしいか？　つまり、こういうことや……」

先生《せんせい》は、また、黒板《こくばん》にむかって、説明《せつめい》しはじめた。うちは、どきどきしてた。あんなに、やさしくよんでもらったのは、はじめてやった。

「とうとう、やった……」

そやのに、心臓《しんぞう》だけがみょうに苦《くる》しくて、顔《かお》が熱《あつ》うて、なんや、はずかしいのやった。

「しのはらさん」いうてよばれたのは、うちやない、知《し》らんだれかのような気《き》がして、なんや、せつないのやった。なんや、腹《はら》がたつのやった。

「大《だい》キライや……！」

うちは、西田先生《にしだせんせい》のかくばった背中《せなか》にのっているイカズチ頭《あたま》をにらんだ。

先生《せんせい》の背中《せなか》のすぐうしろに、太陽《たいよう》がいた。どういうわけか、最前列《さいぜんれつ》の自分《じぶん》の席《せき》にすわっていた。太陽《たいよう》は、じろりとうちの顔《かお》を見《み》てから、フンと、そっぽをむいた。

「センセイ！　トイレにいってマイリマス！」

大《おお》きな音《おと》をたてて、太陽《たいよう》が立《た》ちあがった。西田先生《にしだせんせい》は、むっとして、太陽《たいよう》を見《み》た。

「いくんやったら、静《しず》かにいけ！」

先生《せんせい》が言《ゆ》うのを、さいごまできかずに、太陽《たいよう》は、おもいっきり大《おお》きい音《おと》をたてて出《で》ていった。

ろうかで、大声《おおごえ》で歌《うた》うのがきこえた。

キンキンキラキラ　ゆうひがしずむゥ
キンキンキラキラ　ひがしずむゥ

まっかっかっかっ　そらのくもォ
キンスケのおかおも　まっかっかア

西田先生《にしだせんせい》が、戸《と》をあけてどなった。
「静《しず》かにいかんかっ!!」
ほんのしばらくシンとしたあと、遠《とお》くから、もっと大《おお》きい声《こえ》がきこえてきた。

まっかっかっかっ　そらのくもォ
にしだのおかおも　まっかっかア

みんなクスクス笑《わら》って、下《した》をむいた。
こわい顔《かお》をしているのは、西田先生《にしだせんせい》と、うちだけやった。

まっかっかっかっ　そらのくも
みんなのおかおも　まっかっか
キンキンキラキラ　ひがしずむ……

がなりながら遠《とお》くなってゆく太陽《たいよう》の声《こえ》に、うちはなんでか、ついていきたかった。

解説

明日をさがして、何を見つける？

児童文学評論家《じどうぶんがくひょうろんか》　奥山《おくやま》　恵《めぐみ》

児童文学の冒険《ぼうけん》、この巻《かん》のコンセプトは「明日をさがして」です。さて、「明日」は見つかったでしょうか？

この巻には、異世界《いせかい》へと時空が広がるファンタジーや、大きく時をさかのぼる歴史小説《れきししょうせつ》ではなく、学校や家などを舞台《ぶたい》にした日常物語《にちじょうものがたり》が集まっています。そして、作中《さくちゅう》の子どもたちは、「Little Star」の美月《みづき》が言うように「生きてるかぎりは」必ず来る「あした」に向かって一日一日を暮《く》らしています。それはたしかに、「明日をさがして」いるとも言えます。しかし、スポーツや難事件《なんじけん》に挑《いど》んでいるわけでもないので、はっきりした勝ち負けや解決《かいけつ》が見えてくるわけではありません。明日、きっとこうするぞといった強い決意や、明日、もっと生活が豊《ゆた》かになるといった方向性も、あんまり見えないですよね。

では、どれもつまらない作品かといえば、そんなことはありません。大きな事件が起こるわけでもないのに、なぜか読んでしまう。なぜか心に残《のこ》る。その不思議《ふしぎ》なおもしろさの理由をちょっと考えてみたいと思います。

こういう日常物語《にちじょうものがたり》のひとつのおもしろさは、まずそこに私たちの生きる社会の姿《すがた》が、すくい取られていることにあります。たとえば、この巻《かん》の作品が書かれた一九九〇年代以降《いこう》は、子どもにとって、また大人にとって、どういう時代だったのでしょうか。作品が出版《しゅっぱん》された順《じゅん》に整理してみましょう。

いちばん最初《さいしょ》に出版された（つまりはいちばん古い）作品は、長編《ちょうへん》の『走りぬけて、風』（講談社《こうだんしゃ》、一九九〇年）です。作者伊沢由美子《いざわゆみこ》は、児童養護施設《じどうようごしせつ》の子どもたちを描《えが》いた『ひろしの歌がきこえる』（講談社、一九七九年）という作品で、第十三回日本児童文学者協会新人賞《にほんじどうぶんがくしゃきょうかいしんじんしょう》を受賞し、続く『かれ草色の風をありがとう』（講談社、一九八一年、第三十一回小学館児童出版文化賞ほか受賞）では、離婚《りこん》した母と暮《く》らす女の子を中心にうめたて地の近くに住む人々の生活を描いています。そして、『走りぬけて、風』が出版されたのが一九九〇年。ユウが何年もかけて挑《いど》んできた福引きもおそらくこの年が最後、さびれていく商店街や、建てかえられるアパートから去っていくさまざまな家族がとらえられています。母子家庭《ぼしかてい》のナオコの家、お母さんがアルコールに依存《いぞん》してしまうトモヤの家、なかなかに厳《きび》しい状況《じょうきょう》がユウの周囲《しゅうい》に描かれています。

次に出版された作品は「あの日のラヴソング」。越水利江子《こしみずりえこ》作『風のラヴソング』（岩崎書店《いわさきしょてん》、一九九三年、第二十七回日本児童文学者協会新人賞受賞）に収録《しゅうろく》されていた作品ですが、この短編集は、高知から京都に養女に行った作者の自伝的《じでんてき》な作品でもありますので、「うち」や日下部《くさかべ》くんや太陽《たいよう》たちが暮らしているのは、「走りぬけて、風」よりも少し前の時代といえるかもしれません。それでも、この作品にも、「うち」が学校へ行きたくなくなるような子ども同士《どうし》のいじめやいざこざが描かれていて、その背景《はいけい》にある西田《にしだ》先生はじめとする大人たちの差別意識《さべついしき》なども見えてきます。ちなみに『風のラヴソング』は、一作一作独立《どくりつ》して読める短編でありながら、京都で育った女の子の成長とその後が全体からうかがえるユニークな構成《こうせい》の連作集で、「青い鳥文庫」版（講談社、二〇〇八年）は、未発表《みはっぴょう》の短編も加わった「完全版《かんぜんばん》」。日下部くんとの他のエピソードや高校生になった太陽《たいよう》やその子どもまで登場しますので、ぜひ読んでみてください。

さて、「あの日のラヴソング」や「走りぬけて、風」には、このように九〇年代はじめの厳《きび》しい社会状況《しゃかいじょうきょう》が見えますが、それでも、ユウやその家族には、引《ひ》っ越《こ》して行った他の家族との関係を切らずに助け合う姿《すがた》が見られます。しかし、長崎夏海《ながさきなつみ》作「Little Star」と「フォールディングナイフ」はどうでしょう。この二作は、一九九九年に出版《しゅっぱん》され第四十回日本児童文学者協会賞《にほんじどうぶんがくしゃきょうかいしょう》を受賞した短編集《たんぺんしゅう》『トゥインクル』（小峰書店《こみねしょてん》）に収録《しゅうろく》されていた作品です。同じアパートに住みながらも、澄人《すみと》の母は町内の当番などには加わらず、美月の母も次々と「カレシ」を変《か》えつつ、生活のために昼夜問わず働《はたら》いています。「フォールディングナイフ」のタケルの家も、父は別居《べっきょ》、それでも母親はクリスマスとなればごちそうとケーキをそろえて形だけでも整えようと必死《ひっし》です。子どもたちをとりまく社会は、すでに孤独《こどく》な人々がバラバラに生きるそんな場所になっているのが、ひりひりと伝わります。

そして、いちばん最近《さいきん》の作品が、あさのあつこ作「ぼくらの足音」。作者は、天才ピッチャー巧《たくみ》を中心にした野球少年たちを描《えが》いた『バッテリー』（全六巻、教育画劇《きょういくがげき》、一九九六〜二〇〇五年、『バッテリーII』で、第三十九回日本児童文学者協会賞受賞）でも有名ですが、一方、『NO. 6《ナンバーシックス》』（講談社《こうだんしゃ》、二〇〇三〜二〇一一年）などSF的な手法《しゅほう》で、管理統制《かんりとうせい》された社会のこわさを描く作品などもあり、世の中への関心の強い作家です。この「ぼくらの足音」も、戦争を考える児童文学シリーズ「おはなしのピースウォーク」（全六巻）の中の『空はつながっている』（日本児童文学者協会編、新日本出版社《しんにほんしゅっぱんしゃ》、二〇〇六年）に収録された作品です。新しい校長先生がやってきて、全校あげての行進の時間が設《もう》けられている学校。書かれた当時は近未来という設定《せってい》だったと思いますが、何も考えず行進することが「ノッテル」気分で気持ちいいと感じる「みんな」との同調感、それになじめない人を排除《はいじょ》していく雰囲気《ふんいき》は、現在の問題としてなまなましく伝わってきます。

　こうしてならべかえてみると、九〇年代から二〇〇〇年代へ、社会はますます生きにくさを深めてきたように思えます。そんな時代に、かんたんに明るい「明日」を描《えが》かないことが、むしろこれらのリアルな作品の意義《いぎ》といえるかもしれません。

　ただし、「明日」が見つからないことは絶望《ぜつぼう》ではありません。作品の子どもたちは、「明日」の代わりに、別の、彼らなりに大切なものを見つけているからです。

　それは、どんなに社会が変わってしまっても変わらないもの。たとえば、「風」や「音」といった身体《からだ》から心に伝わる感覚《かんかく》です。「走りぬけて、風」のクライマックス、ユウが考えに考えて福引きにならぶタイミングをはかり、子どもたちの長年の夢《ゆめ》にさりげなくつきあってきた自転車屋のおじさんもやってきて、「役者はそろった」そのとき、「ゆであがった街《まち》に、風がふきはじめ」ます。七月の夕暮《ゆうぐ》れ時《どき》、町に吹《ふ》くこの風は、それぞれの夢を乗せて、かぎりなく自由で、胸《むね》を高鳴らせます。あるいはまた、「あの日のラヴソング」の最後で、太陽が歌う「キンキンキラキラ　ゆうひがしずむぅ」の替《か》え歌《うた》。この歌も、大好きだった日下部くんと別れ、先生にも屈《くっ》して苦しい「うち」の心を、解放《かいほう》してくれるようなユーモアと力強さを感じます。「ぼくらの足音」では、逆《ぎゃく》に「ザッザッザッ／ザッザッザッ」という均質《きんしつ》な「音」が、社会への警鐘《けいしょう》として迫《せま》ってきます。他の作品にも、いろいろな「風」や「雨」、「音楽」や「音」が大切な場面に描かれていて、ドキドキしたり、ほろっとしたりと、読者の心をゆらします。そうした読者も共有できる感覚を呼《よ》び覚《さ》まされることが、日常物語《にちじょうものがたり》のもうひとつのだいご味です。

そして、作品の子どもたちは、「だれか」を見つけます。「フォールディングナイフ」のタケルが幼《おさな》じみのリカコと再会《さいかい》して、母親の思いを知る場面。「走りぬけて、風」のユウが、気まずくなっていたトモヤと、自転車で遠くに行く夢《ゆめ》をたしかめ合う場面。「ぼくらの足音」で「ぼく」と宮島《みやじま》くんが「青い空」を思って笑《わら》いあう場面。どんなに生きにくい時代であっても、彼らはあるとき、誰《だれ》かを見つけて、心の熱量《ねつりょう》を豊《ゆた》かにしあっています。

たとえ「明日」が見つからなくても、「風」を感じ、「音」を感じ、そして「だれか」を見つけることができる。そう信じられることが、生きている限《かぎ》り必《かなら》ず来る「明日をさがして」、物語を読むおもしろさなのです。

長崎夏海《ながさき・なつみ》
一九六一年、東京都に生まれる。一九九九年『トゥインクル』（小峰書店）で第四十回日本児童文学者協会賞、二〇一五年『クリオネのしっぽ』（講談社）で第三十回坪田譲治文学賞受賞。作品に『蒼とイルカと彫刻家』（佼成出版社）、『おなかがギュルン』（新日本出版社）などがある。鹿児島県沖永良部島在住。

伊沢由美子《いざわ・ゆみこ》
一九四七年、千葉県に生まれる。一九八〇年『ひろしの歌がきこえる』（講談社）で第十三回日本児童文学者協会新人賞、一九八二年『かれ草色の風をありがとう』（講談社）で第二十回野間児童文芸新人賞、第三十一回小学館児童出版文化賞受賞。一九八六年『あしたもあ・そ・ぼ』（偕成社）で第四回新美南吉児童文学賞受賞。作品に『六月のリレー』（偕成社）など。二〇一三年逝去。

あさのあつこ
一九五四年、岡山県に生まれる。一九九七年『バッテリー』（教育画劇、以下も）で第三十五回野間児童文芸賞、一九九九年『バッテリーII』で第三十九回日本児童文学者協会賞、二〇〇五年『バッテリーI〜VI』で第五十四回小学館児童出版文化賞を受賞。作品に『さいとう市立さいとう高校野球部　おれが先輩？』『NO．6』（ともに講談社）、『薫風ただなか』『ラスト・イニング』（ともにKADOKAWA）などがある。岡山県在住。

越水利江子《こしみず・りえこ》
高知県に生まれる。一九九四年『風のラヴソング』（岩崎書店）で第二十七回日本児童文学者協会新人賞、翌年、第四十五回芸術選奨新人賞、二〇〇五年『あした、出会った少年　花明かりの街で』（ポプラ社）で第二十九回日本児童文芸家協会賞受賞。作品に『忍剣花百姫伝』（ポプラ社）、『うばかわ姫』（白泉社）、『恋する新選組』（KADOKAWA）などがある。京都府在住。

日本児童文学者協会創立七十周年記念出版

「児童文学　10の冒険」刊行に寄せて

児童文学というジャンルは、大人の作者が子どもの読者に向けて語る、というところに特徴があります。そのため、時に押しつけがましく語り過ぎたり、時に大人の側の独りよがりになってしまったりするようなことも、なしとはしません。ただ、そこに児童文学を書くことの難しさやおもしろさもあり、わたしたちは読者である子どもたちと、そして自身の中にある「子ども」とも心の中で対話しながら、さまざまな作品を書き続けてきました。

このシリーズは、児童文学の作家団体である日本児童文学者協会が創立七十周年を迎えたことを記念して企画されました。先に創立五十周年記念出版として刊行された『「心」の子ども文学館』（全二十四巻、日本図書センター刊）に続くものです。協会が創立されたのは太平洋戦争敗戦後まもない一九四六年のことで、その時代とはもとより、『「心」の子ども文学館』が刊行された二十年前に比べても、大人と子どもとの関係は大きな変化を見せ、児童文学もさまざまに変貌しています。

主に一九九〇年代以降の、日本児童文学者協会の文学賞（協会賞・新人賞）の受賞作品や受賞作家の作品、そして同時代の他の文学賞の受賞作家の作品、長編と短編を組み合わせて一巻ずつを構成したこのシリーズを、わたしたちは、「児童文学　10の冒険」と名づけました。「希望」が語られにくい今の時代の中で、大人と子どもがどのようにことばを通い合わせていくことができるのか。それはまさに「冒険」の名に値する仕事だと感じているからです。

今子ども時代を生きている読者はもちろん、かつて子どもであった人たちも、本シリーズに収録された作品たちを手掛かりに、それぞれの冒険の旅に足を踏み出せるよう願っています。

日本児童文学者協会「児童文学　10の冒険」編集委員会

出典一覧

長崎夏海『トゥインクル』（小峰書店）
伊沢由美子『走りぬけて、風』（講談社）
あさのあつこ『空はつながっている』（新日本出版社）
越水利江子『風のラヴソング』（岩崎書店）

「児童文学　10の冒険」編集委員会
津久井　惠・藤田のぼる・宮川健郎・偕成社編集部

装　画……牧野千穂
造　本……矢野のり子（島津デザイン事務所）